さざなみの彼方

佐藤　雫

JN167673

集英社文庫

目次

さざなみの彼方

序章　繋《つな》ぐ手

茶々《ちやちや》には、何が起きているのかわからなかった。

城内を駆け回る甲冑《かつちゆう》姿の武者たちの足音や怒号が重なる。血と泥とはじける鉄砲玉の火薬の匂いとともに、櫓《やぐら》や城壁の燃え上がる熱気が城の奥まで漂ってくる。

「織田《おだ》の軍勢が来ます！　今すぐ女子《おなご》たちは逃げよと、長政《ながまさ》様の命にございます！」

茶々たちのいる部屋に駆け込んできた侍の声に、女人の悲鳴が重なる。周りにいる侍女たちが恐怖に震えて身を寄せ合い、茶々も傍らにいる母、市《いち》の腕を摑《つか》もうとした。しかし、市の腕には生まれたばかりの妹、江《ごう》がいて、袖には茶々と一つ違いの妹の初《はつ》が泣きながらしがみついている。

茶々は伸ばしかけた手の行き場を失ったまま、市の横顔を見上げた。

市の頰は、揺れる炎の色が映るくらい白い。その虚《うつ》ろな横顔があまりに美しすぎて、茶々の手先が冷たくなっていく……。

母は、兄の織田信長《のぶなが》が夫の浅井《あざい》長政を殺しにくる光景を、瞬《まばた》きもせずに見ているのだ。市たちを一刻も早く城外へ逃がそうと、侍の声がせかす。

「さあ！　早くお逃げください！」

市は一言も声を発さずに初と江を連れて、導く侍の後をついて行った。

「茶々様、はよう！」

茶々も乳母《めのと》に手を取られて逃げる。傍らにいる同い年の乳母子《めのとご》、弥十郎《やじゅうろう》を見ると、不安を押し隠すように口元を引き締めている。

「父上は？」

父の姿が見えないことに気づいた茶々に、弥十郎は固い表情のまま「わからない」と首を振った。乳母は市たちの背中を追いかけながら、切迫した口調で言った。

「長政様は小谷《おだに》の城主。最後までこの城に残ります」

茶々は耳を疑った。

「父上を、残して逃げるの？」

脳裏に浮かぶのは、父、長政のやわらかな笑みだった。ふくよかで大柄な父は茶々の姿を見ると、いつもはにかむように笑う。近江国《おうみのくに》小谷城主の威厳が消えるその一瞬のやわらかさが、茶々は大好きだった。

「父上もご一緒でないと」

そう訴える茶々を乳母は半ば引きずるようにして部屋を出た。その気迫に茶々は抗《あらが》うことができない。

奥御殿を出て、裏の抜け道まで来た時だった。遠くで轟音《ごうおん》がして、驚いてその方を見やると、祖父の隠居所の小丸が燃え上がっていた。

「おじい様が……」

祖父はきっと、あの炎の中にいるはずだ。

祖父は、ことあるごとに市のことを「織田の娘が」と苦々しく言い、茶々も幼いながらに母は敵である家に嫁いだのだということはわかっていた。けれど、こんな日が来るとは夢にも思っていなかった。父と母はいつも仲睦《なかむつ》まじく、二人が言い争う姿など一度も見たことがなかったのだから。

そんな祖父だって、こっそり小丸を訪ねると「おう、茶々か」と手招いて膝に乗せ、「母上には内緒だぞ」と懐《ふところ》から菓子を取り出して与えてくれたものだった。

あの燃える小丸の中で、祖父が生きているとは思えなかった。そうだとしたら、きっと父も、この城のどこかで独り……。

そう思った時、茶々は乳母の手を振り払って駆け出していた。

「茶々様！」

乳母が悲鳴を上げているが、構わなかった。

（父上が、死んでしまう！）

燃え上がる城よりも、飛び交う鉄砲玉の爆《は》ぜる音よりも、殺気立つ兵たちの叫喚《きょうかん》よりも、ここで父が死ぬという事実の方がずっと恐ろしかった。優しい父を置いて逃げる侍女や侍、そして母が、茶々には許せなかった。無我夢中で来た道を戻り、城内を駆け抜けた。

「父上！　どこにいるのですか！　父上っ」

父を求めて叫ぶ茶々の袖を、ぐっと引く者がいた。乳母が連れ戻しに来たのかと振り返ると、そこにいたのは、荒い息を吐きながらこちらを一心に見つめる弥十郎だった。

「茶々様！」

「私は、父上を残して逃げたくない！」

振り払おうとする茶々の手を、弥十郎が強く握った。連れ戻されるのかと思って茶々は足を踏ん張った。だが、弥十郎は手を握ったまま、本丸の石垣を指し示した。

「あそこに上がりましょう！」

その言葉に、茶々は泣きそうになった。

いつも二人はこの石垣の上から見える湖……近江の海を眺め、登城する家臣や客人の姿を見張りの者より先に見つけては楽しんでいた。そこからなら、父の姿をきっと見つけられる、と弥十郎は言っているのだ。茶々は繋ぐ手のぬくもりに救われる思いで、その手を握り返した。

そのまま二人は石段を駆け上がり、石垣の上に並んで立った。だが、眼下の光景を見て、息をのんだ。

二人で眺めていた賑《にぎ》やかな城下や湖畔の風光は、どこにもなかった。

田畑は無残に焼き尽くされ、小谷城の対角にある虎御前山《とらごぜんやま》を、織田の家紋が印《しる》された旗が染め上げていた。そして、そこから小谷城に向けて、敵兵が途切れぬ群れを成して斜面をよじ登っている。それはまるで、地面に落ちた握り飯に蟻《あり》がたかるかのようだった。いたるところに浅井の紺青の旗が折れて転がり、矢が刺さったまま動かぬ兵も少なくない。生き残った兵たちが命懸けで鉄砲や矢を射かけているが、もはやその数は敵に到底及ばないことが茶々にもわかった。

茫然《ぼうぜん》としていると、弥十郎が「あぶない！」と叫んで茶々の頭を抱えて屈《かが》んだ。その瞬間、二人の頭上を流れ矢が掠《かす》めた。気づくのがあと少し遅ければ、茶々の体は射貫《いぬ》かれていただろう。二人は転がるようにして城壁の中に逃げ込んだ。

「茶々様、あれを！」

壁にもたれて震えていると、弥十郎が城の中を指した。その方を見ると、見慣れた重臣の後ろ姿が目に入った。そこは、城主長政との謁見や宴席を催す大広間だった。畏《かしこ》まって座す重臣の姿を見て、きっとそこに父がいるに違いないと、茶々はすぐさま大広間に駆け入った。

しかし、薄暗い大広間に、長政の姿は見えない。重臣もこちらを振り向かなかった。ふと、薄闇の中に、今まで嗅いだことのない臭気が漂っていることに気づいた。

弥十郎が上ずった声を出した。

「ちゃ、茶々様……」

弥十郎の視線を追いかけて、足元に座す重臣を見下ろした。それが何であるかわかった茶々は、悲鳴を上げて弥十郎に飛びついた。弥十郎も茶々を抱き止めながら、顔をひきつらせる。

それは腹を掻《か》っ切った骸《むくろ》だった。

青黒い顔に、零《こぼ》れ落ちんばかりに見開かれた目が浮かび上がっている。臭いと思ったのは、切り裂かれた腹から溢《あふ》れ出た、腸《はらわた》だった。茶々はこらえきれず弥十郎の腕の中で嘔吐《おうと》した。

「茶々様！」

弥十郎は吐物を浴びても厭《いと》うどころか、抱く腕の力をさらに強めた。弥十郎の腕の中で、顔を上げた。真《ま》っ直《す》ぐ茶々を見つめる弥十郎は、泣くまいとする唇が震えている。

「ここを、出ましょう」

弥十郎に促され、一歩踏み出したその足元がぬるりと滑った。視線を落とした二人はもう、悲鳴を上げることすらできなかった。足元は黒く濡《ぬ》れていて、暗闇に慣れた目で恐る恐る周りを見やると、落城を覚悟した家臣たちが、あちらでもこちらでも腹や喉に刃を突き立て、息絶えていた。二人は身を寄せ合いながら立ち尽くした。

「茶々！」

その時、名を呼ぶ強い声がした。はっとして声の方を見た時には、弥十郎もろとも大きな腕に包み込まれていた。

「ちちうえ……」

ようやっと声を出して顔を上げると、長政が目を見開いて茶々を見つめていた。

「なぜ、茶々がまだここに……」

「父上を、探しに」

嗚咽《おえつ》交じりの答えに、長政は「なんてことを……」と言ったきり、それ以上は言葉にならず、ただただ茶々を抱き寄せた。

「長政様」

長政の傍らで若い家臣の一人が、険しい声を掛ける。長政は小さく頷《うなず》き返すと、しゃがんで茶々と目線を合わせた。唇の端にこびりついたままの嘔吐の跡を、長政は鎧直垂《よろいひたたれ》の袖でそっと拭ってくれた。

「茶々、これが、そなたが見る最後の小谷の姿だ」

「………」

「もう、この城は落ちる。だから、今すぐここから逃げなさい」

「ならば、父上も」

「それは、できない」

「どうして?」

「私は、この城の主《あるじ》だから。この城を守るために戦い死んだ者たちのためにも、田畑を焼かれた民たちのためにも、逃げるわけにはいかないのだ」

茶々は長政の腕にしがみついた。

「いやです。私は父上と離れるなんていやです!」

この優しい父を、こんなところに置いて逃げたくはなかった。

泣きじゃくる茶々に、長政は困ったような表情をすると、「ならば、こちらにおいで」と茶々の体を抱き上げた。

長政は茶々を抱いたまま大広間から外へ出て、曲輪《くるわ》の奥へ進んで行く。その後ろを、弥十郎も泣き顔でついてくる。そのまま、城の端にある馬場に連れて行かれた。

父に抱かれながら、その静謐《せいひつ》な景色を見た。

それは、木立の隙間から望む、近江の海だった。戦の喧騒《けんそう》は遠く、先程までの凄惨な光景がまるでなかったかのような湖の風が吹き寄せる。

長政は茶々を抱いたまま、いつもの穏やかな声で言った。

「茶々、そなたに教えておきたいことがある」

「……？」

「あれを、ご覧」

父の指す方を見やると、遠く、湖に浮かぶ小島が見えた。

「あれは、竹生島《ちくぶしま》。我々浅井家をお守りくださる浅井姫様の島だ」

「あざいひめさま？」

たどたどしく訊《き》き返して首を傾《かし》げると、長政はその仕草を愛《いと》おしそうに見つめながら頷いた。

「浅井姫様は伊吹山《いぶきやま》の神と争って討たれた時、御首《みくび》をあの島に変えて、この小谷を見守る女神様になったのだよ」

長政は頰を寄せて茶々の匂いを吸い込むと、その吐息とともに声を震わせた。

「けれど、私の大切な浅井姫様には、生きて小谷のことを想《おも》い続けてほしい。……だから、そなたはここにいてはいけないのだ」

「…………」

「茶々、わかったね？」

父の言葉に、茶々はいやだと言えなかった。この優しい父を、これ以上困らせることは、できなかった。

こくり、と小さく頷くと、長政はやわらかな笑みを浮かべた。この笑顔をもう見ることができないのだと思い、こらえきれなくなって長政の首に腕をまわした。顔を埋《うず》めたまま泣いている茶々の背を、長政は大きな掌《てのひら》で何度も撫《な》でた。

「茶々、どうかこの景色はいつまでも忘れないでいてほしい。それが、父の願いだ」

遥《はる》か遠く、陽《ひ》の光が揺れる湖に浮かぶ竹生島が滲《にじ》んで見える。幾度目を瞬《しばた》いても滲んでしまうのは、この景色を目に焼きつけようとするほどに涙が溢れて止まらないからだ。

長政は茶々を抱き下ろすと、傍らにいた弥十郎を呼んだ。

「弥十郎」

長政は弥十郎に向かって茶々を押しやった。そうして、祈るような声で言った。

「これからは、おぬしが茶々を守るのだ」

弥十郎は長政の言葉にしっかりと頷く。長政は付き従う家臣に、二人を麓《ふもと》の寺に逃れた市たちのもとへ送り届けるよう命じた。

茶々の手を、弥十郎の手が握った。

「茶々様、いきましょう」

弥十郎の手のぬくもりに導かれるように、茶々は歩き始めた。

第一章　乳母子《めのとご》の誓い

一

湖畔の空には初春の淡い青色が広がっている。その空を突き刺す天守閣を見上げて、治長《はるなが》は声を上げた。

「わあ……！」

青光りする瓦屋根には金の鯱《しゃちほこ》が躍り、目の覚めるような朱色の柱に支えられた最上層は、黄金色に輝いている。天下布武を掲げる織田信長の威光をそのまま表したかのような壮麗な城が、近江の海に臨む小高い山の上から、治長を見下ろしていた。

口を開けたまま城に見とれていると、隣にいた年上の侍に小突かれた。

「おい、ぼうっとするな」

「すみません、つい……」

十三歳の治長は、先日元服したばかりだ。幼名の弥十郎から大野《おおの》治長に名を改めたことも、月代《さかやき》を剃《そ》った髷《まげ》姿になったことも誇らしく、大人になった気分でいたというのに、うっかり幼い歓声を上げてしまった。

「おぬし、安土《あづち》に来るのは初めてか」

「はい」

年上の侍は、眉をひそめた。

「ふん、顔にそう書いてある。だが、ただの物見遊山ではないのだぞ」

本来の目的を思い出して、気を引き締める。かつて、小谷城が落城した時にはまだ五歳の幼子《おさなご》だった治長も、今はもう、茶々の警護の侍として付き従う一人前の武士だ。

(茶々様の輿《こし》をお守りしなければ)

見やった先には、信長の妹である市を先頭に、茶々、初、江の三姉妹の輿が列をなして、安土城に向かっている。正月祝いに安土城に国々から武将が集い、信長の側近である馬廻《うままわり》衆《しゅう》による左義長《さぎちょう》があるという。女子供も楽しめる華やかな祭りだから、と信長は妹と三人の姪《めい》たちを誘ったのだ。

治長が小走りで茶々の輿の横まで追いつくと、茶々が物見窓から声を掛けてきた。

「治長、どこに行っていたの」

その口を尖《とが》らせる拗《す》ねた表情がかわいらしい。治長は面映《おもは》ゆさを隠すように行く先を指し示した。

「茶々様、安土城はもう間もなくですよ」

茶々たちは信長の庇護《ひご》を受けて織田家の城を転々としていた。今は尾張《おわり》の清洲《きよす》城で過ごしており、こうして安土入りするのは初めてだった。だが、茶々は煌《きら》びやかな天守閣をちらりと仰ぐだけで、表情は冴《さ》えない。

「あれが、伯父上のお城か……」

その心の内を察して、治長は口をつぐんだ。

茶々の父、浅井長政は、信長の妹である市を娶《めと》ることで織田家と同盟を結んだが、反旗を翻し滅亡の道に突き進んだ。あの落城の惨状は治長も覚えている。幼かったとはいえ、いや、幼かったからこそ、茶々の手を握って懸命に走った記憶は忘れようもなかった。

これから向かう先は、茶々にとっては、父を殺した伯父がいる場所だ。小谷城での戦の後も絶え間なく戦いを繰り広げてきた信長は、今まで茶々たちのことを気に掛けることもなかった。しかし、畿内《きない》を掌握し、安土城に居を落ち着けると、これを機にようやく妹と姪たちに会おうとでも思ったのかもしれない。信長が見せつける、壮大な城や配下の武将たちの華美な行列に、茶々は織田信長の姪として笑顔を作らないといけないのだ。

物憂げに安土城を見上げる茶々に、治長は訊いた。

「茶々様、ひょっとして昨夜もあの夢を？」

治長は、茶々が今でも時折落城の悪夢を見ていることに気づいている。安土に向かう旅の途上の宿でも、襖越《ふすまご》しに苦しそうな息遣いを感じ取りながら、夢にうなされているのではないかと案じていた。

その問いに、茶々は小さく頷き返した。

やはり、と治長は息を吐く。

乳兄妹《ちきょうだい》として過ごした幼い頃なら、添い寝をしてその背を撫でて苦しみを分かち合えた。だが、元服した今はもう、そんなことはできない。

大人になることはいいことばかりではないな、と思うと、なんだか寂しくなった。その感情を紛らわすため、今の自分が茶々のためにできることは何だろうと、自分の手を見た。

（この手で、茶々様のためにできることは……）

真剣に思案しているうちに、一行は城の大手門《おおてもん》に着いた。

番兵の立つ楼閣のような門を潜《くぐ》ると、石段の大手道が山頂の天守閣に向けて伸びていた。その大手道の両脇には信長直臣の邸《やしき》が威厳のある門構えで立ち並んでいる。その光景に、治長は圧倒されてしまった。茶々の様子が気にかかって輿を窺《うかが》うと、いつの間にか物見窓は閉じられていた。

山頂の天守閣に着く頃には、年配の供の者はもちろんのこと、治長もさすがに息が上がった。大手道を抜けた後は、山の急斜面を切り開いた石段が右へ左へと延々と続き、輿を担ぐ力者《りきしや》も休み休みの登城だった。

ようやく着いた城内でも、今までに見たことのない城の造りに目を瞠《みは》るばかりだ。天守閣の中は吹き抜けになっていた。その吹き抜けを金箔《きんぱく》の装飾が施された座敷が囲んでいる。鏡のように磨き上げられた漆塗りの柱は艶《つや》やかに輝き、吹き抜けを見上げれば、座敷と座敷を繋ぐ高欄付きの橋が架かっていた。その橋を行き交う家臣や色鮮やかな小袖を纏《まと》う侍女の姿は、まるで天人天女かと見紛《みまが》うようだった。

「なんだ、ここは……」

声を漏らすと、先程、治長を小突いた侍も、天守に入ったのは初めてだったのか、素直に応じた。

「うむ、天界のようだな」

そのまま、一行は二階の御座《ござ》の間に通された。部屋には、藺草《いぐさ》の匂い立つ畳が惜しみなく敷かれている。真ん中に市が座し、後ろに茶々、初、江が並ぶ。治長は供の者たちが居並ぶ列の端から様子を見ていた。

この日のために仕立てた絹の打掛《うちかけ》を纏っている三人の姫は、いつもそばで見慣れている治長が見ても可憐《かれん》だった。初と江はそれぞれ濃黄色《こききいろ》と紅色の少女らしい色合いだったが、茶々は落ち着いた淡縹色《うすはなだいろ》の打掛で、その淡い青が茶々の黒髪によく似合っている。

茶々の姿に見とれていると、信長の小姓が御成《おな》りを告げた。その声に合わせて、皆が一斉に平伏し、治長も深々と額をつけて信長を待った。

「よう参ったな！　市！」

軽い足音とともに聞こえた声には、再会の喜びが滲み出ている。妹の夫を殺したという負い目や、父親を殺された姫たちへの罪の意識は一切感じられなかった。

「兄上様におかれましては、つつがなく……」

「ええい、そのような堅苦しい挨拶はよいよい！」

市の他人行儀な挨拶を、信長は煩わしげに遮った。

「皆、面《おもて》を上げよ。ほれ、茶々、初、それからええと……」

「江です！」

一番年下の九歳になる江が物怖《ものお》じすることなく言い返したので、信長は声を上げて笑った。

「そうかそうか、江か。小谷城を落とした時には、生まれたばかりだったからな！」

場が凍りつくが、信長は気にする様子もない。

「その方らも面を上げい！」

治長たち従者に向けて言っているのだと察して、皆がおずおずと互いに目配せをしながら顔を上げる。治長も窺うように顔を上げると、視界に信長の姿がようやく入った。端整な顔立ちの男が脇息《きょうそく》にもたれていた。色白の顔に赤い唇だけがうっすらと笑みを浮かべていたが、その切れ長の目は少しも笑っていなかった。

ふと、目が合ったかと思って治長は焦った。だが、信長の表情は変わらない。治長のことなど意に介することもなく、信長は茶々たちに話しかけた。

「姫たちよ、長旅は疲れたであろう」

「いいえ、楽しゅうございました！」

またしても臆することなく江が答えると、それに続いて初も気を許したように声を上げた。

「安土の城下も華やかで、見たことのないものばかりでございました」

二人の笑顔に信長は「それはよかった！」と満足気に扇で掌を叩《たた》いた。

「明日の左義長を、是非そなたたちに見せようと思うて呼んだのだ。馬廻衆を盛大に仮装させて、爆竹と囃子《はやし》を打ち鳴らして城下を練り歩くのじゃ！　幼き姫たちにはさぞ楽しかろう！　わしも騎乗するぞ。楽しみにしておれ」

初と江は「わあ」と声を上げる。伯父と姪の賑やかな話に、市も微笑《ほほえ》みを浮かべている。その微笑みは、治長が思わず息をのむくらい美しく、冷ややかだった。

茶々は何も口を挟まず、開け放たれた障子窓の外を見ようと首を伸ばしている。それに気づいた信長が言う。

「どうした、茶々は楽しみではないのか」

「いえ……、そういうわけでは」

「何を見ておった。外に何がある」

茶々は、ほんの少し声を詰まらせた後、か細い声で答えた。

「……近江の海が」

信長はその答えに少し間を置くと、赤い唇の端を僅かに上げて言った。

「見えるには見えるが、茶々の思い描くものとは異なろう」


信長との謁見を終え、治長はようやく緊張から解放されて肩の力を抜いた。

天守閣を出て、二の丸御殿の控えの部屋へ入った茶々に従い、今はその部屋の外の廊に一人で控えていた。水の匂いがする風が治長のいるところまで吹いてきて、改めて湖畔の城なのだなあ、とぼんやり思った。

(それにしても、初様と江様は信長様が怖くはないのだろうか)

初と江は、「明日の左義長まで城内でゆるりとせよ」と言う信長に「お城の上まで登りたい」とせがんでいた。今頃、天守閣の最上層へ連れて行ってもらっているのだろう。

年下の初と江が落城の惨状を忘れていたとしても不思議ではない。あの時、江は乳飲み子だった。けれど、治長は今もはっきりと覚えていることがある。

それは、懸命に握りしめた茶々の手のぬくもりと、浅井長政の言葉。

〈これからは、おぬしが茶々を守るのだ〉

長政の祈るような声が忘れられない。初めは、その言葉の通りに受け取っていた。乳母子として生涯、茶々に仕えて守ってほしいということだと。

だが、今の治長には、長政の言葉の本当の意味がわかる。それは、「自分にはもう、茶々を守ることができない」ということだったのだ、と。

「治長、治長はいる？」

茶々の声がして、我に返った。

「は、ここに」

返事をすると、障子戸が開いて茶々が現れた。その姿に、僅かに動揺した。茶々は先程までの打掛姿から、外出できる小袖姿になっていたのだ。

茶々は辺りを見回して治長以外に人がいないことを確かめてから、そっと耳打ちした。

「竹生島が見たいの」

茶々の表情は真剣だ。

「竹生島でございますか」

浅井家の守り神である浅井姫を祀《まつ》る島の名に、おのずと治長の気持ちも締まる。

信長との謁見の時に、茶々が近江の海を見ようとしていた理由が、それでわかった。攻め落とされる城で長政に竹生島の由来を教えられる茶々の姿を、治長は隣で見ていたのだから。

「ここから遠いかしら？」

「それは……どうでしょうか」

治長は言葉を濁した。近江国を訪れるのは小谷の落城以来だ。安土と小谷がどれほど離れているかさえ、はっきりとはわからない。それに、城を抜け出したことがわかれば、市や乳母に叱られるだろう。茶々の乳母は治長の実母でもあり、茶々の前で母親に叱られるのは決まりが悪い。それだけならまだしも、信長の怒りを受けるかもしれない。あの切れ長の目を思い出し、この城から茶々を連れ出すことには、やはり躊躇《ためら》いが生まれてしまう。

しかし、治長の迷いを押し切るように、茶々は強く言った。

「私は、そのためにここへ来たの」

「茶々様……」

本当は、安土城へ来いという信長の招きなど、受けたくはなかったはずだ。けれど、湖畔の城なら竹生島を見ることができるかもしれない、と思ったに違いない。その期待が、茶々をここまで連れて来たのだろう。

茶々は治長の答えをじっと待っている。その眼差《まなざ》しが、長政に抱かれながら涙の滲んだ目を幾度も瞬いていた茶々と重なるような気がした。

茶々は、父親と最後に見た景色をもう一度見たいのだ。

治長の中で、咎《とが》めを受けるかもしれない懸念よりも、茶々の願いを叶《かな》えたい気持ちの方が強くなった。

「わかりました。ご一緒しましょう」

その返事に、茶々の表情が明るくなった。しかし、初めて来た城だ。近道や裏道などわかるはずもなく、来た時に通った大手道を行くしかない。

「見つかって、連れ戻されるかもしれませんが」

「それでも構わない。行けるところまで、行きたいの」

治長はその意志に背中を押され、侍女や他の侍たちには何も告げずに茶々を連れ出した。

廊の角々で辺りを窺い、誰もいないことを確かめて茶々を目で招く。茶々も心得ていて足音を忍ばせて後をついてくる。

御殿を抜け出すと、二人は解き放たれたように大手道の石段を駆け下り、城下町に繋がる大手門へ向かった。

しかし大手門を抜ける時、やはりというか、番兵に見咎められた。

「おぬしら、どこへ行く」

ひやりとして立ち止まる。どうしよう、と血の気が引いた治長の前に、茶々がすました顔で出た。

「信長様の妹君、市様のお使いです」

堂々と城から出ようとするその態度に、治長はあっけにとられた。だが、確かに考えてみれば、ただの番兵が茶々の顔など知る由もなかろう。真に受けた番兵は、あっさりと二人を通した。拍子抜けする治長に、茶々は視線を投げて微笑んだ。

大手門が見えなくなるまでは、二人は粛々と歩いたが角を曲がった途端、こらえきれないというように茶々が声を上げて笑った。

「ああ、おかしい。治長ったら、あんなに蒼《あお》くなって!」

「そんなことを言われましても!」

茶々は笑いすぎて滲み出た涙を袖で拭っている。その表情が、幼い頃にじゃれあっていた時と同じで、治長は笑われているというのに、むしろ嬉《うれ》しいくらいだった。

そのまま茶々と笑い合いながら城下の雑踏を抜けた。道には武士だけでなく、町人も賑やかに行き交っている。武家屋敷の他に、刀鍛冶や塗師《ぬし》などの職人や商人が住む町屋が立ち並び、市場も活気に満ちていた。渡来の見たこともない玻璃《はり》細工や菓子、色とりどりの美しい紋様の織物などが溢れている。

行き交う町人は、茶々が信長の姪だと思うはずもない。道端で店を開く商人たちも、明るい声を掛けてくる。

「簪《かんざし》はいかがかえ。瑪瑙《めのう》に翡翠《ひすい》に、琥珀《こはく》もあるよ！」

「こっちは南蛮の砂糖菓子、金平糖だよ！」

「この白粉《おしろい》は、京の都の内親王様もお使いさぁ！」

華やかな誘惑にも目移りすることなく、茶々は湖に続くと思われる道をどんどん進んでいく。その歩みは、時折治長が小走りになるくらいだった。

やがて家並みが途切れて、街道沿いに田畑や草原が広がった。茶々は不意に立ち止まると、息を弾ませて振り返った。

「見て！」

茶々が指す方を見やると、青い湖水が広がっていた。吸い寄せられるように波打ち際まで行くその背を、治長は追いかけた。湖を吹き抜ける風が治長を撫でる。少し濡れた優しい風は、上気した頰をくすぐった。

湖畔の砂地に、茶々は立った。その隣に治長も立ち止まり、近江の海を見渡した。小さな波の一つ一つに陽の光が輝いている。それはまるで、透き通った水晶のかけらが揺れているようだった。

目を閉じると、さざなみが瞼《まぶた》の裏に煌めいていた。

「そうするしか、ない」

ぽつりと、茶々は言った。何のことだろうと、治長は見やった。

茶々の横顔は波の輝きと重なって、目が眩《くら》むくらい美しく、寂しそうに見えた。茶々は遠くを見つめたまま続けた。

「あの時は、父上を置いて逃げた母上のことをひどいと思った。けれど、今はわかる。そうするしか、なかったのよ」

「………」

治長は、何と答えていいかわからなかった。思い浮かぶどんな言葉も、それだけではこの哀《かな》しみを受け止めることができないような気がした。

茶々は目を凝らして湖上の島影を探していたが、やがて肩を落として言った。

「ここからは、見えないのね」

「……そうですね」

「あの場所を、私はいつかまた見たい」

治長は茶々の想いに、言葉を選びながら応えた。

「茶々様にとって、竹生島は、幸せの場所なのですね」

「幸せの場所？」

「大切な人と一緒に見た、かけがえのない場所です」

治長の言葉に、茶々は二つ三つほど目を瞬いた。

「そうね……幸せの場所。きっとそうだわ」

そう言って飛び跳ねるように駆け出した茶々を、治長は慌てて追いかけた。振り返った笑顔にどきりとすると、茶々は澄んだ声で言った。

「治長は、来てくれる？」

幸せの場所へ一緒に来てほしい、という願いに、治長は迷うことなく頷いた。

「茶々様が望むのならば、どこへでも」

すると茶々は、治長に向かって手を差し伸べた。驚いてその細い指先を見ると、茶々は拗ねたように口を尖らせた。

「一緒に、来てくれるのであろう？」

治長を困らせるその表情が、心をくすぐる。この顔をいつまでも見ていたくて、差し伸べられた手を握った。茶々の指先を己の掌の中に感じながら、治長は思った。

（あこのまま、どこまでも湖畔が続けばいいのに）

辿《たど》り着けなくてもいい。

遥か遠くにあるはずの「幸せの場所」に二人で向かっている。

それだけで、よかった。

しばらく行ったところで、治長は背後に人の気配を感じた。

相手に気づかれないようにそちらを見やると、少し離れたところを男が二人、歩いている。編《あ》み笠《がさ》を深くかぶり、鍬《くわ》のような長い棒を担いで大きな籠を背負う姿は、畑仕事から戻る村人に見えたが、薄汚れた帯には曲がりなりにも打刀《うちがたな》が差してあった。

治長は鋭く囁《ささや》いた。

「茶々様、後をつけられています」

驚いて振り返ろうとする茶々を素早く制す。

「見てはいけません」

「城の者が探しに来たのかしら」

「そんな品のいい者ではなさそうです」

盗人か、追剝《おいはぎ》か。どこからつけられていたのだろうか。いずれにせよ、悪党に捕まったら、無事では済まないだろう。襲われたら茶々を守ることができるのは自分しかいないが、大の男を二人相手に立ち回れるとは思えない。とにかく、人気のない湖畔を離れて、街道に出た方がよいのは間違いなかった。

「走りましょう」

治長は茶々の手を強く引いて駆け出した。男たちは二人が逃げたことに気づいて、怒鳴り声を上げた。

「待てい！　がきども！」

葦《あし》や草を掻き分け、街道を目指して二人は懸命に駆けた。

しかし、茶々は息がすぐに上がり、砂利や草に足を取られて思うように走れない。茶々を庇《かば》いながら走る治長の耳に、男たちの足音が徐々に迫ってくるのが聞こえる。

茶々の「あっ」と小さく叫ぶ声と同時に、繋いだ手がぐっと後ろに引かれた。はっとして振り返ると、茶々の袖が男に掴まれていた。治長は手を離すまいとするが、男の引く力の方が圧倒的に強く、茶々が悲鳴を上げた。

「痛い！」

泣きそうな声に反射的に手を離してしまった。治長が慌てて手を追いかける間もなく、茶々は男に羽交い締めにされた。

「離して！」

暴れる茶々を、男は軽々と押さえつけたまま嘲笑《あざわら》う。

「どこのお武家の姫様か知らないが、小童《こわっぱ》一人を供にお出かけとは襲ってくれと言っているようなものだぞ」

「離せ！」

治長は迷わず抜刀した。すると、もう一人の男が「ほう小童、やる気か」と、面白がるように応戦の構えを見せた。茶々を押さえつけている男が軽い調子で言う。

「殺すなよ。二人まとめて遠国《おんごく》に売り飛ばした方が金になる」

その言葉に、ぞっとした。

とんでもないやつらに目をつけられてしまった。着物や金目の物を奪われるだけならまだしも、拐《かどわ》かして人買いに売るつもりなのだ。この乱世ではそのこと自体は珍しいことではない。戦に紛れて非力な女子供が攫《さら》われ、奴隷として売り買いされるのはありふれた話で、平時でも市場の片隅にたむろする人買いの姿は、治長も見知っている。

相手は治長が斬りかかってくるのを「ほれほれ」と、薄笑いを浮かべて待っている。

（くそう……）

挑んだはいいものの、木刀ではなく真剣で人を相手にするのは初めてだった。もちろん、人を斬ったことなどない。柄を握る掌に嫌な汗が滲み出るばかりで、なかなか一歩が踏み出せなかった。

やるだけやるしかない、と意を決して刀を振りかざした時、街道の方から男の声がした。

「何をしておるか！」

馬に乗った武士たちが、こちらに向かって駆けてくる。それを見た悪党どもは、敵《かな》わないと思ったのか、舌打ちをして茶々と治長を置いて逃げ出した。

思わぬ助けに、治長はどっと脱力して、安堵《あんど》の息を吐くと刀を下ろした。刀を鞘《さや》に納めると同時に、茶々が駆け寄ってくる。

「治長！」

茶々は治長の胸にしがみついた。あまりの恐怖に動転しているのか、胸に顔を埋めて離れない。その姿に、茶々に恐ろしい思いをさせてしまった自分への情けなさと悔しさでいっぱいになった。

「申し訳ありません。このような危険な目に遭わせてしまい……」

そう言いながら茶々の両肩に手をやった時、二人の頭上から声が掛かった。

「どうやら、怪我《けが》はなさそうだな」

その声に我に返ったのか、茶々は真っ赤になって治長から離れた。助けに来た武士たちが、馬上からにやにや笑って見下ろしている。その身なりから、名のある武家の家臣であることはすぐにわかった。悪党に太刀打ちできずに助けられたことも、胸にしがみつく茶々を見られたことも恥ずかしくなって、治長は平静を装いながら黙礼を返した。

「悪党は逃げたのか？」

そこへ、中年の男の声がした。街道の方からもう一人、馬に乗った武士がやってくる。錦糸で紋様が施された肩衣《かたぎぬ》の柄は、遠目に見ても華やかだ。きっと助けてくれた武士たちの主君に違いなかった。

にやにやしていた武士たちも、主君に向かって表情を引き締める。

「この者たちも幸い怪我などはないようです」

男は「それはよかった」と明るく笑ったが、茶々を見やってすぐに「おや？」と表情を変えた。

「ひょっとして、そなたは浅井の……いや、市様の姫君では？」

茶々は驚いたように男を見上げた。治長も思いがけない言葉に警戒して、茶々を背後に庇い一歩前に出た。一目見ただけで茶々を市の娘だと見抜かれた。先程の悪党と対峙《たいじ》した時とは違う緊張と不快感を覚え、治長は男を睨《にら》みつけた。

丸い目に薄い顎髭《あごひげ》、頬骨の出た輪郭……、主君の男は、目の前で改めて見るとずいぶんと小柄だった。痩せた体格は、豪奢《ごうしゃ》な衣に着られていると言ってもいいくらいだ。どこかで見たことがあるような、と思った時、茶々が治長の袖を握った。そっと窺うと、茶々は苦々しい表情で耳打ちした。

「秀吉《ひでよし》だ」

その名を聞いて思い出した。小谷落城で市たちが投降した時、織田の陣営にいた武将だと。そんな二人を見やって、男は高らかに笑って言った。

「まさか、このようなところで信長様の姪姫様を拾うとは、とんだ手柄ですな！」

茶々を助けたことを「手柄だ」と笑うのは、信長の家臣、羽柴《はしば》秀吉だった。

秀吉が乗る馬の横を、治長は黙って歩いている。

（まさか、この御方《おかた》に助けられるとは……）

信長の草履取りからその才を認められて大出世を果たし、今は長浜《ながはま》城の城主になった異色の家臣だという噂《うわさ》は、治長でも知っている。秀吉の周囲には、最初に助けに来た武士の他にも数名の家人《けにん》が付き従っている。

秀吉がいなければ今頃どうなっていたかわからない。感謝しなければならないことはわかっているが、素直に感謝できなかった。秀吉の乗る馬に抱えられるようにして同乗させられている茶々も、不服そうに頬を膨らませている。

「茶々様もすっかり大きくなられて。お母上様の市様にますます似てきましたな！」

そう言って秀吉は茶々の顔を覗《のぞ》き込もうとする。茶々はぷいっと横を向いた。

秀吉に笑顔を向けたくない気持ちは、治長にはよくわかる。秀吉の言動一つ一つに、茶々を品定めするような下品さがあるだけではない。

信長の小谷城攻めの主先鋒《しゆせんぽう》は、秀吉だったのだ。

実質的に城を落とし、長政を自刃《じじん》に追いやったのは秀吉といってもいい。そのことをもちろん茶々も知っているし、長政の死後、その領地を勲功として与えられた秀吉が、今は小谷を含む北近江一帯を治めていることも、気に障るのだろう。

「よりによって、秀吉殿に助けられるとは思いませんでした」

茶々のきつい口調にも、秀吉はめげることなく呵々《かか》と笑う。

茶々は顔をしかめて治長に視線を送るが、どうすることもできない。乳母子とはいえ信長の重臣である秀吉から見たら、姫の従者でしかないだろう。もしも、自分が秀吉と対等な立場なら、今すぐにでも無礼な態度を責めて、茶々を秀吉から引き離したいくらいだ。

自分の立場を歯がゆく感じているうちに、安土の賑やかな城下町に再び戻っていた。

「しかし、いったいどこへ行こうと？」

秀吉の問いに、茶々は言葉を交わすのも嫌だというように短く答える。

「竹生島へ」

「竹生島？　安土から！」

秀吉は頓狂な声を上げて笑う。治長はこらえきれなくて、強く言い返してしまった。

「何がおかしいのですか？」

秀吉はほんの少し意表を突かれた様子だったが、すぐに治長をからかうように言った。

「それも、たった一人のお供を連れて」

自分たちがいかに無謀なことをしていたかを思い知らされ、先程の恥ずかしさもよみがえって治長は黙り込んだ。

「して、おぬし、信長様のお許しを得て城を出たのか？」

「いえ……」

「ほう、それは」

秀吉は思案するように顎に手を当てた後、真顔になって短く言った。

「まずいな」

治長に向けられた目は、茶々におどけて見せていた表情とまるで違っていた。その冷ややかな眼差しに治長は身を固くした。

「どういうこと？」

茶々が怪訝《けげん》な顔をして訊き返すと、秀吉は一瞬でもとの笑顔に戻る。

「おや、茶々様、あれなどは、ようお似合いになりそうですな！」

話をそらすように扇を売っている店の前で馬を止めて、店頭に飾られた扇を指し示す。

「せっかくですから、この秀吉が買《こ》うて差し上げますぞ」

懐を叩いて銭の音をじゃらじゃらとさせながら指し示すのは、惜しみなく金箔が施された地に真っ赤な大輪の花が描かれた扇。いかにも成り上がり者が好みそうな派手な絵柄だった。

あれが、茶々に似合うものかと、治長は呆《あき》れた。茶々に似合うのは、淡縹のような淡い青色だ。金にものを言わせて茶々の機嫌を取ろうとする態度に、ますます不愉快になる。


「結構です」

茶々は、すげなく断った。

「おやおや、そうでございますか」

秀吉は目を丸くして肩をすくめるが、こたえた様子は微塵《みじん》もない。秀吉が高価な品を買うことができる武士だと察したのか、すかさず店主が出て来た。

「お武家様、こちらなどいかがですか」

濃い桃色に金の桜吹雪が描かれた扇だった。その絵柄に、秀吉は「おお!」と目を輝かせた。気を利かせた家人が店主からそれを受け取り差し出す。漆塗りの骨には翡翠の飾りが付けられていて、一見しただけで相当な銭を払わなければ手に入らないとわかる。

「これは、よい! 寧《ねい》に買っていこう」

「寧?」

不機嫌そうに茶々が訊き返すと、秀吉は憚《はばか》ることなく答えた。

「わしの妻じゃ!」

「かような扇を好む奥方とは、秀吉殿にようお似合いの女人なのであろうな」

茶々の嫌味を込めた言い方にもめげず、秀吉は「茶々様のお褒めの言葉、感激の極み」などと、おどけて見せていた。

城に戻った治長は、秀吉の〈まずいな〉という言葉の意味が身に染みてわかった。明日の左義長のために安土城に集った武将たちが見つめる中で、信長が治長を見下ろしている。その目に射すくめられたように動けなくなる。

「わしの許しもなく、茶々を城から連れ出したな」

床に平伏し「お許しください！」と謝ったが、信長に胸倉を摑まれた。

「この信長の姪を、危うい目に遭わせるとは何様のつもりだ」

間近で見る信長の目は、ぞっとするほど冷えきっていた。憤りを露《あら》わにする言葉とは裏腹に、その目は少しも血走っていない。目を吊《つ》り上げて怒りのままに睨みつけられた方が、よほど恐ろしくなかった。赤い唇だけに微笑を浮かべて殴らんとするその姿は、謝ったところで許されることなどないように思えた。

信長は治長に向かって吐き捨てた。

「たかが、乳母子が！」

その勢いのまま、治長は殴り飛ばされた。床に倒れたところにみぞおちを足蹴にされ息ができなくなる。霞《かす》む視界に、遠巻きに眺める武将たちの姿が映った。皆、憐《あわ》れむように見やりながらも、止めに入ろうとする者は誰もいない。控える秀吉は憐れみすら見せず、うずくまる治長をすました顔で見下ろしている。

誰も助けてくれない絶望の中で、信長が再び拳を振り上げる気配がした。

（死ぬかもしれない）

治長は力を振り絞り、震える腕で半身を起こした。このまま死ぬのならば、どうしてもこれだけは言い返したかった。

「わ、わたしは……たかが、乳母子です」

途切れつつもかろうじて声を発した姿に、見ている者たちがざわめく。信長も言い返されるとは思わなかったのか、僅かにたじろいで治長を見下ろした。

「ですが……、主のために生まれて……主のために生きるのが、乳母子です」

そこまで言うと、ようやく息が整い、声の限りに叫んだ。

「その大切な御方の願いを、私は叶えて差し上げたかったのです！」

憚ることなく言いきった治長に、信長の怒りはさらに膨れ上がった。

「わしに口答えをするか！」

激高した信長に、秀吉が心得たように太刀を捧《ささ》げ渡そうとした。それを傍らにいた蘇《す》芳色《おういろ》の肩衣を着た武将が腕を伸ばして制した。

その時、部屋の障子戸がぱんっと音を立てて開いた。

「伯父上！」

茶々の甲高い声が、部屋の緊迫を突き破った。茶々は躊躇いなく治長と信長の間に割って入った。

「治長を許してください！　私が城の外に出してほしいと頼んだのです。悪いのは私なのです！」

茶々は全身で庇うように、信長に向かって両腕を広げた。

茶々の指先は小刻みに震えているが、両腕を広げたまま信長から顔をそらさない。信長は黙ったまま茶々を睨みつけている。互いに引く気配のない姿に、部屋には異様な静けさが漂った。

その静けさの中に、穏やかな声がした。

「稚《いとけな》い姫様をお許しくださいませ」

その声の主を皆が一斉に見やる。蘇芳色の肩衣の武将が信長に向かって恭しく頭を下げていた。

「茶々様も怪我なくお戻りになられたのです。それに、この治長と申す乳母子の、茶々様への忠誠を語る姿に、私は深く感心いたしました。どうかこの私に免じて、お怒りを鎮めてくださいませ」

この武将には、信長も一目置くところがあるのだろうか。ゆったりとした口ぶりに、機嫌を損ねることもなく「ふん、そうか」と笑みすら見せた。

信長は治長の方に向き直り、短く言い放った。

「おぬし、家康《いえやす》に感謝するのだな」

治長は体の痛みをこらえて信長に深く一礼すると、茶々に支えられて立ち上がった。部屋を退出する際に、黙礼をしつつ助けてくれた武将を改めて見た。

(この御方が、徳川《とくがわ》家康殿……)

東海一帯を治める大名としてその名は知っていたが、姿を見るのは初めてだった。家康も周囲に気取られぬ程度に目で返してくれた。その落ち着いた振る舞いには威圧するものは何もないのに、信長に引けを取らぬ威厳が漂っているように思えた。

部屋を出てから、茶々は憤然と歩きながら秀吉のことを批難した。

「きっと秀吉が、治長のことを悪いように伯父上に告げ口したに違いない!」

「………」

「伯父上がお許しくださった時の秀吉の顔を見たか?」

「いえ……」

「ひどくつまらなそうな顔をして……ああ、思い出すだけで憎々しい!」

治長は何と答えていいかわからない。悔しいのは確かだが、茶々を危険な目に遭わせてしまったことに違いはない。それに信長の重臣である秀吉を、茶々のように声高に批判できる立場でもない。黙ったまま後ろをついて歩くしかなかった。

「それに比べて、あの家康殿という御方は、言葉遣いも衣の色も振る舞いも、全てに品があって、頼もしそうな御方であった」

「しかし、家康殿がいたからよかったものの、あのままでは茶々様までお手打ちになっていたかもしれません」

治長の言葉に、茶々がぴたりと立ち止まる。急に立ち止まったので、治長は茶々の背中にぶつかりそうになってつんのめった。

「治長が、死んでしまうかと思った」

さっきまでの憤りから一転して、沈んだ声に戸惑った。茶々は背を向けたまま続けた。

「私が母上からお叱りを受けている間に、治長がいなくなってしまって。伯父上のところへ連れて行かれたと聞いて……」

茶々は言葉を詰まらせた後、問いかけた。

「どうして、伯父上にあのような口答えをしたの？」

「どうして、と言われましても……」

自分でもなぜあそこまで強気で言い返せたのかわからない。〈たかが、乳母子が〉と言われて込み上げてきた感情を、相手が信長であるのも構わず夢中で言い返していた。

茶々は治長に背中を向けたまま、目元を袖で覆う仕草をした。

（泣いているのか？）

治長は驚いた。茶々は何度も袖で目元を拭いながら言った。

「すまぬ……私のせいで、怪我をさせてしまった」

治長の顔には、さぞ痛々しい痣《あざ》ができているのだろう。だが、そんな傷は大したことではなかった。体の傷など、時が経《た》てば癒えるのだから。決して癒えることのない心の傷を負った茶々が、治長のことを助けるために、その傷を負わせた相手に向かって両腕を広げてくれたのだ。

茶々は涙を見せまいとしてこちらを振り向かない。自分の前なら泣いていいのにという思いが、治長にこの言葉を言わせた。

「いつか必ず、一緒に行きましょう」

何のこと、と茶々は首を傾げて振り返った。その瞳はやはり濡れていて、ほんのり紅《あか》くなった眦《まなじり》に、治長はこの想いを一層強くした。

「幸せの場所に、いつか必ず茶々様をお連れします」

茶々は潤んだ目で微笑すると、その約束にしっかりと頷き返してくれた。


翌日、信長と馬廻衆による左義長が盛大に執り行われた。

色とりどりの甲冑や装束を纏った武将たちが、爆竹と囃子が打ち鳴らされる中を騎馬姿で練り歩く。信長自身も真っ赤な着物に唐錦《からにしき》の羽織を重ねて虎皮の行縢《むかばき》を穿《は》き、頭には黒い南蛮笠をかぶるという奇抜な姿で葦毛の名馬に乗って繰り出した。群集の華やかな歓声が安土の町に響きわたる。

その光景にはしゃぐ初と江の隣で笑顔を見せる茶々を、治長はそっと見ていた。

華やいだ行列よりも、信長の眩《まぶ》しいほどの威光よりも、治長は哀しみを隠したその笑顔を、見守っていたかった。

二

安土での左義長の後、茶々は信長の居城の一つである岐阜城に移住して十四歳の年を過ごしていた。いつか嫁ぐ日のために、と三姉妹で和歌や琴などの素養を身につける日々の中、京の都から岐阜城に早馬の使者が登城した。

にわかに城内は騒然となり、不審に思った茶々は廊をせわしなく行く家臣を捕まえて聞き出した。その話に傍らにいた初と江は、悲鳴のような声を上げた。

「伯父上が死んでしまうなんて！」

あの華やかな左義長から一年あまり、信長が都の本能寺《ほんのうじ》で家臣明智光秀《あけちみつひで》の謀反に遭って死ぬなど、誰も想像していなかった。茶々も驚愕《きょうがく》の思いを隠せなかったが、伯父を殺された哀しみは湧き上がらなかった。

（私たちはこれからどうなるのだろう）

父を殺され、その仇《かたき》の伯父の庇護を受け、そうして今また、その伯父を殺された。自分たちの足元が崩れていく不安の方が大きかった。

しかし、心のどこかで、いつかこんな日が来るような予感はあった。あの日、信長に折檻《せっかん》される治長を周囲が見て見ぬふりをしている光景に、思うところがあったのだ。

きっと、伯父が死ぬ時は、ここにいる誰も助けてくれない、と。

本能寺で信長を襲った明智光秀は、信長の腹心の家臣だったという。信長の権威をそのまま築き上げたかのような安土城。その眩《まばゆ》いばかりの威光の裏側は、声を上げられない者の心の闇で染まっていたのだろう。

しかし、信長という寄る辺を失った自分たちは、今度はどこで生かされるのか。一人ではどうしようもない運命に翻弄される身に、茶々は憤りさえ覚える。何に対して、誰に対して憤ればいいのか、それすらもわからない。そんな行き場のない憤りを、誰かにわかってほしかった。

傍らにいる妹二人を見ると、初と江は涙を流して「あんなに楽しい伯父上が」と嘆き、寄り添い合っている。素直でいい子たちだけれども、きっと二人にはわかってもらえないだろう。

(治長だったら、何と言ってくれるのだろうか)

妹たちを見やりながら、なんとなく、この気持ちは妹たちにも、誰にも知られたくないと思った。

それからしばらくして届いた知らせに、茶々は返す声が裏返った。

「秀吉が?」

知らせを伝えた治長の表情にも、戸惑いが滲み出ている。

「はい、光秀殿は山崎《やまざき》にて秀吉殿に敗れ、僅か十二日の天下だったとか」

主君の敵討ちに燃える羽柴秀吉の軍勢に攻められて、明智光秀は敗死したという。あまりにあっけない顚末《てんまつ》に、茶々は茫然とした。

「あの秀吉が……」

安土で会った時の無礼で品のない秀吉の姿が、思い浮かんでしまう。

「秀吉殿は戦勝を掲げて、清洲城で行われた信長様の後継を決める談義にも強く出られたとか……」

治長の話に、茶々はよぎる不安をそのまま言った。

「まさか、私たちは秀吉のもとに引き取られるのか?」

「それは……」

「私は、あのような男の庇護は受けたくない!」

言いながら身の毛がよだつ思いがした。

「まだ、そうなるとは決まっていません」

治長は茶々を落ち着かせるように「きっと、大丈夫」と頷いてくれた。

その日の夕刻、茶々は母の市に呼び出された。初と江が呼ばれなかったことに、訝《いぶか》しい思いを抱きつつ、治長を従えて母の居室に向かった。

部屋に入ると、市は脇息にもたれることもなく、背筋を伸ばして待っていた。

「お呼びでしょうか、母上」

茶々がいつものように治長を従えて来たことを見て取ると、市は「治長は」と言った。母の意図を察し、茶々は治長の方を見た。治長も心得ていて、黙礼するとすぐに廊へ下がった。

二人きりになると、市は兄、信長の死を嘆く言葉も、その仇の光秀を討ち取った秀吉への賛辞もなく、決まった事実のみを伝える、というように言った。

「私は越前国《えちぜんのくに》、柴田勝家《しばたかついえ》殿のもとに嫁ぎます」

茶々は市の言っていることを理解するのに、言葉を反芻《はんすう》した。

「嫁ぐ？」

その困惑に、市は淡々と語って聞かせた。

尾張の清洲城で、織田家臣内に激しい対立が起きたということ。激しい対立とは、信長の弔い合戦で台頭した羽柴秀吉と、信長の父の代から仕える重臣の柴田勝家との、跡目を巡る衝突だった。

「勝家殿を推すために、母上は勝家殿の妻になるということですか？」

「そうです」

市の迷いのない返事に、茶々は声高く言ってしまった。

「でも、父上のことは！」

死んだ夫、浅井長政のことを娘に挙げられても、市は少しも動じなかった。その揺れることのない瞳に、はっとさせられる。

「かつて、私は織田家のために長政様のもとへ嫁ぎました」

「…………」

「けれど、長政様はほんとうにお優しい、よき殿方でした」

幼すぎた初と江にはあの頃のことはほとんど残っていないかもしれないが、茶々の中には、仲睦まじかった父と母の姿が、はっきりと刻まれていた。市は、茶々たちを産み育て、温かな愛を知った後に長政を殺された。そうして、今、再び織田家のために嫁がねばならないのだ。

市の揺れない瞳を見て、母は選んだのだ、とわかった。殺された夫への想いを殺せという、人としての感情を踏みにじられる己の運命に、市は人形となることを選んだのだ。

市は茶々を見据えて、はっきりと告げた。

「この戦乱の世を、女として生きるということは、そういうことなのです」

茶々は何も言えなかった。母の選択を肯定することも否定することもできなかった。

(私も、いつか、そうなる日が来るの?)

感情を押し殺し、望まぬ運命を静かに受け入れる強さを持つ。それは、暗闇の中で、無数に体と心に傷を負い続けながら歩くようなものだった。

市との話を終えて茫然と部屋を出ると、廊に控えていた治長が顔を上げた。

「茶々様」

茶々は何も答えず、そのまま市の居室を離れて庭の眺められる簀子縁《すのこえん》まで行くと、へたり込んだ。従っていた治長が、心配そうに傍らに膝をついて訊く。

「どうされました? 市様は何のお話を」

茶々は思いつめたまま、言葉少なに答えた。

「母上と一緒に、越前国に行くことになった」

「越前へ」

治長はそれだけで事の次第を察したのか、表情を引き締めて問い返した。

「市様は、柴田勝家殿に嫁がれるのですか」

織田家重臣の名に、茶々は重い気持ちで頷いた。

今までも、伊勢《いせ》や清洲や岐阜といった織田家中の城を転々とさせられてきたので、城を移ることに不安はない。遠くの城へ移るということよりも、母が勝家に嫁ぐこと、その勝家が義父になること……自分たちの運命が動き始めていることが、不安でならなかった。

その気持ちを汲《く》み取ったのか、治長が励ますように言った。

「勝家殿は織田家随一の猛将、鬼《おに》柴田と称されるほど武功ある御方。きっと、市様と茶々様のこともしかとお守りくださるかと。それに、越前、北ノ庄《きたのしょう》城は北陸の要の大きなお城と聞きますし……」

「私は、怖い」

茶々は治長の励ましを遮った。

「きっと……母上は戦のために嫁ぐのだ」

その言葉に、治長は押し黙った。勝家と秀吉の間には、遠からず戦が起きるであろう。そのことを治長も察していることが、沈黙から伝わってくる。勝家が正統な織田家の後継を担う者として戦えるように、市は織田信長の妹として嫁ぐのだ。それはつまり、

「勝家殿が負けたら、母上も死ぬということであろう？」

「そんなことは……」

そんなことはない、と治長は言おうとしたのだろうか。しかし途中で声を詰まらせたことが、茶々の言葉を否定できないことを表していた。

「母上は、それが戦乱の世での女の生き方だと。それが、私は怖い。……そう思ってしまうのは、間違っていると思う？」

治長は茶々の目を見て、首を振った。

「私は、間違っているとは思いません」

治長は一呼吸置いて、淀《よど》むことなく言いきった。

「もし、茶々様がそうする日がいつか来ると思ったら、私も、怖いからです」

その言葉に、茶々は母との対峙で縺《もつ》れていた頭の中が、ようやくほぐれていくような気がした。

三

岐阜城で挙げられた市と柴田勝家の婚儀の間、茶々は押し黙っていた。

勝家は齢《よわい》六十を過ぎた厳格そうな老臣だった。二回りほども年上の夫に、この先、市は寄り添うのだ。市と長政の仲睦まじい姿を覚えている茶々には、勝家が不釣り合いに見えてならなかった。

一方で初と江の表情には、新しく父と呼ぶべき人への期待が滲み出ていた。だが、茶々にはどうしてもその思いが抱けない。勝家とどう向き合っていいのかわからない気持ちのまま、その月のうちに越前国、北ノ庄城へ移った。

その北ノ庄で茶々は、新しい城や北陸の風土よりも、勝家の姿に戸惑ってしまった。

（この人が、鬼柴田？）

婚儀の時のいかめしい老臣とは全く様子が違うのだ。

年を感じさせぬ強靭《きょうじん》な体格と、少し白髪の交じった髭をごわごわと生やしたいかめしい顔は、さすがは織田家臣の重鎮、という雰囲気を醸し出していた。そういう点では、治長の言っていた鬼柴田の名称も納得なのだが、茶々たちに見せる顔は、まるで違った。

不器用な忠義者と言えばいいのだろうか。

この婚姻も織田家存続のためという大義名分をわきまえていた。市に対しては、信長様の妹君、と敬う態度を崩さなかったし、茶々たち三姉妹にも義父として娘に接するというよりは、大切な預かりもの、という丁重さなのだ。

市と語らう時も、大きな濁声《だみごえ》で「市様におかれましてはぁ！」と鯱《しゃちほこ》張って前置きをする。それを初と江はこらえきれずに笑ってしまうが、勝家は機嫌を損ねることもなく、ただ気恥ずかしそうに髭を掻くのだ。

城の暮らしにも慣れた頃、勝家が「姫様方、よろしゅうございますか」と市と茶々たち三姉妹のいる部屋にやって来た。

いつものご機嫌伺いの挨拶だろうか、と茶々が思っていると勝家の後から大きな葛籠《つづら》を抱えた商人たちが、続々と入ってくる。何事かと驚いたが、市は前もって聞いていたのか、動じることなくその様子を見ている。

茶々たちが目を瞬いている間にも、商人たちは手際よく葛籠から織物を出して床に広げていく。部屋いっぱいに広げられた色とりどりの織物に、初と江は歓声を上げた。その声に応えるように勝家は胸を張って言った。

「さあ姫様方、お好きなもので打掛をお仕立てなさいませ！」

年頃の姫たちを退屈させぬようにと、絹織物を扱う商人をわざわざ都から呼び寄せてくれたのだ。「好きなものを選んでいい」と大らかに言う勝家の姿は、やはり鬼柴田には見えなかった。

ふと、安土の城下で、金ぴかの扇を「茶々様に似合う」と示した秀吉の姿を思い出して、試しに問うてみた。

「義父上《ちちうえ》は、どの色が私に似合うと思いますか？」

すると、勝家は途端に目を白黒させて「武骨者には、なんともいやはや」と汗をかいた。いくつかの織物を手にしては「これか……いや、こちらの方が」とぶつぶつ独り言《ひとりごと》つ。迷いに迷った後、明るい青をした浅葱色《あさぎいろ》に竜胆《りんどう》の花があしらわれた織物を手に取った。

「茶々様におかれましてはぁ、こちらがお似合いになるのでは！」

相変わらずの濁声の前置きに、初と江が笑い転げ、茶々もおかしくて笑ってしまった。気恥ずかしそうにする勝家に向かって、茶々は大きく頷いた。

「私も、これが良いと思っておりました」

その返事に勝家は、目尻を下げて笑った。いかめしい顔が一瞬でやわらかくなり、その瞬間がどこか父、長政に重なるような気がした。茶々は織物を受け取ると肩に当てて、市の方を向いた。

「母上、いかがです?」

市は茶々と織物を見つめた後、穏やかな声で言った。

「よう、似合《にお》うておりますよ」

その眼差しや声は、小谷城にいた頃の優しい母と同じようだった。

「ちっとも、鬼柴田ではないわよ」

浅葱色の絹織物で仕立てた打掛を着て見せながら、茶々は上機嫌に治長をからかった。

「はあ。私には鬼のように厳しい稽古をつけてくださいますが……」

治長は首を傾げながら言い返す。

治長は勝家と初めて会った時、「さては、信長様に口答えをした乳母子だな」と頭から足の先までじろりと睨まれていた。どうやら、あの安土での出来事は、居合わせた者の口から広がり、織田家中で治長の名は知れ渡ってしまったようだ。

それ以来、治長は武芸の修練で毎日のようにしごかれているらしい。今日もこれから槍《やり》の稽古だという。

「ならば、私も治長の稽古を見てみたい」

「それは……」

治長は慌てた様子で断ろうとした。

「あら、どうして？」

「勝家様はとてもお強いので。あまりに、なんというか……私が、無様《ぶざま》なので」

治長は口ごもった。

さすがに、治長のことを思うと稽古を見るのは気が引けたが、やはり、鬼柴田の姿を見てみたい気持ちが勝った。茶々は稽古が始まると、稽古場の庭に面した部屋に入り、障子戸の隙間からこっそり見ることにした。

襷掛《たすきが》け姿の勝家と治長が稽古用の木槍を手に対峙している。向き合っているだけなのに、大柄な勝家に治長は喰《く》われてしまいそうなくらい気圧《けお》されている。

「それで構えたつもりか！」

一喝された治長は槍を持ち直して構える。だが、その姿に勝家は呆れたように息を吐いた。

「ふん、隙だらけだな！」

と言うや否や、勝家の槍が勢いよく治長の槍を打ち払った。槍を取り落とさないようにするのに精一杯だったのか、治長は勝家の穂先が足元を突くのに気づかず、そのまま足を払われて思いっきり尻から転倒した。

「相手の穂先から目を離しおって！　戦場《いくさば》ならこのまま首を掻っ切られているぞ！」

治長は首筋をびしっと音がするほど柄で叩かれた。その音に茶々も身をすくめる。

（あれが、鬼柴田、なのね）

その名称に納得していると、後ろから江の無邪気な声がした。

「何をご覧になっているのですか！」

茶々は外にいる二人に気取られると思い、慌てて「しっ！」と指を立てて黙らせた。

「姉上ばかり、ずるうございます！」

茶々の意図など察することもなく、江は口を尖らせて声高に言う。さすがに、外の二人に気づかれてしまった。

「そこにおられるのは、姫様たちかな」

尻をついたまま立ち上がれない治長の前で、勝家が問う。茶々は仕方なく障子戸を開けた。

「盗み見るような真似《まね》をしてしまい、申し訳ありません」

おずおずと謝ると、勝家は朗らかに「よいのです」と言った。その足元で、治長は耳まで真っ赤になって動けないでいる。

「茶々様の御前で、そのざまでは情けないのう！」

豪快に笑う勝家に、治長は悔しそうにうなだれた。だが、次に続いた勝家の言葉に、その表情が変わった。

「おぬしは安土で信長様に何と申した。そのことを忘れたとは言わせぬぞ」

勝家を睨みつけた治長の姿に、茶々は安土城での出来事を思い出してひやりとした。信長を怒らせた時のように、勝家を怒らせてしまうのではないか……。だが、治長の態度に勝家は不快な表情を少しも見せなかった。微笑ましいものを見るようにして、優しい声で語りかけたのだ。

「おぬしに初めて会った時、こいつが信長様に口答えをした乳母子かと、わしは嬉しかったのだぞ」

「え……？」

「主のために生まれて、主のために生きるのが、乳母子だ。そう、言いきったのであろう？」

「……はい」

「その話を聞いてわしは、亡き浅井長政殿が茶々様の乳母子に男子《おのこ》を選んだ理由が、よくわかった」

二人のやり取りを聞きながら、茶々はその意味を考えた。たまたま同じ時期に生まれた家臣の子。治長が乳母子に選ばれた理由に、それ以外のものを考えたことなどなかった。

勝家は治長を諭すように言った。

「ただの乳兄弟として育てるのならば、姫の乳母子には女子を付けた方がよい。だが、この乱世、敵襲を受けるのが明日であってもおかしくはないのだ。その時、主君の姫をお守りするのは誰じゃ？」

治長がはっとした顔をすると、勝家は頷き返して槍の穂先を向けた。

「それが、最もおそば近くに仕える乳母子の役目であろう」

治長は口元を引き締めると、地面に落ちた槍を拾って立ち上がった。勝家の力強い払いにもぶれないように、大きく股を開いてしっかりと踏みしめる。勝家は「そうじゃ、その構えよ！」と嬉しそうに言う。

「わしのような猛者《もさ》にも、一人で立ち向かえる武士になれ！」

治長は答える代わりに大声を上げると、勝家に向かって槍を突き出した。勝家は突き躱《かわ》し、あしらいながら助言をしていく。

「穂先から目を離すな！」「相手の動きを読め！」「そうだ、その意気で突かれる前に突け！」と、助言を受ける治長の目は徐々に力が増し、勝家に打たれようが転ばされようが、何度でも立ち上がった。

茶々を守るための力をつけようとする治長を見ながら、茶々は顔が火照《ほて》る。その頰の色を傍らにいる妹から隠すように、そっと手で押さえた。


北ノ庄での日々は、茶々が想像していたものとは全く違う明るさがあった。いつまでもこんな日が続けばいいのに、と心からそう思えた。

だが、年が明けた北ノ庄城で、江は不満そうに言った。

「新年のご挨拶をしたきり、義父上はちっとも私に構ってくれません」

頰を膨らませる江に、初が「義父上は、お忙しいのですよ」と、市の口調を真似てなだめている。その隣で茶々は、火桶《ひおけ》に手をかざしながら黙っていた。

新春とはいえ、越前の深い雪に北ノ庄城は閉ざされている。その寒く静かな城で、勝家の顔は一層いかめしくなっていた。近頃では「市様におかれましてはぁ！」と、大きな濁声で茶々たちを笑わせることもなくなっている。

その理由に、茶々は気づいていた。

城内の大人たちの目つきや口調が、日を追うごとに殺伐としていくのだ。その様は小谷の時とまるで同じだった。あの時は幼すぎて、なぜ皆の気が立っているのかわからなかったが、今の茶々にはこれから何が起きようとしているのかが、手に取るようにわかった。

（きっと、戦が始まるのだ……）

思いつめる茶々の様子に気づいたのか、初が首を傾げた。

「姉上、どうされました」

気遣う初に、茶々は不安を打ち消すように微笑を作ると、小さく首を振った。

それからしばらくして、茶々は二人の妹とともに、市の前に呼び出された。

「あなたたち、よくお聞きなさい。一度しか言いませんよ」

市の凜《りん》とした声に、茶々はついにその時が来たのだ、と胸が潰れそうになりながら頷いた。初と江も、いつものあどけなさを押し隠すように黙っている。

「秀吉が兵を挙げました。ゆえに、私たちは城攻めに備えねばなりませぬ」

城攻め、という言葉に娘たちがこわばるのを感じたのか、市は表情を少し緩めた。

「もちろん、そうならぬように勝家殿は万全を尽くしてくださっている」

そして、市は城主の妻としての覚悟をはっきりと告げた。

「ですから私は妻として、最後まで勝家殿をお支えします」

「それは……」

思わず茶々は声を出していた。市の視線を感じて口をつぐむ。

（そうだ……母上は戦のために嫁いだのだ）

以前、市から勝家に嫁ぐことを告げられた時に思い知った事実を思い出す。勝家が織田家の後継を担う者として戦えるように、市は長政への想いを殺したのだ。そして、もしも勝家が秀吉に負けたら、市は死ぬということも。

それが戦乱の世での女の生き方だと。

「そなたたちには、この母の姿をしかと覚えていてほしいと思います」

武家の女子として生まれた茶々たちが、これから先、どう生きてどう死ぬべきか、市は身をもって教えようとしている。

楽しかった北ノ庄での日々で忘れかけていた現実。それを否定したくて、茶々は市の前でうつむき続けていた。

市は話を終えると、娘たちを引き連れて部屋を出た。城中をくまなく歩き、侍女たちや城を守る城兵たちの差配、城の防備の仕組み、籠城の時の兵糧の使い方などを、一つ一つ丁寧に教えていく。茶々は母の姿を追いながら、教えられることが必要となる日が来ないでほしいと祈っていた。

（鬼柴田、だもの。きっと、大丈夫）

その名称を心の中で何度も繰り返しながら、勝家が秀吉の軍勢を打ち破ってくれることを信じていた。

ようやく雪解けを迎えて、出陣できるようになった勝家は、驀進《ばくしん》する秀吉軍を近江と越前の境にある賤ヶ岳《しずがたけ》で迎え撃つ策を選んだ。

北ノ庄城から威厳ある隊列を組んで出陣する勝家を、茶々は二人の妹とともに、市の隣に立って見送った。その物々しい行軍を、美しい立ち姿で見守っていた市は、勝家の騎馬が来ると恭しく低頭した。それに合わせて、茶々たちも勝家に一礼する。

「勝家殿、ご武運をお祈りしております」

市の微笑に、勝家はごわごわとした髭の下に埋もれた口で笑顔を作った。

その勝家の隣で、真新しい甲冑に身を包んだ治長が槍を携えていた。その姿を見て、茶々の気持ちも一気に引き締まる。

「治長は、これが初陣《ういじん》であるな」

市の穏やかで、しかし芯のある声に治長が頷いた。

「はい、勝家様の旗下《きか》で、市様と茶々様たちをお守りするために奮戦して参ります」

その不安と興奮とが入り混じった表情に、茶々は名を呼ばずにはいられなかった。

「治長」

茶々の声に、治長の頬が薄紅く染まった。

しかし、初めて見た治長の甲冑姿に何も言えなくなってしまった。市のように「ご武運を」と言えばいいのに、どういうわけかそれが言えない。何も言葉を掛けられないまま隊列は進み、茶々は治長の背中を目で追いかけながら、ようやく言うべき言葉が浮かんだ。

（治長、死なないで）

本当は、そう言いたかった。

母のような強い心で、治長の武士としての命運を祈ることが、怖くてできなかった。

それからひと月あまり経った後、賤ヶ岳から勝家の軍勢が帰城した。その隊列は、目を疑いたくなるほど、出陣した時の姿から様変わりしていた。

矢は折れ、槍は杖《つえ》となり、泥と返り血で汚れた馬の背に乗るのは、傷を負い動けなくなった侍だ。盾に乗せられうつ伏せで運ばれる者は、鎧直垂の元の色がわからぬほどに背中が血で染まっていた。多くの者が頭や腕から血を流し、足を引きずり、もはや傷を負わぬ者を数えた方が早いくらいだった。

城に戻るのがやっとというような惨憺《さんたん》たる隊列に、初と江は顔を真っ青にしている。市は毅然《きぜん》とした振る舞いで傷ついた将兵たちをねぎらい、城へ迎え入れていた。

茶々は背を伸ばし、治長の姿を必死で探した。負傷した若い侍を見るたびに、それが治長ではないことを真っ先に確かめてしまう。

「治長！」

やっと、騎馬の勝家に付き従う治長の姿を見つけると、茶々は駆け出していた。息を切らして駆け寄ると、治長は掠れた声を出した。

「茶々様……」

兜《かぶと》の影が落ちる頬は土埃《つちぼこり》や血にまみれ、その目は炯々《けいけい》としていつもの様子とは違っている。

「治長、怪我をしたのか？」

治長は血のついた頬を手の甲でこすって首を振る。

「いえ、返り血です」

「………」

よかった、という言葉がすぐに出なかった。立ち尽くす茶々に、馬上から勝家が声を掛けた。

「茶々様、申し訳もございませぬ。このような有り様を姫様たちにお見せすることになろうとは……」

「……ですが、きっと隣国から援軍が来ます！」

茶々は苦渋に満ちた義父を励まそうとしたが、勝家は絞り出すような声で答えた。

「援軍は……来ぬであろう」

勝家の言葉の通り、同盟を結んでいた周辺の国々は秀吉に寝返り、孤立無援の北ノ庄城は、抵抗する間もなく秀吉軍に囲まれてしまった。

天守閣に身を寄せている茶々たちの耳にも、鉄砲の弾丸が飛び交う音や、兵たちの雄《お》叫《たけ》びが聞こえ、時折、風に乗って火薬の匂いとともに血の匂いすら漂ってくる。

周りには乳母と侍女たちが控えているが、治長の姿はない。勝家とともに戦っているのだ。茶々は治長の無事を祈りながら、一刻も早く戦が終わることを念じていた。

市は背筋を正して瞑目《めいもく》したまま、勝家の勝利を祈っている。茶々たち三姉妹は、決戦に挑んでいる義父を励まそうと、勝家が見立ててくれた打掛をそれぞれ羽織っていた。茶々も浅葱色の打掛姿で、勝利の知らせを待ち続けていた。

しかし、天守閣の窓からは、秀吉の軍勢が圧倒的な数で包囲しているのが見える。爆音が聞こえるたびに震えて悲鳴を上げてしまい、伝令の使者が階《きざはし》を駆け上がる音にすら、敵襲かと緊張が走る。

そこへ、ひときわ大きな足音と甲冑の鳴る音が近づく気配がした。茶々は妹たちを守ろうと懐刀に手を伸ばす。しかし、入って来たのは、勝家だった。

勝家は険しい表情のまま一礼して市の前に畏まる。その改まった振る舞いに、いよいよ落城の時が来たのだと悟った。

「市様におかれましてはぁ！　どうか、どうか、姫様たちと秀吉の陣へ投降なされることを！」

「いいえ」

市は首を横に振った。

「私は勝家殿とともに城を枕に討ち死にしとうございます」

勝家は目を剝《む》き、唇をわななかせた。市は勝家に向かって手をついた。

「私を信長の妹として敬い、浅井の血を引く娘たちを可愛《かわい》がってくださったこと、勝家殿に感謝の念しかございません」

「そのような……、市様どうか顔を上げてくだされ」

勝家はうろたえながら、市の肩に手を添えて顔を上げさせた。

「信長様亡き後の市様と姫様たちをお守りすることが、織田家重臣である私の役目でございます。それなのに、このような負け戦となり……」

「勝家殿は、もう十分役目を果たしておられます」

勝家の言葉を、市は遮った。

「私は、亡き夫、長政様への想いを押し殺してこの北ノ庄へ参りました。けれど、何と申しましょうか……勝家殿のおかげで、思いがけず幸せな時を過ごすことができました」

市は打掛姿の茶々たちを見やりながら、目にうっすらと涙を浮かべて言った。

「娘たちがあなた様を父と慕って笑う姿に、私は人としての心を取り戻したのです」

「い、市様ぁ……」

「私のことを市様と呼ぶのはおやめください。人の心を取り戻させてくれたあなた様のために、私は柴田勝家の妻として最後までご一緒したいのです」

それを聞いた勝家はもう「市様におかれましてはぁ！」とは言わなかった。両目から流れ落ちる涙でくしゃくしゃになった髭を震わせて、吠《ほ》えるように泣いていた。

市はゆっくりと茶々の方へ向き直った。

「茶々、あなたたちは秀吉のもとへ行きなさい。初と江を頼みますよ」

茶々は「いやです」と即答して首を振った。初と江も泣きじゃくりながら、市の袖にすがりついた。

「私は、できません。母上と義父上を残して逃げるなんて！」

そう言った瞬間、体に戦の喧騒がどっと押し寄せるような感覚を覚えた。

城内を駆け回る甲冑姿の武者たちの足音や怒号、血と泥とはじける鉄砲玉の火薬の匂い、燃え上がる城の熱気……。

それはあの日とまるで同じだった。父を置いて逃げた日の光景が両手両足に絡みついて、茶々は動けなくなった。

これは夢だ。そう思いたかった。そうであってほしかった。

（これは夢、夢！　目を開けて！　お願い！　目を覚まして！）

茶々は自分に向かって叫ぶ。しかし、何度叫ぼうとも、夢から覚めることはなかった。

何度、これは夢だと言い聞かせても、この光景は終わらなかった。

また、失いたくない人を捨てて生きなければならない……。その絶望の中に突き落とされそうになった時、部屋に声がした。

「お呼びでしょうか」

そこには、甲冑姿の治長がいた。今の今まで前線で戦って、天守閣を駆け上がってきたのだろう。肩で大きく息をして、跪《ひざまず》いている。

治長に向かって、市は落ち着いた声で命じた。

「治長、茶々たちを連れて、秀吉の陣へ行きなさい」

「それは……」

動揺を隠せずに目を見開いた治長を、勝家は洟《はな》をすすりながら叱咤《しった》した。

「治長、しっかりせんか！　おぬしを鍛えたのは、この時のためだぞ！」

治長は乳母子の意味を思い出したように、表情を引き締めた。

「は。しかと、茶々様たちをお守りいたします」

「うむ、それでよい！」

勝家は力強く頷くと、茶々に向かって改めて告げた。

「姫様方の投降を伝える使者は、すでに秀吉の陣に送ってあります。城郭の外には迎えの者がいる手筈《てはず》でございますから、茶々様は初様と江様を連れてお逃げください」

「いやです！」

市が制しようとしたが、それでも茶々は首を振って言い続けた。

「生きていたって……、秀吉のもとで生きるくらいならば、母上と義父上と一緒に死んだ方が……！」

言いつのる茶々を、市がぴしゃりと否定した。

「それはなりません！」

「どうしてですか！」

「あなたたちを生かすことが、長政様の最期の望みだったからです」

「望み……？」

「小谷で私は、長政様とともに自刃したいと訴えました。親子ともども、ここで命運をともにしたいと」

あの時のことを思い出すように市は僅かに声を詰まらせてうつむいたが、すぐに顔を上げた。

「けれど、長政様はそれを断じてお許しになりませんでした。〈茶々も初も、小谷のことしか知らぬ。江は、この世に季節があることさえまだ知らぬのだ〉と」

茶々は、長政のやわらかな笑顔を思い出した。

この世にはどんな花が咲き、風が吹き、空の色が変わっていくのか……それをまだ知らぬ子供たちを殺すことなど、あの優しい父に、できるはずがなかった。

「だから、私は小谷から逃げたのです。あなたたちに、生きてほしいから……」

「母上……」

涙をこらえる茶々の前に、治長の手が差し出された。

「茶々様、いきましょう」

籠手《こて》を着けたその手が、涙で滲んで見える。

（ああ、小谷でも……治長はこうしてくれた）

生きましょう、と手を握ってくれたのだ。

一つ大きく息を吸うと、茶々は治長の手を取った。

そうして、母の顔を見た。

市は、手を取り合う茶々と治長を送り出すように頷いた。

茶々たちは羽織っていた打掛を被衣《かつぎ》の代わりにして頭にかぶると、部屋を出た。

治長に手を引かれ、天守の狭い階を降りる。その後ろを、妹二人が乳母や侍女たちと一緒に、数名の警護の侍に守られながらついてくる。

いつもなら、茶々たちの姿に城内の者は畏まって控えるが、今は城を守る侍たちが周りを荒々しく駆け、誰も気遣う気配はない。その中を、治長は大股で進んで行く。きっと勝家から城の防御の造りだけでなく、城から抜け出る道も教え込まれていたのだろう。城兵たちの喚声と鉄砲の爆ぜる音とが飛び交う薄暗い城の中を突き進む。その歩みに、迷いはなかった。

抜け道から城郭の外へ出た時、茶々の足はすくんだ。

城下は燃え上がっていた。敵兵が奇声を上げながら家財を奪い取り、女子供を攫っている。

（これが、乱取り……）

敗北した側の城下の住人や物を戦利品として奪い去る。戦ではありふれたことだと知っていたが、こうして目の当たりにするのは初めてだった。勝家の負けを見込んだ敵兵たちは、抵抗する者を容赦なく斬り捨てる。母親とはぐれた幼子が泣き叫び、殺された夫にしがみつく女人は、強引に連れ去られていく。

茶々の恐怖を察したのか、手を握る治長の力が強くなった。

その時、「姫様方、お待ち申しておりました」と男の声がした。

声の方を見やると、秀吉方の旗印を付けた甲冑姿の足軽大将が、配下の足軽たちを従えていた。陣へ案内するために遣わされた者だろう。

茶々は勝家の威厳と市の想いを守るために、声が震えそうになるのをこらえて言った。

「大儀である。しかと秀吉殿の陣まで案内せよ」

茶々たちは用意された輿に乗った。茶々の輿の横には治長が控え、その後ろを初と江の輿が続く。侍女や乳母たち、他の警護の侍も輿を守りながら付き従っていく。

一行は秀吉の陣を示す金の千成瓢箪《せんなりびょうたん》の馬印を目指し、叫喚が渦巻く城下を掻き分けるように進んだ。しかし、敵の狼藉《ろうぜき》や家屋を焼く炎から逃げようと、人々が我先にと辻《つじ》へ殺到している。老人や女子供でも構わずに突き飛ばして逃げ惑う人波に、茶々たちも巻き込まれた。殺気立つ人に押されて輿は大きく揺れ、しっかり摑まっていないと振り落とされそうだった。治長や侍たちの「姫様のお通りである！　道をあけよ！」という声も、混乱する人々の耳に入るはずもなく、喧騒に消されてしまう。

「輿ではかえって危のうございます！」

徒歩で逃げた方が早いと言う足軽大将に促され、茶々たちは輿を降りた。

しかしその先も、右へ行っては立ち往生し、左へ逃げては炎に巻かれる。殺気立つ人々や降りかかる火の粉から身をもって守ろうとする治長に、茶々は幾度も抱きかかえられる。初も侍女と手を取り合い、体の小さな江は侍の一人に背負われている。先導する足軽大将を必死に追いかけ、ようやく雑踏を抜けきった。

「ここまで来れば、もうよかろう」

人気のない路地で振り返った足軽大将の顔には笑みが浮かんでいる。その笑みを茶々は不審に思った。秀吉の陣はまだ遠い。むしろ、混乱を避けたがゆえに離れてしまったくらいだ。

「きゃあっ！」

突然、侍女の悲鳴がして、そちらを見やった茶々は息をのんだ。足軽の一人が侍女を襲い、小袖を剝ごうとしている。

「やめろ！」

すぐさま治長が槍を構えると、相手は手を止めた。だが、足軽大将は狼藉を働こうとした者を咎めることをしない。不敵な笑みを浮かべたまま言い放った。

「侍女の一人や二人、身ぐるみ剝がされたところで何だというのだ」

「な……、そのようなことを秀吉殿に知られたら、ただではすむまい！」

治長が強く言い返しても、足軽大将は少しも動揺しない。

「あの城下の惨状を見たであろう。逃れる途中で乱暴狼藉にあったと言えば、誰が疑おうか！」

秀吉から褒美の金子《きんす》を頂戴するだけでなく、混乱に乗じて女人を襲って着物を奪おうと、最初から謀っていたのだろう。その強欲さに、茶々は怒りを通り越して唖然《あぜん》とした。

治長は槍の穂先を足軽大将に向けた。

「無礼な真似は許さぬ！」

しかし、威嚇に怯《ひる》む様子はない。治長の若さを見くびるように足軽大将は一笑し、一斉に配下の足軽たちが侍女や乳母の衣を奪おうと襲い掛かる。

逃げ惑う女人たちを治長と他の侍たちで助けようとするが、相手方の数が多く、手が回りきらない。

恐怖に動けなくなっている初と江を守ろうと、茶々は二人の方へ行こうとした。その時、頭に被《かず》いていた浅葱色の打掛を、足軽大将に引っ張られた。

「この打掛が、一番の上物だ！」

「やめて！」

大切な打掛を奪われまいと抵抗して、押し倒された。

「治長っ！」

悲鳴に気づいた治長は、すぐさま駆け寄って足軽大将を蹴り飛ばした。

「茶々様に触れるな！」

叫ぶと同時に治長は槍を突き出した。足軽大将は間一髪で槍を躱すと、すぐに身を起こす。そのまま太刀を抜いて槍の柄を斬り落とそうとするが、その動きを読んだかのように治長は瞬時に体を引いた。勢い余った相手が体勢を崩した隙を見逃さず、治長は一気に喉元を刺し貫いた。

噴き出した血が治長に降りかかり、その飛沫《しぶき》は茶々の足元まで散った。初と江が悲鳴を上げて目を覆う。治長の槍に首を貫かれた足軽大将の姿に、配下の者たちが怯んで狼藉をやめた。治長は動かなくなった男を蹴倒すようにして槍を引き抜くと鋭く言った。

「逆らえば一人残らず殺す！　死にたくなければ、今すぐ秀吉殿の陣へ案内せよ！」

足軽たちは慌てふためきながら、治長に従う意を示した。

「茶々様、参りましょう」

荒い息を吐いて治長が振り返った。その顔は返り血に染まり、頭から浴びた鮮血が顎先から滴り落ちている。そのまま茶々の手を取った。湿った感触に、茶々は「あっ」と小さく声を上げてしまった。治長の手は、血で濡れていたのだ。

茶々が怯《おび》えたことに気づいた治長の目が、哀しそうに揺れた。

（私たちはいつの間に、こんなところまで来てしまったのだろう）

互いに手と手を取り合って、二人で同じものを見ていた日々は、そんなに遠い日のことではなかったはずなのに……。大人と同じ甲冑を身に纏う治長の手は、あの頃とはもう違っていた。


陽は沈み、空には星明かりが瞬《またた》いている。

その宵闇の中で互いの顔がその表情までわかるのは、茶々たちの見つめる先で北ノ庄城が燃えているからだ。茶々たちは秀吉の陣に辿り着いたが、その安堵も束《つか》の間《ま》、城内から爆音と火の手が上がったのだった。

「ははうえ！」

初と江が燃え上がる天守閣に向かって泣き叫ぶ横で、茶々は歯を食いしばってその炎を睨みつけた。声を上げたら、泣いてしまいそうだった。

（どうして秀吉なんかに……）

肩に秀吉の手が置かれた。茶々はびくっと体を硬直させる。

「これから先は、この秀吉が茶々様たちの後見をしかと務めますゆえ、ご安心なさってその身をお預けなさいませ」

秀吉は満面の笑みでそう言った。

その手を振り払いたい思いを、茶々はぐっとこらえた。自分一人ならば、今ここで秀吉の手を叩き払って、懐刀で一突きにしてやりたいくらいだった。しかし、ここには初と江がいる。

拒みたくても、拒めない。母から託された初と江を守り抜くためには、そして、生きてほしいという母の最期の願いに応えるためには、秀吉に庇護を求める以外に道はないのだ。

小谷の時よりもはるかに強い悔しさが渦巻いていた。

これから秀吉のもとで生きるということは、両親の仇に頼って生きていかなければならないということだ。その己を待ち受ける暗闇の道を想像して、震えそうになる両腕を抱えた。その傍らで、そっと名を呼ぶ声がした。

「茶々様」

その声の方を見ると、治長が跪いて茶々を見上げていた。返り血に汚れた顔に光る目が、茶々の悔しさや不安を受け止めるように見つめている。その姿に、治長がそばにいることが自分には必要なのだと、思わずにはいられなかった。

四

敵対する勝家を討ち滅ぼした秀吉は、信長亡き後の後継者として、京の都にも近く海運水運にも恵まれた大坂《おおさか》の地に、巨大な居城を築いた。

その大坂城に妹たちとともに連れて行かれた茶々は、秀吉の隣に座る一人の女人の姿に目を疑った。

「わしの妻の寧じゃ！」

秀吉があけっぴろげに紹介する妻に、「秀吉には似つかわしくない」と言いそうになる。想像していた秀吉の妻とはまるで違った。白い肌にくりっとした目、そして優しげな微笑み。市が「美しい」のであれば寧は「愛らしい」という言葉がぴたりと合う、そんな女人だった。

茶々は敵将の妻でもある寧に、慎重に挨拶をした。

「お初にお目にかかります。茶々と申します。こちらが妹の……」

最後まで聞かずに、寧は茶々の手を取った。

「ね、寧様？」

戸惑う茶々に構わず、寧はその手に額を当てて深々と頭を下げた。

「こんなことで、お許しいただけるとは到底思えませんが、我が夫、秀吉に代わりまして心から詫《わ》びとうございます」

茶々はどんな顔をしていいかわからない。傍らで初と江も目を瞬いている。ゆっくりと顔を上げた寧の目は、涙で潤んでいた。

この人は、何を考えているのだろうか。戦国の世、武士の夫が敵を打ち負かしたのだ。妻ならば褒めて称《たた》えるべきことであろうものを、寧はその夫の目の前で、茶々たちの父母を死に追いやったという現実に涙を浮かべて、夫の代わりに悔い詫びている。

「いや、だからこそ、わしはこの姫たちの後見を……」

秀吉は口をもごもごさせ、寧の言動を咎めることも、憤慨することもなく、ひどくきまり悪そうにしている。しおらしい秀吉の姿にも驚いてしまった。

「寧様、詫びだなんて。私たちはもはや、身寄りのない者。これからは、秀吉様と寧様を父とも母とも思って頼りにしなければならないと……」

そこまで言ってから、茶々は自分の口から出た言葉にたじろいだ。

〈父とも母とも思って……〉と言ったまま固まった茶々の背に、寧は手を添えた。

「よく、妹二人を守りきって、ここまで耐えましたね」

「………」

寧が心からそう言っているのはその口調からも、赤らんだ目元からも伝わってくる。嘘《うそ》はついていなかった。

やわらかに心を摑まれてしまった。その感覚に薄ら怖さすら感じた。

悪い人ではない、むしろ、人が好《よ》すぎるくらいだ。

だから秀吉の妻になったのか、それとも、秀吉の妻になったからそうなったのか。茶々にはわからなかった。

秀吉が、気を取り直したように声を上げた。

「茶々よ」

呼び捨てにされたことを不快に思ったが、それと同時に、自分は秀吉を咎めることはもうできないことに気づいた。

父母を失い、秀吉が後見人となる。それだけではない。信長はいないのだ。織田家は秀吉の巧みな戦略によって没落したに等しい。秀吉に信長の姪を敬う必要はもうなかった。寧も何も口を挟まない。茶々は黙って秀吉の言葉を受け入れるしかなかった。

その姿を満足気に見やった後、秀吉は部屋の隅を指し示した。そこには、北ノ庄城からともに逃れた乳母や侍女に並んで、治長の姿もあった。

「そなたたちが引き連れてきた侍女たちは、わしが面倒をみるゆえ、安心して今まで通り仕えさせるがよい」

「お心遣い、ありがとうございます」

屈辱を押し殺しながら、茶々は皆の代わりに深く頭を下げた。しかし、秀吉は念を押すように言い足した。

「侍女たちは、じゃ」

「……？」

「そこに控える、乳母子の侍には暇を出せ。新たな奉公先が見つからぬようなら探してやる」

それが治長を指していることは間違いなかった。治長も声は発しなかったが、動揺した様子で顔を上げた。茶々は強い口調で問い返した。

「それは、どうしてでしょうか？」

秀吉は大仰なため息をついてから言った。

「浅井長政殿もどういうつもりで、男の乳母子を付けたのか。もう乳母子に話し相手をしてもらう年でもあるまい。男の乳母子ならなおさらじゃ」

呆れたような秀吉の言い方に、不快感が込み上げた。

「いやです！」

声高に拒絶する茶々に、初と江も「姉上？」と、戸惑いを表情に滲ませる。

「小谷でも北ノ庄でも、治長がいなければ私は、私は……」

茶々は怒りながら泣きそうになった。いや、怒っていいのか泣いていいのかわからなくなったと言った方がいい。治長がいなくなる、そう考えただけで、自分の感情が乱され、踏みにじられるようだった。治長の存在なくして秀吉のもとで生きるなど、想像もしたくない。

「私には、茶々殿のお気持ちは、よくわかりますよ」

見かねた寧が秀吉に向かって、穏やかに言い諭した。

「父を失い母も失い、乳母子まで失っては、茶々殿はこれから誰に心を許せばよいのですか？」

「いや、しかし」

渋る秀吉に、寧はやんわりと言った。

「あなた様がそういう心配をなさるということは、茶々殿の嫁ぎ先をひょっとしてもう決めてらっしゃるのかしら？」

「………」

「だとしたら、あんまり男の家人と親しいのはよろしくないけれど。どちらの大名家に嫁がせるおつもりで？」

「そういうわけでは……」

「ならば、私の願いと思って、留め置いてくださいな」

寧はそう言うとにこりと笑った。秀吉は「ううむ」と唸《うな》った後、打って変わって「寧にはかなわぬなあ！」と子供のように言った。

「そこまで言うならば、いたしかたあるまい。大坂城に留《とど》まるがよい。ただし、わしの馬廻衆としてだ」

「馬廻衆？」

茶々は思わず訊き返す。秀吉の身辺警護の側近として取り立てるというのだ。出陣の際は秀吉の騎馬の周りを守る精鋭の武将たちだ。

茶々は答えに窮した。確かに、城主の馬廻衆に取り立てられるというのは、武士としては名誉なことだろう。だが相手は憎き秀吉だ。それに、秀吉の配下として仕えさせるということは、同じ大坂城にいるとはいえ、今までのように片時も離れず茶々のそばにいることは、きっとできない。

「治長とやらには身に余る厚遇じゃ。それでよかろう、茶々よ」

治長を貶《おと》めるような言い方に、茶々は秀吉を睨みつけた。しかし拒めば、治長は他家に出されてしまうかもしれない。

「そのお役目、ありがたく頂戴したいと思います」

後ろで声がした。茶々が振り返ると、治長が秀吉に両手をついていた。

「ほう、引き受けるか」

迷いのない眼差しに秀吉は試すような視線を返す。治長は敢然と秀吉に向かって言った。

「私は茶々様を独りにして、離れていくことはできません」

その答えに、秀吉は「ふん」と言ってしばし沈黙した後、短く言った。

「励めよ」

第二章　密《みそ》か心《ごころ》

一

豪華絢爛《ごうかけんらん》な大坂城の表御殿で、治長はくしゃみをこらえていた。

「これはまた見事な襖絵よのう！」

口元を笏《しゃく》で覆い「ほほほ」と女人のように笑う束帯《そくたい》姿の公卿《くぎょう》から漂う香の匂いが、治長の鼻をくすぐる。大坂城にいる秀吉のもとへ遣わされた朝廷の使者だ。失礼のないよう、慎重に答えた。

「は、秀吉様が当代随一の絵師に描かせたものでございます」

一面に金箔が貼られた襖には、真っ赤な大輪の牡丹《ぼたん》と天竺《てんじく》の国にいるという珍獣が生き生きと描かれている。派手好みの秀吉らしく、金に赤に緑に色とりどりの襖絵は、見つめていると目がちかちかしそうだった。

「ほほほ、京の都にも秀吉殿は大坂城に劣らぬ御殿をお築きになるとか。この見事な襖絵を見たら、その御殿が出来上がるのが今から楽しみじゃ。して、どのような御殿であろう？」

白塗りに作り眉の顔がぬっと治長に寄せられ、焚《た》きしめた香がぷんと匂う。

「は」

余計なことは言わないに限る。それに迂闊《うかつ》に口を開くと、くしゃみが出そうだった。

柴田勝家を滅ぼした秀吉は、そのままの勢いで秀吉の台頭に反発する勢力を平定した。今や朝廷からは関白の位を与えられ、名実ともに天下人《てんかびと》へと駆け上がっていた。

多忙を極める秀吉は、戦の拠点としての大坂城とは別に、政務のための豪邸を都に築き、そこに移り住むことを考えている。その御殿がどのくらいの規模になるのか、相手が朝廷の使者とはいえ、いや使者だからこそ話すべきではなかろう、と治長は冷静に考えた。

黙していると、公卿はつまらなそうに顔を離した。気取られぬ程度に小さく息を吐いて、治長は秀吉の御成りを待った。

二年前、茶々たちが秀吉の庇護を受けることになった時、茶々の嘆願で秀吉の馬廻衆として大坂城に留まることができた。あの時は、とにかく引き離されずに済んだことに安堵した。敵であった秀吉に仕えることは、初めの頃は悔しさや憤りがあったが、これも全ては茶々のそばにいるためだとこらえて、つとめをまっとうしようと必死だった。

十七歳になった今は、精鋭の武士たちから日々厳しい鍛錬を受け、武芸を磨くことに楽しささえ覚えている。こうして天下人となった秀吉の警護と側用をつとめることにも、武士としてのやりがいを感じ始めていた。

待ちくたびれた公卿が、再び声を掛けようとする気配がして身構える。その時、廊から秀吉の大きな笑い声と足音が聞こえ、治長は息を吐いた。

「よう参られた、お楽になされよ！」

部屋に入るなり、秀吉は公卿に向かって上機嫌で言った。

「ささ、この大坂城にいらしたからには、天守へご案内しよう」

突然の提案に、公卿が「ほ？」と意表を突かれた顔をする。治長はそのやり取りを見ながら、またか、と思った。

秀吉は来客を必ずと言っていいほど、天守閣へ登らせる。

「畿内一円、京の都までをも一望できる景色をご覧に入れよう」と、自慢の城と城下町を見せるのだ。来客にその壮大な眺望を見せるためだけに、わざわざ最上層には高欄を巡らせた望楼が設けられていた。

しかし、秀吉の目的はそれだけではあるまい。秀吉の築いた大坂城は豪華絢爛だけが取り柄では決してない。難攻不落の巨城でもあった。大名や公家などの来客をいちいち天守閣へ登らせるのは、それを見せつけるためでもあろう。

城の中心である本丸には惜しみなく金と漆を施した唐破風《からはふ》屋根の天守閣がそびえ、政務を執り行う表御殿と正妻や側室の住む奥御殿が立ち並ぶ。その本丸全体を淀川《よどがわ》の水を引き込んだ深い内堀がぐるりと囲い、直臣の邸が並ぶ二の丸と、大名屋敷で形成された三の丸や外堀が城を守っている。さらには天満川《てんまがわ》や平野川《ひらのがわ》に大和川《やまとがわ》といった河川が天然の堀となって城の周囲を流れ、まさに幾重もの守りに固められた要塞だった。

「いざとなれば、十年は籠城できるぞ！」というのが、秀吉の自慢の口癖であった。

今日も、香の匂い立つ客人を揚々と天守閣へと促す。治長もそれに従おうと腰を浮かせたが、秀吉は治長を一瞥《いちべつ》した。

「おぬしはもう下がってよいぞ」

「は」

他の者には聞かれたくない話をするのだろう。治長は一礼すると部屋を退出した。

廊に出て、しばらく行ったところで「へっぷし」と一つくしゃみをした。やっと思いっきり息を吸える、と大きく呼吸をし、ふと廊に面した庭を見やる。

寧や茶々などの女人の居室がある奥御殿はさらにこの先、表御殿からは遠く隔たっている。

（茶々様は今、何をしているのだろう）

同じ大坂城にいるとはいえ、以前のように常にそばにいることはできず、顔を見ない日の方が多い。会えたとしても、近くに秀吉がいて交わせる言葉も少ない。もどかしい日々が続く中、一抹の不安が拭えなかった。

秀吉は、茶々のことをどうするつもりなのか。

北ノ庄落城の後、時を経ずして茶々の妹の初と江は秀吉が後見となりそれぞれ相応の大名家に嫁いでいった。年の順から言えば、茶々が一番に嫁いでもいいはずだが、いつまでも嫁ぐ気配がない。秀吉の手元に置かれ続けている。

（ひょっとして、茶々様は秀吉様の……）

そこまで考えて、治長は頭《かぶり》を振った。

「何を考えているのだ！」

思わず声を上げていて、庭木にいた雀《すずめ》が驚いて飛んで行った。恥ずかしくなって慌てて周りを見たが、誰もいなかった。

秀吉は茶々の父親の長政よりも年上なのだ。きっと秀吉は、茶々に見合う年齢と家柄の大名の子息を探している途中に違いない、と信じたかった。

しかし、織田信長の姪で浅井長政の長女という血筋、戦国一の美女と謳《うた》われた市の面影をしっかりと受け継いだその容姿……。秀吉が手放さない理由は、治長でなくとも容易に想像できる。

だからといって、治長にはどうすることもできない。茶々が誰に嫁ごうとも、自分には止めることも、憤ることも許されないのだ。茶々はかつての主君浅井長政の姫であり、治長は姫に仕える家人に過ぎないのだから。

ため息をついて、掌を見た。最後に茶々の手を握ったのは、北ノ庄落城の時だった。あの時の茶々の手は、幼い頃に握っていた感覚とはまるで違った。

落城の混乱の中で治長を求めるその手は、細くて儚《はかな》くて、あんまり強く握りしめたら折れてしまいそうだった。それでも決して離したくなくて、失いたくなくて、強く握りしめた。そのことを思い出すたびに、あの手をまた握りたいと思ってしまう。

それはすなわち、茶々の体に触れたいということだと気づいて、治長は全身がかっと熱くなる。沸々と込み上げる想いに、叫びたいくらいだった。

(どうして、乳母子なのだろう!)

治長の満たされることのない想いは、茶々に主従として尽くすことで満たすしかなかった。

それから数か月ほどして、秋色に彩られた山里曲輪で、治長はため息を漏らした。

寧に連れられて紅葉を愛《め》でる茶々は、淡縹色の打掛を羽織っている。その立ち姿は、朱や黄に染まる梢《こずえ》に覗く空の色のようにすっきりと浮かび上がり、面差しには、少女のあどけなさが影を潜めて大人の美しさが匂い始めている。久しぶりに見た茶々の変化に、治長は本来の役目を忘れて、見惚れていた。

　四季折々の草花が咲き乱れる山里曲輪は本丸の北側にあり、その名の通り鄙びた山里の風情を出した庭園だ。今日は寧と茶々が紅葉狩りに来ていて、治長は警護として付き従うようにと寧から指名されたのだった。

「治長」

茶々に名を呼ばれ、秀吉に見咎められるのではないかと思って、つい辺りを窺った。

だが、今日は寧と茶々と女人だけの逍遥《しょうよう》であることを思い起こし、胸を撫でおろした。

「お久しぶりでございます、茶々様」

「ええ」

その声を聞きながら、こうして気兼ねなく言葉を交わすのはいつぶりだろう、と思った。

「今日は、寧様のお計らいで私もここに来ることができました」

治長が声を弾ませると、茶々は少し間を置いて答えた。

「寧様は、お優しいのよ。私を実の娘のように思って。……初と江の輿入れ支度にも心を尽くしてくださった」

「それは、ようございました」

「よくないわ」

茶々はきっぱりと言うと、寧の方を見た。治長は茶々の言っている意味がよくわからないまま、その視線を追いかけた。

寧は少し離れたところで茶々の乳母と和やかに語らいながら、色づいた楓《かえで》を見上げている。乳母は寧と年が近いこともあるためか、何かと通じ合うものがあるのだろう。大坂城に入って以来、寧と乳母が親しげにする姿は、治長も時折見かけていた。

寧の穏やかな様子には、茶々が「よくない」と言った理由は感じられない。治長が視線を戻すと、茶々は思いつめた眼差しで言った。

「寧様はきっと何もかも、ご存知なのよ」

それだけ言うと、茶々は寧のいない方へ歩き出した。戸惑って茶々と寧を交互に見る。寧は茶々が離れていくのを見て、目で「茶々の方へお行き」と命じるので、治長は黙礼して後を追いかけた。

「茶々様、あまり奥へ行かれると……」

城内の曲輪とはいえ、鬱蒼《うっそう》とした場所もあり、生い茂った草木の根に足を取られて怪我をしては大ごとだ。案じる治長に構わず、茶々は木々の間を縫い、露草の青い小花や萩《はぎ》の紅い花が咲く草叢《くさむら》にも遠慮なく踏み入っていく。

曲輪の端の土塀まで来た時、茶々がようやく立ち止まった。治長は少し後ろに立って様子を窺った。

風が吹いて、葉を透かす木漏れ日が紋様のように茶々の肩に揺れている。淡縹の打掛に流れる黒髪も風にそよいで、ひらり、はらり、と葉が一つ、また一つ、二人の間に静かに舞い落ちる。

治長は一歩近づこうとして、茶々が土塀に開けられた狭間《さま》から外を覗き見ていること
に気づいた。狭間は戦の時に兵が鉄砲や弓矢を塀の外に放つために開けられた穴で、
茶々はその小さな穴の外をじっと見つめているのだ。

「茶々様、何をご覧に？」

「治長」

茶々は治長の方を振り返らずに言った。

「あの淀川をずっと遡れば、近江の海まで辿り着くという」

「…………」

「私は、あの頃に帰りたい」

「茶々様……」

「今宵《こよい》、私は秀吉様の夜伽《よとぎ》をする」

かさり、と葉が舞い落ちる音が聞こえた。

「そ、それは……」

治長は声を発したが、自分の声がおかしいくらいに掠れているのを、他人の声を聴く
ように感じていた。

「そうせよ、と秀吉様に命じられた。私は、秀吉様の側室になる」

耳の奥に、側室という言葉が何度も繰り返される。

(側室……。茶々様が……秀吉様の、側室になる?)

茶々は治長に背を向けたまま、淡々と言った。

「寧様は、きっとそのことを知っておいでなのだ。だから、今日、こうして治長と会えるよう取り計らってくださったのだ。もう二度と、こうして二人きりで語らうこともできまいと」

何かを言いたいのに、何も言葉が出なかった。

いやだ、そんなのは絶対に。行かないでくれ、拒んでくれ、離れないでくれ、と言いたいのに、その全てが、言葉にできない。

それすらも、自分には許されないのだ。

「私はそんなお優しい寧様を母とも思い慕ってきたのに、その寧様の夫の側室にならねばならぬ。……恩を仇で返すようなものであろう」

茶々の肩はいつしか、小さく震えていた。その後ろ姿を見て、ようやく言葉が出た。

「茶々様、こちらを向いてください」

「…………」

茶々は振り向かない。治長はもう一度、言わずにはいられなかった。

「茶々様、こちらを向いてください」

ゆっくりと、茶々が振り返った。

その目には涙がいっぱいに溜《た》まっていた。瞬き一つすれば、きっと頬に涙がとめどもなく零れ落ちるであろう。目を見開いて泣くまいとしている茶々の姿に、治長の胸は締めつけられた。

「秀吉様は、私たち三姉妹を引き取った時からすでに決めておられたという。初と江をしかるべき家に嫁がせ後見をする代わりに、私を側室にしようと。……織田信長の後を継ぐ天下人として、信長の血に繋がる側室が欲しいと！」

「……っ」

治長は声を上げそうになるのを、唇を噛《か》みしめ拳を握って耐えた。

「私はこの身が恨めしい！　女であるがゆえに男の意のままにされ、女であるがゆえに恩ある人を傷つけるこの身が！」

茶々は治長に向かって叫んだ。

「私は側室になど、なりとうない！」

治長は茶々を抱きしめたいという衝動を必死にこらえた。哀しみを叫ぶ恋しい人を、今すぐこの場で抱きしめて掻っ攫ってしまいたかった。だが、それはできない。決して、許されないことだった。

今、この身で茶々のためにできること、許されることは一つしかなかった。

「茶々様」

治長は跪いた。

「私は、何があろうとも茶々様のために生きたいのです」

「治長……」

「茶々様が涙を流される時は、私も心の中で涙を流します。あなた様を一人で泣かせることはしたくありません。だから……どうか、私には涙を隠さないでください」

途端、茶々の目から、大粒の涙が零れ落ちた。もうその涙を隠すことはせず、茶々は声を上げて涙が流れるがまま泣き続けた。

抱きしめることができないもどかしさを感じながら、治長は拳を握っていた手を広げた。掌には、爪の跡が赤く滲んでいた。その跡をじっと見つめた後、治長は己の生き方を懸けて、その手を茶々に向かって差し伸べた。

茶々は治長の手に視線を落とすと、赤い跡を撫でるようにして触れた。茶々の指先は涙に濡れて秋風に少しひんやりとして、それは治長の熱く滾《たぎ》る心に深く染み入るようだった。

二

「えい！」

晴天に向かって治長は長槍《ながやり》を構え、大きく舞うように振りかざす。その腕は鍛え上げられ、背丈もぐっと伸びた体軀《たいく》に、もう大人の馬廻衆として見劣りしない自信があった。十九歳になった治長が槍の稽古をする場所は、今は大坂城ではない。都に秀吉が築き上げた巨大な御殿、聚楽第《じゅらくだい》だ。

家臣が控える遠 侍《とおさぶらい》の庭先で一人、槍の稽古をしていた。かつて北ノ庄で勝家直々に伝授された技は、今や、最も得意とするものになっている。

「とう！」

思いっきり声を張り上げて槍を突き出した時、遠侍の簀子縁から若い男の声がした。

「たいしたものだなあ」

鷹揚《おうよう》な口ぶりに、治長は槍の石突を地面に突き立てて声の主を軽く睨んだ。見知らぬ男が腕を組んでにやりと笑って見ている。年は、治長と同じくらいかそれより下だろうか。

「何者だ」

年が近いとはいえ、初対面だ。相手の不遜な態度に声が尖る。

「おっと、これは失礼した。つい、思っていることが口に出てしまったようで」

「………」

男は丁重に頭を下げてから、名乗った。

「真田信繁《さなだのぶしげ》と申す。信濃国《しなののくに》より参った。今日より、秀吉様の馬廻衆としてお取り立ていただいた。以後、お見知りおきを」

信濃の真田、と聞いて合点した。確か、かつては甲斐国《かいのくに》の名家、武田《たけだ》家の重臣一族だった。武田家が滅んだ後は信長に臣従したものの、本能寺の変で信長が自刃し、徳川や上杉《うえすぎ》といった大名の配下を転々としていた家門だ。

（秀吉様が関白となって、形勢を見て臣従したということか）

関白の位を得た秀吉は朝廷から豊臣《とよとみ》の姓を与えられ、今は豊臣秀吉と名乗っている。摂政関白の地位を独占していた藤原《ふじわら》摂関家とは異なる新たな公家の一門「豊臣家」の当主として、その権力と富によって、徳川家康などの大名や有力な武家を次々と臣従させていた。

「大野治長だ」

治長はぶっきらぼうに名乗った。相手はまだ、海のものとも山のものともつかぬ新参者だ。気を許すわけにはいかない。だが、信繁は治長の警戒など意に介する様子もない。ひょいと庭先に下りると、治長の体格を見定めるように眺め、飄々《ひょうひょう》と問うた。

「いつも一人で稽古するのか」

「……非番の時は」

治長は短く答えて黙り込んだ。

若い馬廻衆たちは勤めが終われば遊《あそ》び女《め》のいる花街へ繰り出す者も多い。だが、治長はいつもこうして武芸の稽古に汗を流していた。治長とて男だ。遊び女が何をなりわいにしているのかは知っているし、幾度か年上の侍たちに連れて行かれたこともある。しかし、それは心を掻き乱すばかりだった。

遊びにふけるより、こうして一人で武芸にいそしむ方が気は晴れた。なぜなら、武芸に集中する間は、忘れることができるのだ。

茶々が秀吉の寵愛《ちようあい》を受けていることを。

「ならば、これからはこの信繁に稽古の相手をさせてくれ」

信繁の声に、我に返った。

「治長殿の鍛錬、なかなかのものとお見受けいたす。ともに研鑽《けんさん》しようではないか！」

相手を素直に褒めて認める口調に、戸惑いながらも頷いてしまった。

「ところで、治長殿の国はどちらか」

「色々なところを転々としたから、国らしい国はない。ただ……」

近江にいつか戻りたい、と言いかけてやめた。言い淀んでいると信繁はあっさりと言った。

「ま、言いたくないことは言わぬに限る」

追及されなかったことに、やや拍子抜けした。

「いや、なに、山育ちの田舎者にはこの都の立派な御殿は眩いばかりでな。治長殿はすっかり馴染《なじ》んでいる様子だったので気になっただけだ」

日焼けした肌に、白い歯を見せる信繁の笑顔に、いやなものは何も感じなかった。

「そういえば、この聚楽第に、織田信長様の姪姫様がいると聞いたが」

不意に信繁が訊いた。茶々のことだ、とすぐにわかったが敢《あ》えて黙った。

「一度、拝してみたいものよ。たいそう、美しい姫様だと聞く。治長殿はご存知か」

「……まあ、それなりに」

「そうか！　やはり秀吉様に仕えている者ならば、拝する機会はあるのだな。あの色好みの秀吉様の心を一身に摑んでいるというではないか。大勢の側室の中でも群を抜いて美しい女人なのだろうなあ」

その言い方に、かちんときて強く言い返した。

「おぬしのような者が茶々様に会える機会などない！」

「む？　ならばなぜ、おぬしは会ったことがある」

「……私は、乳母子だから」

「おぬし、乳母子なのか！　なぜそれを先に言わぬ」

気まずくなって目をそらす。何を思ったのか、信繁がひどくうらやましそうな口調で言った。

「同じ乳を飲んだのか……」

「怒るぞ！」

治長が声を荒らげても、信繁は悪びれることもなく「すまん、すまん」と肩をすくめるだけだった。


その年の秋、治長は紅葉と松の緑が鮮やかな北野天満宮《きたのてんまんぐう》の森にいた。秀吉が催す、大茶会の警護の侍として駆り出されたのだ。

「身分、地位は問わぬ！　公家、武家はもちろん、若衆、町人、百姓、誰でも構わぬ。釜一つ、釣瓶《つるべ》一つ、茶碗《ちゃわん》一つあれば、遠慮なく来るがよい！　この関白秀吉が茶をふるまおうぞ！」

という秀吉の大号令のもと開かれた前例のない規模の野点《のだて》に、秀吉の意向を気遣って公家や武家や僧侶が集まった。それだけでなく、茶の湯に縁のなかった都の庶民までもが物珍しさに北野の森に集い、大茶会は盛況だった。

「見ろ、白塗りのお公家様から、裸足《はだし》の子供まで茶碗片手に集っておる」

治長の隣で信繁が面白がるように言う。答えようとした時、二人の間を裸足の子供が遠慮なく駆け抜けた。

「おっと」

治長は身をよけながらつい苦笑いする。信繁が「転ぶなよ！」と子供に言ってから、治長の方を見た。

「こんな茶会、秀吉様でなくては思いつきもしまい」

信繁の言いたいことに、沈黙で肯定した。もともとの出自が高貴な家柄ではない秀吉らしいといえる、明るく大胆な茶会であった。

「おい、あれはひょっとして、秀吉様のご正室とご側室の一行ではないか？」

信繁に肘で突《つつ》かれた治長は、返事もせず、がばとその方を見た。

侍女に赤い日傘を持たせ、色とりどりの綾錦《あやにしき》の打掛を纏う女人たちが明るい笑い声を上げて歩いていく。松の緑に映えるその一行の、先頭を行く小柄な女人は寧だ。

治長の胸は高鳴り、視線はその後ろに連なる女人たちを追う。

「茶々様は、あの御方か？　いやあの御方？　ううむ、皆、美しくて違いがわからぬ」

信繁の無粋な言葉に呆れる余裕もなかった。一行の中でひときわ華やかな辻が花の施された打掛姿に目を奪われていた。

（茶々様……）

しばらく見ぬ間にまた一段と美しくなった茶々の姿に立ち尽くしていると、女人の一行がこちらへ近づいて来た。それに気づいた二人は慌てて跪いて低頭する。治長は顔を上げたい気持ちをこらえ、茶々が自分の存在に気づいていることを、心から願った。だが、声を掛けられることもなく、女人たちは通り過ぎた。

去りゆく茶々の後ろ姿を、寂しく見やった時だった。

「ととさま！」

女人たちの中から幼女の声が上がって、桃色の小袖を着た三歳くらいの女の子が駆けて行った。その先にいたのは、秀吉だった。

「おお、小姫《おひめ》！　参ったか」

秀吉は相好を崩して両腕を広げ、小姫の体を全身で受け止めると、そのまま抱き上げて頬擦りまでした。

「おい、秀吉様に御子がいたのか？」

囁く信繁に、治長は小声で返した。

「織田信長様の孫姫様にあたる養女の姫様だ。たいそう可愛がっておられるという」

「ほう」

実子のいない秀吉は、織田家の他にも、徳川家や前田《まえだ》家などの大名の子を養子に取っていた。

「天下を手に入れても、我が子ばかりは思いのままにはいかぬか」

「おい、聞こえたらどうする」

慌てて信繁を制した。

「お、すまぬ。また思ったことが口に」

「その口、糊《のり》でもつけておこうか」

治長は信繁を睨んだ。万が一、秀吉の耳に入ろうものなら、この場で首が飛んでもおかしくない。幸い、秀吉の耳には届かなかったようで、秀吉は抱いた小姫に饅頭《まんじゅう》を与えている。

そこへ、駆け回っていた裸足の子供たちが立ち止まり、物欲しそうに見上げた。

「あいつら、お怒りを受けてしまうぞ」

信繁が小さく声を上げた時、秀吉は裸足の子らに気づいた。治長もひやりとしたが、秀吉は満面の笑みを浮かべて子供たちを手招いた。

「お前たちも食べるか」

秀吉は近習《きんじゅ》が持つ盆から饅頭を取ると、手ずから与えた。子供たちは無邪気な笑い声を上げて、饅頭を齧《かじ》りながら駆けていく。

その光景を見ながら思ったことを、隣で信繁がそのまま口にした。

「幼子には菩薩《ぼさつ》のように優しいのだなあ」

「…………」

信繁に呆れつつも、言っていることはその通りだった。確かに、秀吉は養子たちを我が子のごとく溺愛《できあい》していた。名家から頂いた養子を大切にする思いからそうしているものかと思っていたが、その考えは少し違うように思えた。

視線を感じたのか、秀吉が治長と信繁のいる方を見やった。秀吉は抱えていた小姫を寧に託して何かを言った。寧が穏やかに承諾の頷きをして手招いたのは、茶々だった。秀吉は茶々を近くまで呼び寄せると、人目も憚らず肩を抱いた。

（な……！）

抵抗することもなくその身を預けている茶々の姿に、声を上げてしまいそうだった。治長の方を秀吉が悠然と見た時、治長はこらえきれずに立ち上がっていた。その袖を信繁が無遠慮に引いた。

「おい、あの御方が茶々様か？　おぬし乳母子冥利に尽きるなあ！」

暢気《のんき》な口調で言う信繁を睨んだが、信繁の顔が口調とは違って真剣で、意表を突かれた。治長は袖を引かれて膝をつきながら、信繁に声を掛けられていなければ、自分は何をしていたのだろうと、己の衝動を懼《おそ》れて黙り込んだ。

三

北野で大茶会が催された翌年も、聚楽第には公家や大名や有力者がひっきりなしに訪れている。秀吉の栄華が極まる聚楽第で、治長は相変わらず信繁と武芸の修練にいそしんでいた。

遠侍の庭でいつものように稽古を終えた時、信繁から突然、思いがけないことを告げられた。

「おぬしといると、侍女たちが優しい」

「は？」

「さっきも、頼んでもいないのに、水が来た」

そう言う信繁の顔はひどく不満そうだ。

（ああ、さっきのことか）

稽古にひと汗かいて、さあ休むか、と振り返ると侍女が冷たい水を碗に入れて、にこりと立っていたのだった。

「たまたま、ではないか？」

「いや、以前も似たようなことがあった。それも別の侍女だ。普段は所用を頼むと文句しか言わない古参の侍女が、同じことをおぬしが頼むと笑顔で引き受けたこともある。この前は、寧様のお供をしていた女童《めのわらわ》のような侍女でさえ、おぬしの方ばかり見ていたぞ」

よく覚えているな、と思う。治長は侍女の顔すら思い出せない。

「たまたま、だろう」

「自覚がないのか。罪な男だなあ！」

信繁の言わんとしたことを察して、頬が熱くなった。

「おぬしのような者は、さっさと妻を娶った方がいい」

「妻など、まだ早い」

「ほう、その言い方。さては惚《ほ》れている女子がいるか」

「違う」

「ほお」

なおもからかおうとする信繁を振りきり、遠侍を出た。

一人になって、信繁の言葉を反芻した。

(惚れている女子がいるか……)

あの茶会以来、悶々《もんもん》とする気持ちが晴れなかった。誰憚ることなく秀吉は茶々の肩を抱き、茶々もそれを拒むことなく受け入れていた。

あの時、秀吉の目が勝ち誇ったように見えたのは、自分の思い込みだと言い聞かせても、ふとした瞬間にあの光景が浮かんでしまう。武芸の稽古で忘れようとしても、茶々を抱く秀吉の姿がちらついて集中できず、さっきも信繁にしたたか肩を打たれた。

秀吉に抱かれた茶々の表情は、治長の方からは窺えなかった。そのため余計にもやもやとしてしまう。

茶々は、いったいどんな顔をしていたのだろうか。もしも、うっとりとした面持ちで秀吉の胸に身を預けていたならば、と想像してそれを打ち消そうと頭を振った。かといって、秀吉に抱かれる茶々が、その目に涙をためているとしたら、それはそれで胸が張り裂けそうな気持ちになる。

何があろうとも茶々のために生きたいと誓ったのに、結局自分は茶々のために何もできていない。側室になどなりたくない、と泣いていた茶々は、今、どこで、何をしているのか。治長には、それを知ることすらできないのだ。

（茶々様に、会いたい）

そう思ってから、はっとした。

そういえば明日の夜、秀吉は寧を伴い内裏《だいり》へ赴くのだった。秀吉は都での地位に見合う教養を身につけようと、聚楽第を拠点に茶や能に熱中していた。自身の大出世を題材にした能の演目を作るほどの入れ込みようで、その能の舞を、観月の宴《うたげ》で披露するのだ。

治長は明日の晩は、留守居役として聚楽第に残ることになっている。

秀吉と寧がいない。茶々だけが奥御殿に残っている。こんなことは二度とないかもしれない。そう思うと胸が高鳴った。

少しだけ、一言、二言でもいいから言葉を交わせたらいい。いや、庭先からほんの少しその姿を見ることができるだけでも。それだけでもいいから、秀吉のいない場所で茶々に会いたかった。

治長は月明かりを頼りに、聚楽第を庭伝いに歩いていた。

秀吉の留守に、許しもなく奥御殿へ入る。こんなことが秀吉に知られたら……生きてはおれまい。我ながら恐ろしいことをしているものだ、と思いながらも歩みを止めることができなかった。

夜通しの宴と聞く。秀吉は明日の朝まで帰らないだろう。ほんの一言、言葉を交わせればそれでいいのだ。いいや、一目、その姿を見られるだけでも。

何度もそう自分に言い聞かせながら、渡廊《わたろう》の下を潜り抜ける。聚楽第の構造も警護の侍の立ち位置も、頭の中にしっかりと入っている。誰にも見られずに茶々の御殿まで行ける自信はあった。

築山《つきやま》を越えると、視界が開けた。確信を持って足を踏み入れた庭は、水鏡のような池に月が輝いている。その池の真ん中には、小さな島があった。御簾《みす》が下ろされた檜皮葺《ひわだぶき》の御殿からは、ほのかに香の匂いが漂う。ここが奥御殿であることは間違いなかった。

だが、御殿の中は灯《あかり》がともっておらず、人の気配がしない。

あまりの静けさに、茶々も秀吉に同行したのかもしれないと思ったが、ここまで来たからには引き返したくなかった。足音を忍ばせて御殿に近づく。中を覗こうと、簀子縁の下に立ち高欄に手を置いた時だった。

「そこにいるのは誰か？」

鋭く誰何《すいか》され、治長は硬直した。だが、御簾の隙間からこちらを窺う立ち姿を見て、その緊張はすぐに緩んだ。

「茶々様……」

「……治長か？」

不審そうに細めていた目が、治長の声に応えるように見開かれた。

その澄んだ声に久しぶりに名を呼ばれ、駆け寄りたいくらいだった。だが、月明かりに映える豪奢な色打掛が、茶々はもう秀吉の側室なのだという現実を呼び戻す。すると、茶々の誰何に反応した侍女の声が奥から聞こえた。

「茶々様、どうかなさいましたか？」

治長は慌てて簀子縁の下に身を隠した。

「いえ、木の影に驚いただけよ」

茶々は落ち着いた声で侍女に返した。

「今宵はなんとも美しい月夜だ。このまま一人で月を見たい。皆、もう下がってよいぞ」

侍女が去ったのを確認し、茶々は簀子縁まで歩み出る。覗き込むようにして、下にいる治長にそっと声を掛けた。

「もうよいぞ」

立ち上がると、茶々は治長を見つめて改めて問うた。

「どうして、治長がここに」

「茶々様に、お会いしたくて」

それ以外に理由などなかった。しかし、茶々は黙ったままだ。やはり、迷惑だっただろうか、困らせてしまっただろうか。軽率な行動をしたことを後悔しかけた。

ようやく、茶々は消え入りそうなくらい、か細い声で返した。

「私も、ずっと会いたかった」

その言葉を聞けただけでも、ここまで来てよかったと心から思った。

茶々は治長に部屋へ上がるよう促した。

「いえ、それは……。茶々様のお顔を見られるだけで、私はよかったのです」

さすがに御殿に上がるわけには、と固辞しようとすると、茶々は「構わぬ」ときっぱり言った。

「きっとこんな夜は、もう二度と訪れぬであろう」

「……は」

それでも逡巡《しゅんじゅん》する治長に、茶々は拗ねたように言った。

「私に、会いたくて来たのであろう？」

その治長を困らせる表情が、心をくすぐった。

(ああ、このお顔を、私は見たかったのだ!)

それ以上の固辞はできず、茶々の導くままに御殿に上がった。

月明かりが射し込む部屋の中は、ほんのりと蒼い。その淡い光に浮かび上がるのは、絹の几帳《きちょう》や錦の張られた脇息に高麗縁《こうらいべり》の畳、南蛮渡来の壺《つぼ》や化粧箱だ。それらの贅《ぜい》を尽くした調度品は、全て秀吉から与えられたものなのだろう。その品々に囲まれた部屋の隅で、治長は正座したまま固まった。

「治長、もう少しこちらへ」

脇息にもたれた茶々が招くので、膝を立てて少し近づく。

「もっと。遠慮はいらぬ」

「は」

思いきって、手を伸ばせば茶々の膝に触れることができるくらいまで近づいた。茶々は吐息まじりに言った。

「本当に、久しぶりだこと」

「こうして言葉を交わすのは、山里曲輪以来でございます」

「ああ、あの日か……」

茶々は憂いを帯びた口調で言うと、遠い目で庭を見た。長い睫《まつ》毛《げ》や形の良い輪郭が明るい陽射《ひざ》しのもとよりも艶やかに引き立っている。治長はその美しい横顔に見入ってしまった。

だが、あの日から茶々は秀吉の側室になったのだ。茶々に憂愁を落とす美しさは、秀吉によってもたらされたものだと思うと、言いようのない悔しさが込み上げてくる。

あの時は、側室になりたくないと泣いていたが、今は、どんな気持ちなのだろうか。

問いたくても、治長から問うことはできない。その答えを知るのが怖かった。

「この庭は、秀吉様が私のためだけに作った庭なのだ。秀吉様は私に何でもしてくださる。私が望むものを惜しみなく与えて」

茶々は治長の方を見ることもなく、庭に顔を向けたままだ。その目は、治長の知らないものを見ているような気がして、寂しさが心をよぎる。

「だから、私は、この庭に大切なものを作らせた」

「大切なもの、でございますか？」

「あれよ」

細い指で示す先を治長は見た。それは、池にある小さな島だった。

「あれを、私は竹生島だと思っておる」

「竹生島……」

「そう、ここは近江の海で、あれは竹生島」

治長は、幼き茶々が父の長政に抱かれて見つめていた景色を思い出した。

「やはり茶々様にとって、竹生島は幸せの場所、なのですね」

それは、大切な人と一緒に見た、かけがえのない場所。治長がそう汲み取ると、茶々は答えた。

「そう。……治長と一緒に見た、かけがえのない場所」

その言葉とともに、目が合った。茶々の目は潤んでいて、あの拗ねたような表情をしていた。

「いつも、治長は私の隣にいたであろう？」

「茶々様……」

そう答えるのがやっとの治長に、茶々は続けた。

「幸せの場所を思いながら、私はどんなことにも耐えた。父を殺されたことも、母を死に追いやられたことも、その仇の男に抱かれることも」

「…………」

「恐ろしくて……悔しくて、心が千切《ちぎ》れそうなくらい痛くて、それでも……」

「それ以上は……」

治長は制した。それ以上は、治長の心も千切れてしまいそうだった。しかし、茶々は頭を振って続けた。

「だけど耐えられた。どんなに辛《つら》くても、哀しくても」

「どうして……」

「どうして？　治長がいたからに決まっているであろう」

「…………」

「山里曲輪で、誓ってくれたではないか」

あの日の誓いを、治長も忘れたことはなかった。

何があろうとも茶々のために生きたい。だから、茶々が涙を流す時は、治長も心の中で涙を流し、茶々を一人で泣かせることはしない。この手を差し伸べて、そう誓った。

「治長の手に、赤い爪の跡を見た時、私は気づいたのだ。側室になりたくない本当の理由に」

茶々は言おうか言うまいか迷うように、何度か唇を震わせた。治長も、その先を聞きたい思いと、聞いてはいけない予感とがせめぎ合う。聞いてしまったら、自分がどうなるかわからなかった。だが、それでも聞きたいと思った時、茶々が口を開いた。

「あの日、本当は治長に連れ去ってほしかった」

治長は溢れ出す想いを抑えようとした。しかし、すればするほど、目の前が眩んでいく。もがくように腕を伸ばし、茶々の手を強く握りしめて、感情のままに言っていた。

「私も……本当は、抱きしめてそのまま遠くへ行ってしまいたかった」

治長がそう言い終わるや否や、茶々の唇が治長の唇に重なった。

「……！」

治長は息が止まりそうになりながら、その感触に今までに感じたことがないくらいの歓喜を覚えた。ずっと知りたかった甘美なやわらかさは、少し濡れた優しい風に撫でられた時と似ていた。

茶々はゆっくりと唇を離すと、治長の目を見て囁いた。

「抱きしめて、遠くに連れて行って」

もうその後は、止まることができなかった。

治長のために露わになった乳房に触れた時には、茶々が主君の姫だったことも、秀吉の寵愛を受けていることも、自分が乳母子であることも忘れていた。ただ、この愛おしい人を離したくない、それだけだった。

この先、何がどうなろうと構わない。治長は夢中で茶々を掻き抱いた。

たった一度きりの、二度と巡り会うことのないひと時の過ちだった。互いに昂《たかぶ》る想いを吐息にひそめ、永遠に二人だけの秘密にするつもりで……。

第三章　敵《かな》わぬ愛

一

あれは、夢だったのか、現《うつつ》だったのか。

月明かりのもと、この肌で感じた、体を包み込む治長の逞《たくま》しい腕や胸、歓《よろこ》びに震える吐息を思い出す。幾人もの女人を抱いてきた秀吉の戯れや弄《もてあそ》ぶような態度とはまるで違う。一心に茶々だけを求める純粋で穢《けが》れのない治長の抱擁を、心から愛おしいと思った。

好きな人に抱かれるということは、こんなにも心を満たすものなのかということを、初めて知った。

しかし、その想いに浸るたび、誰かが気づいていないかと怯えて周囲を見てしまう。

（私は、なんてことを……）

あれから治長の姿は一度も見ていない。今思えば、ほんの一夜の儚い出来事であった。

だが、冷静になってみれば恐ろしいことをしたものだった。本当に誰も気づいていないだろうか、秀吉の耳に入りはしないか。想像するだけで火照った体は冷えていく。

今までも、秀吉の側室が密通の罪を犯した時、その女と男はともに殺されたと聞いている。見せしめのように衆人が囲む中で体を首まで埋められて、切れの悪い竹の鋸《のこぎり》で少しずつ首を刻まれたという。

自分はどうなってもいい。治長の想いを知って死ぬのならば、どんな無残な死に方であろうとも構わない。だが、治長が自分のせいで殺されてしまうなど、考えるだけで恐ろしかった。

茶々は侍女などの言動に警戒していたが、数日経っても誰も変わったそぶりは見せない。秀吉も相変わらず、茶々を侍《はべ》らせて笑い声を上げている。

「わしの舞を、皆が褒め称えるのじゃ！」

内裏で催された宴の様子を語るのに、茶々は安堵の思いで頷き返していた。

「今度はこの奥御殿で薪能を催そうぞ！」

「ええ……」

「なんじゃ、茶々。気が進まぬか」

「いいえ」

茶々はごまかすように笑顔を作って見せた。その笑顔を秀吉は真顔でじっと見る。おずおずと「秀吉様？」と小首を傾げると、秀吉は、とろけるような声を出した。

「茶々は、かわゆいのう」

「………………」

茶々は何も答えられず顔をそらした。親を殺された上に、側室になることを強いられた相手に、そのようなことを言われても、嬉しいどころか嫌悪感しか生まれない。ましてや、治長の想いを知ってしまった今はもう、この後の閨《ねや》を想像すると、逃げ出したいくらいだった。

顔をそらす茶々を、秀吉は執拗《しつよう》に覗き込む。

「どうした茶々よ、浮かぬ顔をして。わしに何をしてほしい。欲しいものでもあるのか。小袖か？　扇か？　帯がよいか」

「いえ……」

「ならば、南蛮のビードロか、シャボンか。羅紗《らしゃ》で打掛を作るか」

「いいえ、もう十分すぎるほど、いただいております」

茶々は気取られぬ程度に秀吉から身を引く。露骨に物で機嫌を取ろうという態度は、安土で会った時と何も変わっていない。

「城が欲しければ、作ってやるぞ」

なおも言いつのる秀吉に、つい、きつい口調で言い返してしまった。

「何でも与えれば、私が喜ぶとでも？」

秀吉は目を丸くして黙った。言い過ぎたと気づいて、口をつぐむ。相手はもう、ただの成り上がり者ではないのだ。皆が、恐れ敬う関白秀吉だ。

このまま手打ちになるかもしれない。そんな思いさえよぎった時、秀吉はぽつりと言った。

「わしは、茶々のことが好きなのじゃ」

「…………」

「だから、茶々がわしのことを好きになってくれるまで、何でも与えてやりたいのじゃ」

秀吉の丸い目が、哀しそうに茶々を見ていた。その眼差しに、冷たく言い返してしまったことが、なんだかひどく気まずくなってしまった。その気まずさを紛らわすように、茶々はうつむき、小さな声で言った。

「……城は、欲しくはありません」

「ほう？」

「城は……落城しますから」

「…………」

やや間を置いて秀吉は「そうか」と短く言うと、それきり黙った。

そのひと月後だった。茶々は自分で気づいた事実に、どっと冷や汗をかいた。

(月の障《さわ》りが、来ない)

震える指で月日を数えてみる。もう、とうに来ていてもおかしくなかった。それが意味することを想像して、あまりの恐ろしさに周りに乳母や侍女がいるのも忘れ、その場にうずくまってしまった。

「茶々様？　お加減でも？」

茶々の顔色に驚いた乳母が背中に手を添える。しかし、茶々はそれにも気づかぬほど、頭の中でなんとか良い方に考えようと必死だった。今までだって遅れることはあった。北ノ庄落城の後は数か月も来なかったではないか。きっと、気持ちが動揺しているだけだ。自分に言い聞かせながら、疑われぬよう気丈にふるまう。

「少し、眩んだだけだ。案ずるな」

乳母は茶々を不安そうに見たが、それ以上、何も言わなかった。

その後も毎日、茶々は月の障りを祈るような思いで待ったが、いつまで待っても体から月水《げっすい》は流れない。さらには、食欲まで落ちていった。

食事が喉を通らず、湯漬けですら吐きそうになっても、茶々は「誰にも言わずともよい、医者など呼ぶな！」と周囲の者を厳しく制した。

その数日後、何の前触れもなく寧が部屋を訪れた。

「茶々殿、お加減が悪いと聞きましたが」

「寧様……」

寧の来訪に、気だるく横たわっていた茶々は、何でもないことを示そうと起き上がった。起き上がりながら侍女たちを睨みつける。すると部屋の隅で乳母が思いつめたようにうつむいていた。寧に告げたのは乳母であることが、その反応から見て取れた。乳母がどこまで事態を察しているのかはわからない。だが、寧には黙っていることができなかったのだろう。そして、とにかく今はこうすることが、最善であると判断したのだろう。乳母の立場を思いやり、茶々はしいて笑顔で返した。

「大したことではないのです。ほんの少し食欲がないだけで……」

寧は茶々の背に手を当てて、やんわりと問うた。

「月のものは、来ていますか?」

「………」

何も答えられない。もうだめだ、という思いだけが頭の中を駆け巡る。次の言葉を懼れながら待つ茶々に、寧は優しく言った。

「つらかったですね」

途端に目の奥が、熱くなる。泣いてはいけない、と思うのに涙が溢れて止まらなかった。嗚咽と体の奥から込み上げるむかつきが重なり何度も噎《む》せた。寧はそれ以上問うことなく、ずっと背をさすってくれた。

しばらくして嗚咽が収まると、寧は静かに告げた。

「秀吉様に、お伝えしなくては」

「………………」

「きっと、お喜びになりましょう。あの人の、初めての子になるのですから」

その言葉を告げる寧の表情があまりに優しすぎて、涙で熱くなった瞼の裏がすうっと冷たくなるような気がした。

懐妊の知らせを聞いた秀吉は、政務を放り投げて奥御殿に駆けつけた。

「茶々！　まことか！」

秀吉は転がるように茶々のもとに駆け寄って肩を抱いた。茶々は息が詰まりそうな思いで何も言えなかった。その傍らで寧がおっとりと言う。

「まことにございますよ。茶々殿は初めてのことで戸惑ってしまって、気づくのが遅くなってしまったのです。おめでとうございます、秀吉様。ついに豊臣の後嗣《こうし》が生まれますよ」

「そうか！　そうか！」

秀吉は小躍りせんばかりに立ち上がり、手を叩いて喜びを露わにした。

「まさかこの年で、ようやく我が子に巡り会えることになろうとは！」

寧はもちろんのこと、数えきれないほどの側室と関係を結びながら、今まで誰一人子を宿す者がおらず、もはや実子の誕生は諦めていたのだろう。それがまさか、齢五十を過ぎて、茶々が身籠るとは。

寧は変わらぬ笑みを浮かべて、喜ぶ夫を見上げている。夫の側室が身籠ったとしても、嫉妬や羨望を見せることなく喜びを共有する。それは、秀吉の正室としてのあるべき姿であり、その微笑みを茶々も素直に受け取るべきだった。それでも、茶々は寧の姿を直視できなかった。

十七歳で秀吉の側室となって以来、他の側室と比べても明らかにその寵愛は深かった。しかし二十歳になるまで一度として懐妊の兆候はなかった。なのに、あの一夜を経てから、ぱたりと月の障りが止まってしまったのだ。

このお腹《なか》の子は……と考えて、取り返しのつかない現実に悲鳴を上げそうだった。

「茶々殿、これからはもうお一人の体ではありません。豊臣にとって、いいえ、この国にとって大事な体でございますよ」

寧の言葉に頷き返すこともできない。秀吉を欺《あざむ》くことへの底知れぬ恐ろしさ、寧を騙《だま》すことへの疚《やま》しさで、茶々の体は凍りついていた。

「茶々様が、身籠ったらしい」

遠侍に入ろうとした治長の耳に侍たちが囁き合う話が聞こえ、柱の陰で固まった。

「奥御殿の侍女から聞いたから、間違いあるまい」

「秀吉様は、あのお年まで子に恵まれなかったのに？」

自分の顔が青ざめていくのがわかった。あの夜のことを、思い浮かべてしまう。

（まさか、たった一度きりで……）

そんなはずはあるまいと、よぎる不安を打ち消そうとした。それでも、噂話に興じる侍たちの前に、素知らぬ顔で出て行くことができなかった。

そこに治長がいることに気づかぬ侍たちは、好奇の色合いを増して盛り上がっていく。

「しかしどうして、秀吉様はまだ明言されないのだ」

「それよな。ひょっとして、茶々様は別の男と……」

「別の男って誰だよ、そんなことしでかすなんて」

「そりゃあ、なあ」

「……色男の乳母子様、ってあたりだろう」

「うひゃあ、磔《はりつけ》か？　斬首か？」

治長はふらつきそうになるのを柱に手を当てて耐えた。

自分が真っ先に疑われている。あまりの恐ろしさに、好奇心で盛り上がる侍たちに対して怒りすら湧かなかった。あの一夜の事実がある以上「違う」と断言はできない。やはり、頃合いから考えて、茶々が宿したのは自分の子だろう。そう思えてならなかった。

どうすればいい。何も思いが浮かばない。考えたところで、もうどうすることもできない。下々の侍までが噂するのだから、秀吉に糾弾されることは間違いない。どこにも逃げ場はないという現実に、次第に足先や手先が痺《しび》れていく。

「どうした治長、真っ青だぞ」

信繁の声がして、侍たちが「おおっと」と、用事を思い出したかのようにそそくさと散っていく。

信繁はそれをちらりと見てから、いつもの調子で言った。

「やはり、おぬしがおらぬと、あの取次ぎの侍女は文句しか言わない」

信繁にあの噂話が聞こえなかったとは思えない。何も問うてこない信繁をまじまじと見つめて、ようやく息ができるような心地がした。治長は深く息を吸った後、手先に感覚が戻ってくるのを感じながら真剣な声で言った。

「おぬし、いい男だな」

「ふん、今頃気づいたか」

その信繁の笑顔に、自分を恥じた。今まで、何を考えていたのだろう。この身に降りかかる罪の恐怖ばかりに気を取られていた。

茶々は治長のせいで苦しんでいるというのに。

茶々はきっと、変化していく体に怯えながら、治長が抱く思いとは比べ物にならないくらいの不安と恐怖の中にいるはずだ。愛しいという想いを遂げることで、愛する人を苦しめてしまった。それなのに、罪に慄《おのの》くばかりで、茶々のことを思いやることができなかった。

自分の愚かさに苛立《いらだ》つ思いで、治長は心を決めた。

（茶々様に、会おう）

この噂の最中に、治長が奥御殿を訪れることは、さらに疑念を煽《あお》る結果になりかねない。だが、そんなことを懼れるわけにはいかなかった。茶々の想いを知り、己の想いを遂げた、あの歓びに満ちた夜を、なかったことにはできないのだから。その自分の行動が招いた結果で、茶々を一人で泣かせたくなかった。

乳母子の大野治長が会いに来ている、と侍女が告げた言葉に、茶々は驚いた。

治長が単身で奥御殿に入ることは、ただでさえ憚られる。その上、懐妊の真相が噂されているのは、茶々も気づいている。しかし、動揺を露わにしては周囲がさらに騒ぎ立てるだけだと思い、しいて毅然とした声で「通して」と言った。

部屋に入った治長は、侍女たちの視線にも動じることなく、茶々の御前で畏まり平伏した。

「茶々様のご気分がすぐれぬと聞いて、お加減を伺いに参りました」

堂々と正面から名乗りを上げて奥御殿へ来た。その治長の態度に、若い侍女たちは色めき立って囁き合う。一方で、乳母や小谷から付き従った侍女たちは、どんな顔をしていいのかわからないのだろう。一様に黙り込み、茶々と治長の方を見ようともしなかった。

茶々は皆を下がらせた。廊の向こうまで去る気配をしっかりと確認すると、慎重に声を落として問うた。

「……知っておるのだな」

治長も周囲への警戒からか、低い声で返した。

「今はとにかく、茶々様のおそばにいたいと思いました」

真っ直ぐな想いに、涙が溢れそうになった。

「どうか、私には涙を隠さないでください」

茶々はその言葉にこらえきれずに立ち上がると、治長の胸に飛び込んだ。治長は黙って抱き止めてくれた。その腕の中で、涙が止まらなかった。誰にも言えない不安と恐怖の中から、ようやく救い出された思いだった。

「……申し訳ありませんでした」

震える声で謝る治長に、茶々は泣きながら首を横に振った。

治長が謝るようなことは何もしていない。ただ、純粋に、心から愛しいと思う気持ちを求め合っただけだ。それなのに、どうしてこんなに哀しみと懼れの涙を流さなくてはいけないのだろう。ここが聚楽第でなければ、自分が秀吉の側室でなければ、ただの一人の女人だったなら、今、この人の腕の中で流す涙は、喜びの涙に違いないというのに……。

このまま声を上げて泣きたいくらいだった。だが、外で耳をそばだてている者がいないとは言えない。茶々は涙を拭い、胸の中に占める危惧を、治長の耳元で告げた。

「秀吉様は、私の懐妊をたいそうお喜びになった。けれど、皆が噂していることがいつお耳に入ったとしてもおかしくはあるまい。もし、そうなったら……」

それを聞いた治長は、茶々の両肩に手を添えて、体を向き合わせた。

「追及を受ける前に、私から秀吉様に本当のことを言います。悪いのはこの治長だと」

「そんなことをしたら、治長は殺されてしまう」

「構いません。茶々様を許してもらうためならば、私が全ての罪を負います」

眉間に皺《しわ》を寄せて茶々を見つめる眼差しには、秀吉への懼れよりも、自分の行動で茶々を苦しめたことへの後悔が滲み出ていた。

死をも覚悟した治長に、茶々は強く頭を振った。

「ならぬ。治長が私のために死ぬなど……私は耐えられない」

「茶々様……」

「隠し通すしか、あるまい」

秀吉を欺けるかどうか、ではないのだ。子が生まれるということは、その子が成長していく限り、いつ不義が発覚するかと怯える日々に、終わりは来ないということだ。だがもう、消すことのできない過ちを犯した二人が生きていくには、お腹の子を秀吉の子として産むしかないのだ。

茶々の言葉に、治長も自分たちが犯した過ちの意味を悟ったのだろう。僅かに頬を震えさせたが、その意志を拒むことはしなかった。

二

年が明けても、茶々は秀吉からも寧からも、真相を問い詰められることはなかった。それどころか、秀吉の懐妊への「歓喜」は、日に日に激しさを増していた。

秀吉は豊臣の後嗣の無事の誕生を祈願して、ありとあらゆる神社仏閣に祈禱《きとう》をさせた。さらに、桂川《かつらがわ》と宇治川《うじがわ》が合流する地にあった淀《よど》城を、茶々出産のための城として修築させた。秀吉自ら普請を指揮するという入れ込みようであった。

秀吉が大仰に喜びを内外に示すのは、世間が向ける疑惑を払拭するためなのか、それとも、自分たちに揺さぶりをかけているのか。いずれにせよ、茶々には秀吉の行動全てが怖かった。

（いっそのこと、生まれなければ……）

母としての喜びが一切見出《みいだ》せないというのに、日を追うごとに、お腹はせり出し、生まれくる赤子のために胸は膨らんでいく。己の意志とは関係なく変化していく身がおぞましくて、この体を脱ぎ捨ててしまいたいくらいだった。

産み月が近づくにつれて、待ち受ける現実を否定したい思いから、茶々は居室に引きこもりがちになった。しかし寧は、「歩いた方が、お腹の子のためにいい」と、懇切に声を掛けてくる。それを頑《かたく》なに拒むのも、かえって疑いを深めるのでは、という怯えから、茶々は時折、聚楽第の奥御殿の長い廊を歩くようにしていた。

午後の陽が柔らかく射し込む廊を一人で歩いていると、不意に、侍女たちの囁く話が耳に入った。

「耳を削《そ》がれ、鼻を削がれ、最後は逆さ磔になって槍で串刺しにされたとか」

「あの秀吉様のことを嘲笑ったのだもの。そのくらいされても当然よ」

何のことだろうと足を止め、侍女たちの話に耳を傾けた茶々は、そのあまりに恐ろしい刑罰を、秀吉が誰に、何のために下したかを知って、慄然とした。

〈大仏のくどくもあれや鑓《やり》かたな　くぎかすがいは子だからめぐむ〉

齢五十を過ぎて初めて側室が懐妊したという事実は、口さがない都人の格好の噂の的となり、ついには聚楽第の門前に揶揄《やゆ》する落首が貼られたのだという。

秀吉が都の東山《ひがしやま》に建立している方広寺《ほうこうじ》大仏殿と、その大仏鋳造のためと称して百姓たちの一揆《いっき》を防ぐ目的で刀狩りをしていることを挙げて、その刀や鑓で作った釘《くぎ》や鎹《かすがい》でできた大仏の功徳の子宝だ、と歌われていた。それに激高した秀吉は、落首を貼った者を徹底的に追捕《ついぶ》し、磔の刑にしたのだ。

侍女たちは「なんて恐ろしいこと！」と言いながら、その声色や言葉尻には好奇が滲み出ている。

茶々は体の奥から迫《せ》り上がる恐怖と吐き気で、その場にうずくまった。残虐な刑罰を受けた都人が、本当は秀吉の制裁を受けるべき自分たちの身代わりになったとしか思えなかった。

「それだけ秀吉様は、茶々様の懐妊を……」

侍女たちが次に発する言葉を想像して震える茶々の背後から、おっとりとした声がした。

「それだけ秀吉様は、お喜びということじゃ」

振り返ると、寧が柔和な笑みを浮かべて立っていた。寧と茶々がいることに気づいた侍女たちは、顔色を変えて口をつぐむ。

「そなたたち、余計な話をしている暇があるなら、たんと仕事をいいつけますよ」

「申し訳ございません！」

侍女たちは身を小さくして、それぞれの持ち場に逃げ去った。

寧はうずくまったままの茶々の背に、そっと手を当てた。

「嫌な話は、聞かぬことです。聞いてしまったら忘れることです。お腹の子に障りますよ」

そう言うと、寧は茶々に手を添えて立ち上がらせた。

茶々は力なく立ち上がると、お腹の上に恐る恐る手を置いた。二人の罪業を背負う子が、この中にいる……。そう思った時、手に小さな振動が伝わった。

「あ……」

「どうかしましたか？」

茶々は掌を打つ感覚を、掠れた声で言い表した。

「赤子が……動きました」

「まあ、本当に？」

寧が茶々のお腹に手を添えると、柔らかな午後の陽射しが、寧の輪郭をゆらりと揺らした。

「ちゃんと生きているよ、と言っているみたいですね」

確かな鼓動と寧の笑みに、茶々は身も心も冷たく固まっていく思いがした。

秀吉と最も長い時を過ごしてきた女人が、このお腹の子をその微笑みのままに受け入れているとは、思えなかった。


産み月のひと月ほど前に、茶々は淀城に移された。

城移りは、秀吉の政庁でもある聚楽第での産穢《さんえ》を避けるためであったが、淀城に寧は同行せず、もちろん治長もそこにはいない。秀吉が「茶々のために」と修築した城は、茶々を孤独と絶望の底に突き落とす桎梏《しっこく》のように思えてならなかった。

そうして、茶々は梅雨の終わりの晴れた日に産気づいた。

初めて味わう産みの苦しみに、一人で耐えるしかなかった。陣痛が荒波のように押し寄せては引いていく。それをほぼ半日繰り返しているというのに、まだ赤子は生まれない。徐々に強さを増していく痛みに、気が遠くなっていく。

「茶々様、お気を確かにお持ちなされ！」

この日のために、選び抜かれた熟練の産婆が激励する。部屋の外には厄払いとして一流の僧侶や陰陽師《おんみようじ》が呼び寄せられ、城の中には読経《どきよう》や祈禱が途切れることなく響き渡っている。

しかし、体を襲う痛みは想像以上だった。このまま体が裂けてばらばらになってしまうのではないかというくらいの痛みが、容赦なく増幅していく。いったいこの痛みはいつまで続くのか、これ以上痛みが強くなったら、自分はどうなってしまうのか。未知の恐怖に耐えるしかない茶々にとって、今日初めて会った産婆の励ましよりも、洗練された祈禱の声よりも、もっと欲しいものがあった。

それは、この手を握ってくれる愛しい人。

その手が茶々の手を握りしめてくれたなら、どんな苦痛にも恐ろしさにも耐えられただろう。けれど、今、茶々がすがることができるのは、天井の梁《はり》から吊り下げられた一本の綱しかなかった。

「もういや」

泣きながら握りしめる綱は、汗と涙で濡れきっている。

もうこのまま死んでしまいたい、と思った。

こんなに泣き叫び、苦しみながら産むのは不義の子だ。命を懸けて産み落とす子を、一番抱かせたい人に抱かせることができないのならば、この絶望的な苦しみの中で我が子もろとも死んでしまいたかった。

（治長……！）

茶々は手を伸ばしたが、その手は虚《むな》しく空を掻いた。

「っ……ああ！」

激痛の果てに赤子の泣き声が響き渡った時、もう何も考えることができずに放心していた。頬を伝った雫《しずく》が耳を濡らして、自分が泣いているのだとぼんやり思った。

「ご立派な若君様にございます！」

産婆の声が自分に掛けられているのだと気づいた。目の前に、赤黒い血が付いたまま、この世の空気を欲するように懸命に泣いている赤子が差し出される。

産婆に促されるがまま抱いた我が子の姿が、滲んで見えた。

（この涙は、いったい、何の涙なのだろう）

自分が産み落とした赤子の繊細な睫毛や唇の形に、大切な人の面影を認めて零れ落ちる涙の意味を、茶々は言葉にできなかった。

茶々の男児出産の知らせは、早馬で聚楽第にも伝えられた。

治長は秀吉に伝令を取り次ぐ役目を担わされていた。使者の口から「淀城にて茶々様、無事に若君をご出産されました」と聞いて、危うく使者の前で落涙しそうになり、天を仰ぎ見た。

（ご無事に……）

使者を下がらせ、秀吉の御前へ向かう廊の途中で、こらえきれず立ち止まった。

溢れ出す涙を袖で何度も拭う。治長とて、出産という大事がどれほど危険なことか、女人が命を落とすことが決して少なくないことを重々承知していた。茶々は産みの苦しみの果てに死んでしまうかもしれない、その時に自分は駆けつけることすら許されないのだ。

それは、自分のせいで茶々を孤独の中で死なせるようなものだった。治長が一人静かに流すのは、不義の子が生まれた苦悩の涙ではない。抑えようにも抑えきれない、安堵の涙だった。

ようやく涙がおさまり、秀吉の御前へ向かった。

「茶々様、ご無事に若君様をお産みになりました」

平伏して言上《ごんじょう》する治長に、秀吉は声に歓喜を滲ませて言った。

「そうか、男子か！」

「は」

「治長、面を上げよ」

治長は泣いた跡を見られるのでは、と懸念しつつ頭を上げた。しかし、目の前にいた秀吉の表情は、その懼れを上回る恐怖を与えた。

そこには声とは全く違う顔が、冷ややかに治長を見下ろしていたのだ。

「さては、泣いたな？」

「…………」

「関白秀吉の後嗣の誕生に、涙を流して喜んだか。さすがは、茶々の忠実な乳母子じゃ」

秀吉は治長に近づくと、扇で顎を無理矢理押し上げた。涙で赤くなっているであろう瞼を堪能するように眺めて、治長の胸に言葉を刺した。

「みじめな男よのう」

秀吉の言わんとすることを想像して、治長は頰を引きつらせた。

「その顔、わしは忘れぬぞ。おぬしのその良き目鼻立ちが、際立っておるわ」

そう言って秀吉は、突きつけた扇を喉に食い込ませた。

「うぐっ」

息が詰まった治長を睨みつけ、秀吉は言い放った。

「今度、茶々を想って涙を流したら、その目を抉《えぐ》ってやる」

治長は答えようにも、顔を背けようにも、喉に食い込んだ扇で動けず、込み上げる恐怖と屈辱にひたすら耐えるしかなかった。

その三か月後、治長は大坂城の大広間にいた。そこには、豊臣の後嗣をお披露目するために集められた直臣たちが、ずらりと座している。治長もその中の一人として端の方に座り、周囲の視線を避けるようにうつむいていた。

茶々の産んだ赤子は秀吉によって「鶴松《つるまつ》」という豊臣家にとっての吉祥を象徴する名を与えられた。そうして、淀城から豊臣家本城である大坂城に盛大に迎え入れられたのだった。

直臣たちの前に鶴松を抱いて現れた秀吉は、これ以上の喜びはない、といった笑顔を見せていた。

「皆の者、見よ！　この珠《たま》のように麗しき若子《わかご》を！」

「は！」

家臣が声をそろえて畏まる。秀吉が五十三歳にして手に入れた一人の赤子に向かって、百を優に超える武士たちが敬意を表する圧巻の光景だった。治長もその中に交じり、静かに低頭した。

「ここにいる茶々が産んだのじゃ！　信長様の血に繋がるわしの子じゃ！」

治長が初めて眼前にする鶴松の姿は、すっぽりと秀吉の袖に隠れて見えなかった。言いようのないむなしさに打ちひしがれる治長の耳に、秀吉の嬉々《きき》とした声が響く。

「茶々よ、でかしたのう！」

鶴松を抱きあやしながら笑いかける秀吉に、茶々は張り詰めた笑みを見せていた。

秀吉は家臣の前であるのにも構わずに、鶴松に頬擦りをして見せ、泣き出した鶴松におどけた顔を見せて笑わせようとする。

秀吉の腕の中で、鶴松が手を伸ばした。治長の視界にその小さな指が入った瞬間、胸の痛みに声を上げそうになった。

（ああ、触れたい……！）

あの、やわらかそうな手を握ってみたい。どんな目をして、どんな鼻で、口で……その小さな指にはどんな形の爪が生えているのだろうか。

だが、永遠にそれを知ることはできないのだ。鶴松を我が子として抱く日はこの先、決して訪れない。そう思うと、鶴松の小さな指を見た時の衝動が、その手に触れたいと思った感情が、全て秀吉に吸い取られていくような気がした。

秀吉は治長の心の中を見透かし、いたぶっているのだろうか、というくらい、家臣の前で目に入れても痛くない溺愛ぶりを見せている。

秀吉は手近にいる家臣に「抱いてみよ！」と鶴松を押しつけた。首も据わりきらない赤子を抱かされた若い家臣は肩を強張《こわば》らせ、「まこと美しい若君様にございます」と精一杯の世辞を言う。

「そうかそうか！」

秀吉は破顔し、満足そうに鶴松を再び抱き上げながら、さらりと言った。

「まこと美しいが、わしにちっとも似ておらぬ」

部屋から物音が消えた。誰も呼吸すらしていないのではないかというくらいの静けさに、ぎこちなく世辞を言った家臣はすっかり青ざめている。秀吉はその場の空気を気にすることもなく続けた。

「父親に、似たのだろうか」

治長の全身から血の気が引いていく。周囲も固まり、息を押し殺している。茶々も真っ白を通り越して、蒼くなった顔で秀吉を見上げている。秀吉は赤子からゆっくりと顔を上げると、薄い笑みを浮かべて言った。

「茶々の父親の浅井長政に、な」

途端、部屋の緊張が緩み、吐息があちこちから漏れ聞こえた。

治長は、額から落ちた汗が染み入る床を見ながら、改めて、密通の罪の重さが黒く深く沁《し》みていくような気がしていた。

三

茶々の産後の体は回復し、鶴松も乳を飲んですくすくと育っていた。表情も豊かになってきた鶴松は、周りの者に無垢《むく》な笑顔を振りまいている。その愛らしさに、秀吉が喜ぶのはもちろんのこと、乳母や侍女たちも、懐妊の時の噂などなかったかのように褒めそやして可愛がっている。茶々でさえ、鶴松の笑顔には時折、不義の子であることを忘れたくなるくらいだった。

そろそろ乳離れもするかという頃、茶々は大坂城から再び聚楽第に戻るようにと、秀吉に言われた。

「寧様のいらっしゃる聚楽第へ？」

寧とは鶴松のお披露目が行われた時に、大坂城で一度会っていた。だが、その後すぐに寧は聚楽第に戻ったので、それ以来、ほぼ半年ぶりの再会になる。

以前、初めて鶴松を見た寧は、「よくぞ、立派に男子を産んでくれました」と、まるで茶々を我が子のようにねぎらい、鶴松を孫のごとく抱いていた。その姿を、後ろめたい思いで見たことを思い出す。

返答に窮する茶々に、秀吉は何ともないというように言う。

「わしは、これから小田原《おだわら》を攻めるゆえ、茶々と鶴松は寧のそばにいた方がよかろう」

「…………」

関東で権勢をふるう小田原城の北条《ほうじよう》家は、豊臣家に臣従の意を示す気配がなく、ついに秀吉は出陣に踏みきることにしたのである。その戦支度で騒々しい大坂城よりも、寧のいる聚楽第の方が子を育てるにはよかろう、と秀吉は言うのだ。

茶々は、秀吉の言うことはもっともなことだとわかりながらも、すぐに頷くことができなかった。

きっと、寧は微笑みを浮かべて茶々と鶴松を迎え入れるだろう。その微笑みが待つ聚楽第へ罪の子を抱えて行くことは、戦支度の進む城にいることよりも怖いような気がした。

しかし、それを理由に断ることはできない。茶々は笑顔を繕って、鶴松を抱き上げた。

「私も、寧様に鶴松の育った姿をご覧いただきとうございます」

「寧もさぞかし喜ぶであろう。寧は赤子が好きなのじゃ」

「……さようでございますか」

浮かべた笑顔が歪《ゆが》みそうになった。それを秀吉に気取られないように、鶴松の衣を直すそぶりをしてうつむいた。

その数日後に茶々は聚楽第に鶴松とともに戻った。

やはり、寧は二人を温かく迎え入れた。久しぶりの再会に、鶴松は人見知りをして茶々の胸にしがみついた。しかし、寧は気にする様子もない。小姫の他にも多くの養子を育ててきただけあって、手慣れた様子で茶々の腕から鶴松を抱き上げた。

「まあ、重たいこと！　しばらく見ぬ間に、大きくなって！」

鶴松の成長を称えている寧を、茶々は黙って見ていた。

「茶々殿、顔色が優れませんね？」

「……そうでしょうか？」

ぎこちなく答えた時、鶴松が顔を真っ赤にして泣き出してしまった。

「あらあら」

寧は鶴松をあやそうとする。しかし、茶々に向かって手を伸ばして泣き続ける鶴松の姿に、少し寂しそうに笑った。

「やはり、母親の方がよろしいのかしら」

茶々がおずおずと抱き直すと、鶴松は驚くほどぴたりと泣きやんだ。あまりにわかりやすい反応に戸惑いながら鶴松を見て、息をのんだ。

「茶々殿？」

寧が怪訝そうに窺う。茶々は腕が痺れるほど鶴松を重く感じ、手や額に汗が滲み出た。寧の前でこのまま鶴松を取り落としてしまいそうだった。

茶々の腕の中で、鶴松の桃色の口が、無邪気に笑んだのだ。

その笑顔は、あまりに愛らしすぎた。だがそれは……寧の前でこの罪の子を愛らしいと思うことは、さらに罪を重ねていくことと同じだった。

「あ、あ……」

言葉にならない声を出し、冷や汗をかきながら動けなくなる。寧は、すっと歩み寄ると、茶々の痺れた腕から鶴松を抱き取った。

「かわいそうなこ」

そう動いた寧の唇の端に、微笑が浮かんでいるように見えて確信した。

(寧様は、気づいている)

寧に抱かれた鶴松は再び泣きじゃくり、茶々を求めるように腕を伸ばしている。

しかし、茶々はもう鶴松を抱くことができなかった。泣きながら母親を求める赤子から後ずさり、寧が見ているのも構わず耳を塞いでいた。くぐもる耳の中に、鶴松の泣き叫ぶ声が響く。それは次第に、茶々を責めているようにさえ思えてくる。

泣き声から逃げようと首を振る茶々の耳に、鶴松に語りかける寧の声が聞こえた。

「母上様は疲れてしまったのですよ。私が、抱いてあげましょうね」

茶々の代わりに鶴松を抱きしめる寧の唇には、変わらぬ微笑が浮かんでいた。


いよいよ三月朔日《ついたち》に小田原へ出陣することとなった秀吉が、出陣前の挨拶に、聚楽第を訪れた。

寧に促され、茶々も重い心と体を押して秀吉の御前に出た。寧の腕に抱かれている鶴松は、秀吉の顔を見るなり嬉しそうに手を伸ばした。その愛らしい仕草に、秀吉は顔を綻ばせて抱き上げた。鶴松は「きゃい」と声を発し、手足をばたつかせる。

「父上様に抱かれて、ご機嫌ですわ」

寧の言葉に、秀吉は笑った。

「そうか、そうか。父に抱かれてご機嫌なのであるな」

するとと鶴松が、秀吉の髭を引っ張った。

「あっ」

思わず、茶々は小さく声を上げた。髭の薄い秀吉は、それを気にして付け髭をしているのだ。案の定、侍女たちも見る中で、引っ張られた髭はぽろりと取れてしまった。

「なんとっ」

秀吉は驚きの声を上げ、寧も「まあ！」と口元を手で覆う。茶々は秀吉が怒るのではないかと身をすくめた。

だが、茶々の目に入ったのは、秀吉の満面の笑みだった。

「いつの間に、かように手先が器用になったのじゃ！」

取れた髭を摑んだままきゃっきゃと笑う鶴松の姿に、秀吉はその成長を喜んでいる。

寧も微笑ましいものを見るように笑っているが、茶々には少しも笑えなかった。

まるで本当の父親のように鶴松を抱く。その姿は、騙していることへの疚しさで茶々を押し潰しそうになる。その秀吉に向かって話しかける寧の笑顔も、何を思う笑顔なのかわからず恐ろしい。今すぐここで真相を吐き出して、詫びてひれ伏せたらどれだけ楽だろうとさえ思えてしまう。傍らで、寧は笑顔のまま言う。

「近頃は、部屋の中を這《は》い回って、目を離す隙もありません。きっと戦が終わってお戻りになる頃には、上手に立っていることでしょう」

「おお、楽しみじゃ！　しかし、相手は籠城するという。山からも海からも囲んで、じわりじわりと干殺しにするゆえ、ちと時を要するな」

「ならば、お戻りの頃には、歩いているかもしれませぬ」

「さようか！　はよう戦を終わらせて戻らねば！」

「ほほほ。鶴松とともにご武運をお祈りしておりますよ」

赤子を可愛がる夫婦のやり取りに、茶々は押し黙ったまま打掛の袖をそっと握りしめた。

人づてに、治長も秀吉の旗下に出陣することは聞いていた。しかし、茶々には戦に向かう治長を案ずることも、寧のように妻として戦勝を祈願して送り出すこともできない。

そして、鶴松の成長を母親として喜ぶこともできなかった。

もう、全てを投げ出してこの場から消えてしまいたかった。

四

秀吉が出陣してひと月が経つかという頃、聚楽第に秀吉から文《ふみ》が届いた。

「小田原へ、私が？」

寧から文の内容を伝えられた茶々は驚いた。頷き返す寧は、うとうとしている鶴松を膝に乗せて微笑んでいる。

「秀吉様は、長陣ゆえ酒でも飲みながら小田原が落ちるのをゆるりと待つ、のだそうです。それで、寂しいので茶々殿に来てほしいと」

「………」

その口調に、嫌味は感じられない。夫の側室への寵愛ぶりに呆れる様子もない。それどころか、鶴松の頰を、心底かわいがるように撫でながら言った。

「鶴松のことは、案ずることはありませんよ。私が、おりますからね」

「ええ……」

茶々は鶴松と寧から目をそらしてうつむいた。寧は祭りの様子でも聞かせるように言った。

「諸大名にも陣中に妻や側室を招き入れるようお命じになり、京や堺の商人や茶人、遊芸人なども呼び寄せて、小田原はたいそう賑やかになっているそうですよ」

圧倒的な軍勢で城を取り囲みながら、悠々と陣中茶会や酒宴を催す余裕を北条に見せつける秀吉の姿が、目に浮かぶようだった。

（なんて酷なことを……）

小田原は落城するのだろう。小谷や北ノ庄のように。

だが小谷や北ノ庄と違うのは、一気に攻め落とすのではなくて、寸分の隙間もなく城を囲み、兵糧が尽き飢えていくのを、宴をしながら待っているということだ。

その悲壮な落城を、秀吉の隣で眺めろという。小田原に茶々を呼び寄せる秀吉の心情が、わからなかった。

そうして、茶々が鶴松を寧に預けて小田原に到着したのは、五月の半ばを過ぎた頃だった。

秀吉は小田原城を俯瞰《ふかん》できる笠懸《かさがけ》山に布陣していた。

あらん限りの人夫を駆り出したのだろう、山頂には立派な石垣の城が築き上げられていた。とても一時の陣とは思えぬ立派な城の姿に、茶々は目を瞠った。

通された本丸御殿の広間で、ぽつんと一人、秀吉を待つ。その間、茶々は小田原城内の人々のことを思わずにはいられなかった。瞬く間に現れた巨大な秀吉の居城に、激しい動揺が走ったであろうことは想像に難くない。かつての落城の光景がよみがえり、悪寒にも似た震えが込み上げる。両腕をさすっていると、廊の方から秀吉の声がした。

「よう参った、茶々！　会いたかったぞ」

家臣たちを付き従えて部屋に入って来た秀吉は、茶々の姿を見るなり抱きしめた。家臣たちの間に、失笑とも微笑ともつかぬさざめきが起こる。

茶々は辱められている気分になり、秀吉の抱擁を振り払ってしまいたかったが、無言で受け入れた。その秀吉の腕の中で、茶々の目は治長の姿を探してしまう。出陣した治長の無事な姿を見たい思いと、秀吉に抱かれる姿を見られたくない思いとが入り乱れていた。

秀吉は茶々の肩を抱いたまま言った。

「良き眺めを見せてやろう」

そのまま秀吉に誘われて外に出た。薄暗い城の中から連れ出された茶々は、空の明るさに眩みそうになった。秀吉の腕に抱えられたまま、その眩みをこらえて細めた目を開けると、眼下には、深い空の色に染められた相模《さがみ》の海に臨む小田原城が見えた。

その光景に、言葉が出なかった。

北条の三《み》つ鱗《うろこ》の白旗がはためく城は、まるで海の潮だまりの泡沫《うたかた》かと見紛うほど、淡く白かった。その白城を飲み込むかのごとく、陸地を三方から隙間なく豊臣軍が取り囲んでいる。海にひしめく軍船《いくさぶね》は、寄せる波とともに城を浸食するかのようだった。

（かように多くの軍勢が、秀吉様の命で集まったのか……）

立ち尽くす茶々の傍らで、秀吉が誇るように胸を張る。

「見よ、茶々。あれが徳川家康の陣、あちらはわしの甥《おい》の秀次《ひでつぐ》の陣じゃ、丹羽《にわ》に山内《やまうち》に池田《いけだ》に、そなたの従兄《いとこ》の織田信雄《のぶかつ》も陣を敷いておるぞ。海は水軍の軍船が見事であろう！」

その声を聞きながら、改めて秀吉の富と権力の大きさを目の当たりにする思いがした。

「しかし、ここまで追い詰められても小田原城は粘っておる。なかなかのものよ。まだ、ひと月はもつかの」

四方を敵に囲まれた城内の絶望感を思って、茶々は黙り込んだ。その様子を気に留めることもなく、秀吉は笑いながら言う。

「茶々にはこの秀吉の陣で、我が妻としての役目をまっとうしてもらおうぞ」

「妻？」

「寧のおらぬ場で、そなたと過ごすのだからな」

正妻の目がないところで、思う存分、茶々を寵するという意味かと身構えたが、秀吉が続けた言葉は意外なものだった。

「長陣ゆえ、兵糧や陣中の台盤所《だいばんどころ》を取り仕切ってもらわねばならん。他にも諸大名や家臣への心配りも、妻の大切な役割であるぞ。さて、そなたに寧の代わりがつとまるかな」

茶々に妻としての立場を求める。秀吉が茶々をそのような目で見ることは初めてだった。

（妻……）

側室とはいえ、妻の一人ではある。しかし、茶々自身、意識したことがなかった。信長の姪、という血に惹《ひ》かれた男の意のままに生かされている、そんな思いだった。

「しかし、茶々よ。鶴松を置いて、はるばる関東まで来るのはさぞ心残りであっただろう」

「……いえ、寧様がしかと見てくださっていますから」

答えながら、自分で自分が嫌になった。

己の腹を痛めて産んだ子を置いて行くことに、何の寂しさも感じなかったのだ。幼子を置いて行くことよりも、その幼子から離れることにどこか救われる思いさえあった。もしも逆だったら。秀吉に呼び出されたのが自分ではなく寧だったら。寧のいなくなった聚楽第で鶴松と二人きりになって……。その先は、考えるだけでも恐ろしかった。

「そうか？　わしは鶴松が恋しくてたまらんぞ」

秀吉の言葉に何も答えられなかった。下手に何かを言うと、顔が引きつってしまいそうだった。

茶々は秀吉に求められた通り、陣中での妻としての役割をまっとうした。

兵糧奉行の武士から調達の日取りや経路を聞き取り、残りの量を確認し、炊事をする台盤所の侍女や下男たちを取り仕切った。他にも、秀吉の配下の武将や侍たちをねぎらい、時には諸将の要望を受けて秀吉との橋渡しをした。姫育ちとはいえ陣中での妻のあるべき姿は、かつて、北ノ庄城で母の市の姿を見て覚えていた。

だがそれは、妻として秀吉の役に立ちたいという思いではなく、秀吉に求められた通りに振る舞うことで、心に抱き続ける疑念や不安を紛らわそうとしているだけだった。

どうして、秀吉は茶々と治長を生かし続け、鶴松を可愛がっているのか？

聚楽第の落首事件がそうであったように、秀吉は鶴松の父親を疑う人々を容赦なく断罪した。それなのに、茶々には何も問うてこない。治長も変わらず馬廻衆として仕えさせている。秀吉の気性から考えれば、密通を問い詰めると同時に、二人を叩き斬ったとしてもおかしくはないのだ。

知らないふりをして茶々たちからの告白を待っているのか？　それとも本当に鶴松を我が子だと信じているのか？　だとしたら、真実を知った時、秀吉は茶々と治長をどうするのだろう。

（もしや秀吉様は、寧様も鶴松もいないこの小田原で、私と治長のことを……）

茶々だけを小田原に呼び寄せた真意がわからないだけに、日を追うごとに不安は深まるばかりで、最悪の事態すら想像してしまった。

だが、秀吉は相変わらず上機嫌で、茶々の陣中での姿を手放しで褒めた。

「茶々よ、帰ったら寧に自慢してやれ！　立派に陣中の妻をつとめたと」

「私は当たり前のことをしているだけで……」

酒を飲む秀吉はいつも以上に機嫌が良い。夜、秀吉は茶々だけを呼び出し、茶々の酌で飲んでいた。

「忍びの話では、小田原城内では連日不毛な評定《ひょうじょう》が続いているという。和睦に応じるべきだ、いや抗戦すべきだと同じことを繰り返しておるのだ。兵糧の補充も援軍も来ぬというのに、いたずらに籠城は長引くばかりじゃ！」

「さすが、秀吉様にございます」

「そうかそうか。茶々に言われると、なお嬉しいものよ。わしはな、城攻めが得意なのじゃ。力攻めはもちろん、備中《びっちゅう》高松城の水攻め、三木《みき》城の干殺しに鳥取城の渇泣《かつえな》かし……」

「………」

黙り込んだ茶々を、秀吉は盃《さかずき》を置いて抱き寄せた。秀吉の腕の力が思っていたより強くて、胸に倒れ込むようになってしまった。体を起こして離れようとするのを、秀吉はさせまいと腕の力を弱めない。茶々は仕方なくそのままの姿勢で話を聞いた。

「ゆえに、わしの作った城はそう簡単には落ちぬ。大坂城はわしの持てる知恵を全てつぎ込んだようなものじゃ！」

「さようでございますか」

「いつだったか、そなたは、城は欲しくないと言っていたな」

「……はい」

「だが、難攻不落の大坂城は、いつかそなたにやろうと決めている」

「え……？」

「わしはそなたを、もう落城の憂き目には遭わせぬ」

見上げた秀吉の目が思いがけず優しくて、茶々は戸惑った。

「小田原を落とせば、この日本《ひのもと》の国にわしに逆らう者はいなくなる。まことにわしの天下になるのじゃ。いつか、わしが死んだら、その天下は鶴松とそなたに託そうと思う」

その声は茶々を慈しむように穏やかだった。答えられずにいる茶々に、秀吉はおもむろに言った。

「わしはな、そなたの想像もつかぬような貧しい村に生まれたのじゃ」

唐突な話に困惑したが、秀吉の目がほんの少し潤んでいるような気がして、聞き入る姿勢を示した。

「……父親は木下弥右衛門《きのしたやえもん》というが、わしが生まれてすぐに死んだらしい。母から名を聞いただけだから、弥右衛門とやらが父なのか、本当のところはわからぬ」

「………」

「物心つく頃には筑阿弥《ちくあみ》という名の義父がいたが、そいつが、まあ、酷《ひど》い男だった。ほんの少しのことで、わしが部屋の端まで吹っ飛ぶくらい殴りつける男だった。わしはこのままでは死ぬと思って、着の身着のままで家を飛び出した。あてもなく橋の下や荒れ寺で寝起きして物乞いだってしてした。ぼろぼろの衣で垢《あか》と泥にまみれて、おまけにこの顔じゃ。猿に間違えられて殴り殺されそうになったことさえある」

初めて聞く話だった。信長の草履取りとなって才を見出された、ということは茶々も知っていた。だが、織田家に仕える以前の秀吉のことを知るのは初めてだった。

厭われ殴られる、薄汚れた少年の姿を想像して、胸が痛んだ。すると、秀吉の口調は少しおどけた調子に変わった。

「だがな、わしはそこを逆手にとった。猿に似ているなら、いっそ猿真似の芸をして日銭を稼ごうと。その芸があまりに見事でな」

秀吉は酒の肴《さかな》に置いてあった瓜《うり》を手に取った。

「これをな、こうやって持って、鼻の下を伸ばして、ききき、っと齧るのじゃ」

「まあ」

秀吉の猿真似が、あまりに猿そのままで、茶々はつい笑みを零してしまった。

「ようやく、笑ったか」

「……？」

「そなた、鶴松を産んでから笑っていなかったであろう」

「………」

「笑顔は見せていても、笑ってはいなかった。寧ではなく、そなたをここへ呼んだのは、そのためじゃ。そなたを寧からも鶴松からも離して、わしの話を聞かせたかった」

秀吉は茶々に向き合い、言葉少なに問うた。

「そろそろ、言うたらどうじゃ」

秀吉が何を問わんとしているのかは、それだけでわかった。だが、茶々は何も言えなかった。本当の父親の名を口にすることは決してできない。かといって、秀吉の子だと言い張ることも、もうできなかった。

冷や汗をかき、うつむいたまま口を真一文字に結び続ける茶々の姿に、秀吉はゆっくりと息を吐いた。

「やはりそうか。……いや、そうであろうな」

茶々は秀吉をすがるように見上げ、息が止まりそうになった。

茶々を見下ろす目は、今までに見たこともないくらい、哀しい目をしていたのだ。秀吉はその眼差しのまま、声を微《かす》かに震わせた。

「わしは、父親に愛されてこなかった。だから、自分が父親になったら、我が子を誰よりも愛してやろうと決めていた。……それなのに、寧はもちろん、他の側室にも誰一人、子ができぬ」

「…………」

「若い頃は、いつかできると思っていたが、いつしか、そういうものなのだ、と悟った。だから、この年になって茶々が身籠った時は、驚いたぞ。驚いたがすぐに違うと思った。……自分のことは、自分が一番よくわかっておる」

もう、秀吉を見ていることができなかった。うつむいた茶々の目から涙が落ちる。どんな詫び言も、この人を欺こうとした罪を許す言葉にはならないだろう。この罪深さに、茶々は声を絞り出していた。

「私を……殺してください」

秀吉の袖を摑み、懇願した。

「父親と一緒に、私を殺してください……」

秀吉は茶々をじっと見つめた後、茶々の涙で濡れた睫毛に唇を当てると、囁くように答えた。

「殺さぬ」

「…………」

「……帰ったら、鶴松を抱いてやるがいい」

「どうして？　どうしてですか……」

許されるはずもない罪を、どうして許すというのか。その問いに、秀吉は無言のままだった。沈黙は、茶々を斬り苛《さいな》むようだった。だが、茶々は秀吉の袖を摑んだまま離さなかった。沈黙に耐え、目を閉じる。その瞼の裏には、茶々を求め両腕を伸ばして泣き叫ぶ、鶴松の姿がはっきりと見えた。

母として、我が子を抱けるようになるために……秀吉の袖を離すわけにはいかなかった。

ひたすら許しの意味を問いかける茶々に、秀吉はようやくため息まじりに言った。

「前にも言うたであろう。……わしは、そなたに何でも与えてやりたいと」

「……？」

茶々は顔を上げ、その真意を秀吉の表情から読み取ろうとした。

「わしは、茶々がわしのことを好きになってくれるまで、何でも与えてやりたいのじゃ」

そこにいるのは皆が恐れ敬う関白秀吉ではなく、過去の傷と己の引け目を抱えながらも恋をする、一人の哀しい男だった。恋しい人のためならば、何でも与えたい。それが、自分の傷を抉る〈許し〉であろうとも。

「わしは、茶々に出会うまで、こんな思いは知らなかった。……自分のことを好いてはくれぬ人を、好いてしまうのは、つらいのう」

そう言って茶々を抱き寄せた秀吉の手を、初めて、振り払いたいと思えなかった。

小田原に茶々がいることを知って、治長は驚いた。馬廻衆として本陣に詰めていた治長は、陣中にいる茶々の姿にすぐに気づいた。すれ違う程度で、傍らには秀吉がいて、言葉どころか視線も交わせなかったが。

（なぜ、茶々様がここに）

長期の籠城戦ということで、秀吉は陣中に妻を呼び寄せることを諸将に認めた。だが、治長はてっきり寧が来るものだと思っていたのだ。こちらが勝つのは明白とはいえ、茶々を戦の場へ連れ出したこと、しかも落城する様を目の当たりにする陣に呼び寄せたことに、秀吉への憤りを感じずにはいられなかった。

治長は本陣の石垣から、無言で小田原城を見下ろした。

遠く眼下に、北条の白旗が風に揺れる城郭が見える。そこだけ見れば、夏の青葉と海の青波に浮かび上がる白旗が美しいくらいだった。だが、この美しい白城を守るべき忍《おし》城や鉢形《はちがた》城や八王子《はちおうじ》城などの北条一族の支城は、すでに豊臣軍の別働隊の攻撃で落城や籠城に追い込まれている。援軍の見込みがない小田原城が、あの白旗を血に染め上げるのは時間の問題だった。

その光景に、心に押し込めていた憤りが、そのまま口に出た。

「さっさと降伏すればいい」

北条はより有利な条件で和議に持ち込もうとしているのだろう。だが、茶々の見る前で無残な落城を晒《さら》してほしくなかった。


三か月を超える籠城の末、七月に入ってようやく北条は降伏した。

城主北条氏直《うじなお》の高野山《こうやさん》追放と、父氏政《うじまさ》や家老らの切腹で決着をつけると、秀吉本陣で盛大に戦勝祝いの宴が開かれた。

「皆の働きのおかげじゃ！　さあ、思う存分飲んで歌え！」

明るい秀吉の掛け声に、武将や家臣たちがわっと沸く。宴席の端に座す治長も、浮かれる秀吉の姿を遠目に見やりながら、周囲の盛り上がりに合わせて手を叩いた。

秀吉の近くにいる家臣の一人が、盃を掲げて声を大にして言った。

「ついにこの日本は、豊臣家の天下にございますな！」

その言葉に家臣たちが口々に煽《おだ》て、褒めそやすと、秀吉は胸を張って返した。

「わしはこのまま、海の向こうを目指すぞ！」

海を越えた異国にまで力を及ぼそうという表明に、家臣たちは「おお！」と声を上げる。夢物語のような話に皆が囃《はや》し立てているが、端から見やる治長には、真に受けている者は誰もいないように思えた。

宴もたけなわになった頃、治長は秀吉に手招きをされた。

「治長、ちと来い」

「は」

短く返事をすると秀吉は立ち上がり、宴の席を抜けた。戦勝に酔いしれ、酒が回って歌い踊る武将たちは、密《ひそ》やかに治長が呼び出されたことに気づいていない。

治長の前を小柄な秀吉がすたすたと歩いている。とても酒が入っているとは思えぬしっかりとした足取りだった。廊を進むにつれ宴の喧騒が遠のいていく。

通された部屋は灯もなかった。庭の篝火《かがりび》が僅かに影を作るだけで、部屋の奥は底知れぬ闇が潜んでいる。その暗闇に立ちすくんだ時、秀吉が振り返った。背丈は治長の方が抜きん出ており、どうしても秀吉を見下ろす形になってしまう。治長は慮《おもんぱか》って跪いた。

「そういう、そつのないところが、癪《しゃく》に障る」

秀吉は治長を見下ろして言う。

(では、どうしろと)

立ったままでも、頭《ず》が高いと一喝されていただろう。いずれにせよ、治長のやることなすこと気に喰わないのは違いない。

「わしは、おぬしに、言っておきたいことがある」

「は……」

「わしは、茶々を愛している」

　治長はどう返していいかわからず黙した。その沈黙の中に、太刀を抜き払う音がした。咄嗟《とっさ》に身構えた瞬間、喉元に切先が突きつけられた。

「誰の子じゃ」

「…………」

「茶々の子は、誰の子じゃ。言うてみよ」

「…………」

　あと僅かでも秀吉の腕に力がこもれば、いや、少しでも治長が声を発すれば、喉仏が動いて、この喉は切り裂かれるであろう。

（答えを言えば、殺すということか）

　鋭利な刃を感じながら、治長はそれでもいいと思った。愛しい人を愛することが許されないのなら、いっそ愛する人のために死のうとさえ思った。

　覚悟を決めて目を閉じ、治長が答えを言おうとした時、秀吉が静かに言った。

「茶々の子は、わしの子じゃ」

　秀吉の声が泣いているように聞こえて、はっと目を開けたがその表情は全く違った。怒りに目は血走り、痩せたこめかみには血管が浮き上がっていた。

「わしの気持ちがおぬしにわかるか？　この体で茶々を愛し、裏切られたこの思いが」

秀吉の口調は、徐々に感情が露わになっていく。それを、治長は気圧されまいと目をそらさずに聞き留めた。

「おぬしを斬り殺したい。今すぐここでその首を刎《は》ね飛ばしてやりたい！　だが、そうすれば、どうなる？　……わしは、おぬしの密通を認めることになる。それだけではない……わしは、茶々を失うであろう！」

「……！」

秀吉が治長を殺せば、きっと茶々は後を追うというのだ。それは、秀吉の手に残るのは、屈辱と哀しみだけだということを意味していた。

「おぬしから茶々を奪うには、おぬしを生かすしかないのじゃ！」

そう叫ぶと秀吉は治長の体を足蹴にした。治長は勢いよく仰向《あおむ》けに倒れると同時に、突きつけられた刃から解放された。

秀吉は倒れたままの治長を見下ろすと、唸るように言った。

「おぬしに、わかるか」

秀吉は荒い息を吐きながら、治長への制裁を告げた。

「わしは、鶴松に豊臣を継がせる。この先、永劫《えいごう》おぬしは豊臣に仕えるのだ。豊臣とともに死ぬまでその罪業に苦しむがいい」

治長は脱力して起き上がれなかった。その姿を秀吉は一瞥すると、太刀を鞘に納めて部屋を立ち去った。

（この先、永劫……）

秀吉が男として治長のことを許すことは決してない。思いきりこの場で罵倒され、斬り殺される方が、まだ楽だとさえ思えた。豊臣が続く限り、いや、己の死が訪れるまで。これから先、ずっとこの罪を抱えて生きていけと言う。

その秀吉の制裁に、治長は部屋に澱《よど》む暗闇を見つめながら、しばらくの間、立ち上がることができなかった。

五

小田原攻めが勝利に終わり一年が経つかという頃、茶々は久しぶりに淀城にいた。秀吉が聚楽第から大坂城へ移るのに従う途上で鶴松が微熱を出し、急遽《きゅうきょ》、茶々と鶴松は淀城に入ることになったのだ。

「かかさま」

淀城の居室で鶴松と二人きりになった時、甘えるように鶴松が茶々の膝に頭を乗せた。汗の滲んだ額を拭ってやりながら、鶴松のことを素直にかわいらしいと思えた。

小田原の陣で秀吉の本心を知った茶々は、ようやく母としての気持ちで鶴松と向き合うことができるようになっていた。この淀城で孤独と絶望の中で産んだ我が子が、自分のことを「かかさま」と呼んでくれるまで成長したことを、嬉しいと思えた。

「鶴松、お熱が下がれば大坂のお城で、ととさまに会えますよ」

「まんかかさまも？」

鶴松のたどたどしい言葉に、茶々は頷き返す。

（ほんとうに、いい子だこと）

鶴松は秀吉のことを「ととさま」と呼び、寧のことを異称の北政所《きたのまんどころ》の政を取って「まんかかさま」、茶々のことを「かかさま」と無邪気に呼び分けていた。寧にも茶々と同じように甘える鶴松が、幼いなりに何かを察しているようで、いじらしくて仕方なかった。

熱さましの薬を煎じて持ってきた侍女が、茶々と鶴松の姿を見て和やかに言った。

「鶴松様は楽しいことがあると、すぐにお熱を出してしまわれますね」

茶々は侍女から、薬匙《やくし》を受け取りながら応えた。

「ええ。楽師たちの宴に大喜びして、熱を出したこともあったな」

以前、鶴松は秀吉に抱かれながら楽師たちの笛や太鼓の音に手を叩き、嬉々とするあまり秀吉の着物の上にお漏らしをした。その翌日に、熱を出したこともあったのだ。微笑ましい思いで鶴松の体をそっと抱き起こすと、茶々は桃色の小さな口に匙《さじ》を当てた。

しかし、数日経っても熱は上がる一方だった。それどころか喉が腫れ上がり、頰や首にぶつぶつと発疹《ほっしん》が現れ、ただごとではない様相となった。これは幼子が命を落としかねない病だと医者に告げられ、ただちに大坂城にいる秀吉のもとへ使者が走った。

「鶴松！　しっかり！」

茶々は熱く小さな体を抱いて名を呼ぶが、その目は閉ざされたままだ。高熱に意識が朦朧《もうろう》として、今にも途切れてしまいそうな呼吸をする姿に、茶々は動揺を隠せなかった。

「医者は！　祈禱の者は！」

声を荒らげるが、侍女たちは右往左往するばかり。

秀吉の命によって国中から医者が集められ、興福寺《こうふくじ》や北野天満宮などの神社仏閣で病気平癒の祈禱がなされた。

城にも数多《あまた》の僧侶が呼び寄せられ、昼夜を問わずに祈禱の声が響く。その中で、茶々に抱かれてぐったりと目を閉じ続けていた鶴松が、突然ぱちりと目を開けた。

「まあ！」

祈りが通じたか、と茶々は歓喜の声を上げた。侍女たちも喜びの表情で周りに駆け寄った。

鶴松は瞬き一つすることなく、つぶらな瞳で茶々を見つめていた。なんて美しい瞳だろう、そう思ってすぐに、その吸い込まれそうなくらい深い瞳の危うさに気づいた。

茶々の腕の中で鶴松は目を見開いたまま、泣き声ともうわ言ともつかぬ細い声を上げたと思った途端、体を弓なりにそらせて痙攣《けいれん》を起こした。

「鶴松！　鶴松！」

茶々はその名を叫んだ。しかし、鶴松は口の端から泡を吹き、何かに取《と》り憑《つ》かれたかのように手足を突《つ》っ撥《ぱ》ねる。茶々はどうしたらいいのかわからず泣き叫び、名を連呼することしかできなかった。

そうして、八月の雨上がりの午後、雲間に覗く陽の光を浴びる淀城で、鶴松は二年と数か月という短すぎる生涯を閉じた。

「鶴松……」

茶々は、ただ静かに眠っているように見える我が子の頰を撫でた。しかし、その頰はもう、固く冷えきっている。涙の粒が茶々の頰を伝い、永遠に目覚めることのない鶴松の瞼の上に落ちた。

「どうして……」

わっと声を上げて鶴松の体の上に打ち伏した。

（どうして、もっと愛してあげなかったのだろう！）

不義の後悔から、生まれてきたことを喜べなかった。母を欲して泣く鶴松を躊躇いなく抱くことができなかった。苛まれる日々の中で、ようやく、一人の母として、我が子を慈しむことができるようになったというのに。こんなにも早くに失ってしまうならば、過ちから目を背けてでも、生まれたその瞬間から、愛してあげればよかった。

茶々はもう取り戻すことができない日々を求めるように、鶴松の体を抱き寄せて泣き続けた。

鶴松の葬儀は都の妙心寺《みょうしんじ》で執り行われ、遺骸は東福寺《とうふくじ》に移された。秀吉は喪に服すため、元結《もとゆい》を解いて二日間東福寺の堂に籠った。諸大名や馬廻衆の侍たちまでもが秀吉に倣い、元結を解いて喪に服した。

その堂の中で、治長も直臣の一人として手を合わせながら、喉の奥から込み上げる嗚咽をぐっとこらえていた。

自分には鶴松の死を、我が子の死として嘆くことは許されない。かといって、秀吉の子の死として悼むこともできなかった。それでも、嗚咽が込み上げそうになるのは、自分の中に渦巻く感情が、あまりにおぞましいからだ。

密通の証《あかし》でもある幼児の死に、心のどこかで安堵している自分がいた。

（……ひどい男だ）

治長は顔を上げ、本尊の前に座す秀吉の後ろ姿を見た。ざんばら髪で声を大にして読経する背中を見ながら、秀吉の方がずっと父親として稚き子の死に向き合っていると思えてならなかった。

秀吉の背から視線を外し、ふと、座した自分の膝元を見た。

扉を閉め切られた薄暗い堂には、灯明の灯が僅かな影を作り揺れている。その火影《ほかげ》が自分の周りにひたひたと染みているように見えて、ぞっとして身じろぎした。治長の動きに影は離れることなくついてくる。

当たり前だ、影なのだから。と言い聞かせても、その影が、罪なき幼児の死に安堵したおぞましい自分の存在と重なり、この先どこまでも翳《かげ》を落とし続けていくような気がしてならない。

己の欲情を抑えきれずに抱いてはいけない人を抱き、不義を犯した。それだけでも、死ぬまで許されぬ罪であるというのに、その愛しい人が命を懸けて産み落とした吾子《あこ》の死を、不義の証の死として安堵した。

この身勝手としかいいようのない罪は、暗く深い翳を生み出し、それは永劫自分につきまとうであろう。現に、つきまとっている。

自分の周りに、揺れて、染みて、広がって……。

治長はそれを振り払おうと腕を振った。その腕からもたらりと翳が垂れて、悲鳴を上げそうになった。

「どうした、治長」

男たちの唸り声のような読経が響く中、傍らにいた信繁が不穏な動きに気づいたのか、周りに気取られぬ程度に声を掛けた。

「冷や汗をかいているぞ。具合が悪いのか」

この身から落ちる翳から逃れようとして、信繁を押しやり、勢い余って床に倒れた。

治長が倒れる音と信繁や周囲の動揺の声に、唸るような読経が止み、本尊の前に座していた秀吉が振り返った。

振り返った秀吉の顔に、冷酷な笑みが貼りついているのが見えた後は、もう何も覚えていなかった。

気づいた時には、堂の外に運び出されて、頭から水を掛けられていた。

治長を見下ろす男が、ぼんやりとして見える。だんだん焦点が合って、信繁の顔が呆れたように見下ろしているのだとわかった。その姿にこらえきれずに涙が零れ落ちた。頭から浴びせられた水滴に混じって頬に垂れていくのを、信繁は気づかないふりをしてくれた。

「私は……ひどい男だ」

治長の呟《つぶや》きに、信繁があっさりと答えた。

「知っている。……ひどい、苦悩の多い男だ」

治長は信繁に腕を支えられ、ふらつく膝を押さえて立ち上がった。そのまま、堂から漏れ聞こえる読経を背にして、足元に目を落とした。

そこには、明るい陽射しのもとにくっきりと、翳が浮かび上がっていた。


鶴松の葬儀が終わると、しばらくの間、茶々は秀吉に従い大坂城で過ごしていた。

秀吉は以前のように呵々と笑うことがなくなっていた。笑みを見せても、すぐにため息とともに、視線を落とす。今までになく消沈した姿に、寧が案ずるのはもちろんのこと、誰もが鶴松の話を避けていた。

近習や侍女を下がらせた奥御殿の居室で、茶々と二人きりになった時、秀吉はぽつりと言った。

「何をしていても、鶴松を思い出す」

脇息にもたれたまま、どこを見るでもなくぼんやりと呟く姿に、茶々は慎重に返した。

「秀吉様の、お慈悲……鶴松も報われる思いでありましょう」

すると、秀吉は脇息から身を起こすと、茶々が気圧されるくらいの勢いで言った。

「慈悲などではない！」

「……秀吉様」

「鶴松は、わしのことを……ととさま、と呼んだのじゃ」

無垢な笑顔で「ととさま」と呼ばれ、純真な心で父として求められた。その幼子を失った悲しみに打ちひしがれるように、秀吉は言った。

「なんとも、愛らしかった」

茶々はその思いに沈黙で返した。安易な慰めの言葉を掛けることができなかった。出会った頃とは明らかに違う思いで秀吉を見ていた。かつては、親の仇として憎み、側室になることを強いられた相手として嫌悪の思いさえ抱いていたというのに……。

「豊臣の後嗣を、新たに決めねばならぬ」

秀吉の声に、茶々は頷き返した。

「……さようでございますね」

「託せるのは、秀次であろうか」

茶々は秀吉の甥、豊臣秀次のことを思い浮かべた。

何度か聚楽第で会ったことはある。茶々の一つ年上の、人懐っこい顔をした青年だった。少し目の離れた愛嬌《あいきよう》のある笑顔で「叔父上！」と慕ってくる秀次のことを、以前から秀吉は信頼し、政務でも重用していた。秀吉の後継を託せる者として、誰もが認めるに相応《ふさわ》しい人柄と年齢だろう。

「私は、秀吉様のおっしゃる通りにしたいと思います」

秀吉は瞑目して「そうか」とだけ言うと、押し黙った。静けさの中で、秀吉が扇をぱちり、ぱちりと閉じては開く音だけがする。その音が、ふっと途切れた時、茶々は耳を疑った。

「もう一度、豊臣を託せる子が生まれてくれたら」

「え……？」

思わず声を上げると、秀吉の瞼が開いた。

その目は、真剣だった。

「そなたが、もう一度、鶴松を産んでくれたら」

秀吉の言わんとすることを察して、茶々は強く否定した。

「鶴松は、あの子一人です」

もし、秀吉の意志がそうであったとしても、治長のことを思えば、もう二度とあのようなことは、あってはならなかった。

諾《だく》さぬ茶々の姿に、秀吉は改まった口調で言った。

「ならば早晩、この関白の職も秀次に譲ろう」

思いきった決断に、茶々は驚いた。関白職を譲るのは、秀次にもう少し大人の男としての貫禄《かんろく》が出る、五年、いや、十年ほど先の話かと思っていたのだ。

「では、秀吉様は？」

ひょっとして、傷心のあまり隠居でもするつもりなのだろうか、とも思ったが、その答えは意外なものだった。

「わしは、明国《みんこく》へ行く」

「は？」

「今思いついたことではないぞ。小田原攻めの前から、考え始めておった。わしは、どん底から這い上がって、ついにはこの日本の天下を治めたのじゃ。朝鮮へ渡り、明国、果ては天竺まで、わしは行くぞ。わしがどこまで行くか、茶々よ、わしのそばで見届けるがいい」

壮大な計画を語る目は、鶴松の死の悲しみを覆うように、夢を追いかけていた。しかし、茶々はその姿を見ながら、どうしても一抹の不安と危惧を拭えなかった。

第四章　罪の翳《かげ》

一

治長が立つ岬の遥か向こうから、海の匂いと、うねる波音が寄せてくる。底知れぬ深い青は、ずっと見つめていると、そのまま飲み込まれてしまいそうだった。

（この向こうに、異国があるのか）

湖とは全く違う青波の果てに、霞む岸辺が見えた。

「あれが、朝鮮国か？」

「いや、あれは壱岐島《いきのしま》らしいぞ」

傍らに立っている信繁の返答に、やや気恥ずかしく黙しつつ、あの霞む島よりもさらに先にあるという異国の存在に、途方もない思いを抱いた。

「本当に秀吉様は、朝鮮に出陣するのだなあ」

信繁の暢気な口調に似合わぬ剣呑《けんのん》な内容に、治長は黙したまま海の向こうを睨んだ。

〈国内の統治は秀次に託す。わしは朝鮮に出陣し、やがて明国を治める！〉

鶴松の喪が明けて宣言した秀吉の姿に、群臣が唖然としたのはもう数か月以上も前のことだ。秀吉は周囲の動揺に構うことなく、大名に唐入《からい》り、つまり朝鮮出兵のための参陣を命じ、九州の肥前名護屋《ひぜんなごや》に巨大な城を築いた。全国の大名がこの九州の突端に集結し、当然、治長も秀吉の馬廻衆として付き従った。

そうして今、治長が睨む海には、あの小田原城を取り囲んだ時と同じように、数えきれぬほどの軍船が停泊していた。半島へ送り込む兵糧と武器を積み込む水夫《かこ》たちの掛け声や、手綱を引かれて船に乗せられる軍馬の嘶《いなな》きが、治長の立つ岬まで聞こえてくる。

秀吉は肥前名護屋入りするなり届いた、先鋒部隊の連戦連勝の知らせに、城中で舞い上がっていた。その姿にはもう、鶴松の死を悼む父親としての姿は微塵も感じられなかった。

治長は深く息を吐いて、足元を見た。密通の証でもある幼児の死に安堵してしまった己の翳は、今もなおつきまとい、行く先に暗い翳を落とし続けている。

その隣で、信繁が水平線を遥々《はるばる》と望みながら言った。

「このままの勢いで、秀吉様御自《おんみずか》ら渡海なさるおつもりだろう！」

「…………」

治長たちは後方部隊として肥前名護屋城に在陣しているが、秀吉がいざ渡海となれば、それに付き従うことになる。何も答えない治長を、信繁が肘で軽く突いた。

「なんだ、おぬし。渡海が怖いのか」

「いや、そうではないが……」

自身が渡海するかもしれないということよりも、秀吉が茶々をどうするかということを懸念したが、それは信繁が相手だとしても口にはできなかった。

秀吉は「関東御陣の吉例」として、小田原攻めで戦勝を上げたことを担いで、茶々を伴い肥前名護屋城へ入っていた。このまま、茶々を連れて渡海するとなったら……。鶴松の喪に服していた姿とは全く違う、貪欲に戦を欲し、それに茶々を巻き込む秀吉に怒りを覚えながらも、それと同じくらい、どうすることもできない自分の立場への悔しさが渦巻いていた。

「おぬしが渡海するなら、おれも渡海するからな」

信繁のあっけらかんとした言い方に、少し、心が緩んだ。

「何を言っているのだ」

「おぬし一人に大手柄を取られてはたまらんからなあ」

「私が大手柄など取れるとは思えない」

「ふん、それもそうだな。おぬしは出世欲がないからな。いや、出世の見込みがないか」

「…………」

何もそうはっきりと言わなくても、と思ったが、どういうわけか信繁が言うと不快にはならない。

「おれに置いて行かれるなよ、治長！」

「置いて行かれるものか」

治長は信繁の笑顔につられたように言い返した。

岬を離れ、父親の真田昌幸《まさゆき》のもとへ行くという信繁と別れると、城下に与えられた陣屋敷へ向かった。

その途上、恰幅《かっぷく》のよい武士が馬に乗って向かってくるのが見えた。前後を固める家臣の多さに、大名の一行だと察し、治長は道の端に寄って低頭した。

すると、思いがけず馬上の人に声を掛けられた。

「そなた、ひょっとして安土で会《お》うたか？」

治長は驚いて顔を上げた。穏やかにこちらを見やる姿は、どこか見覚えがある。安土という言葉に思いを巡らせて、相手が誰であるかわかった。

（徳川家康殿だ……！）

十三歳の時、茶々を安土城から連れ出したことで信長の折檻に遭い、居合わせた家康が助けてくれたことを、忘れもしなかった。

だが、治長は家康と軽々しく話ができる身ではない。家康は、小田原攻めの恩賞として江戸と関東を与えられ、この肥前名護屋にも一万五千もの兵を引き連れて参陣している大大名だ。家康の馬の両脇には、徳川の家臣が睨みを利かせている。何と答えていいかわからずにいると、家康の方から話を振ってくれた。

「あの時の茶々様の乳母子であろう。確か、名は……」

治長は大きく頷いた。

「大野治長でございます」

「うむ、あの時は、まだ童のようだったが、ずいぶん立派な武士になったな。今は、秀吉様の御馬廻衆か」

「はい」

「ここで会うたのも何かの縁だ。わしの陣屋敷はすぐそこゆえ、参らぬか」

思いがけない誘いだった。かつて窮地を救ってくれた相手とはいえ、幼い頃に一度会ったただけだ。家康ほどの大名が、治長のような馬廻衆一人を陣屋敷に招くなど、よほどのことがない限り考えられなかった。しかし、固辞するのも、かえって好意を無下に拒むようで気まずい。肥前名護屋に在陣する以上、この先、家康に会うのは一度や二度ではないだろう。

考えを巡らせたものの、断る理由も見つからず、治長は家康の意に従った。

家康の陣屋敷は石垣と堀に守られた立派なものだった。大きな広間のある主殿造りの居館《きよかん》は、もはや陣ではなく大名屋敷といっていい。家康の他にも、前田利家《としいえ》や上杉景勝《かげかつ》、伊達《だて》政宗《まさむね》などの錚々《そうそう》たる大名たちがそれぞれこのような居館を築き、数千から一万の兵を従えて在陣していた。これらの武将たちの陣屋敷が肥前名護屋城をぐるりと囲むように建てられ、いわば、この陣屋敷群が城の守りを固める砦《とりで》と言っても過言ではなかった。

家康に招かれるだけでも畏れ多いのに、さらに、その威厳ある陣屋敷に圧倒されそうになる。治長の様子を見て、家康は「まあ、そう固くなるな」と笑った。

「あの時、茶々様に尽くすそなたの姿と、そなたを庇う茶々様の姿がなんともいじらしくて、つい口を挟んでしまった。懐かしいのう、あの時そなたは幾つであったか」

客間で向き合う家康の気さくな態度に、治長は自然と緊張が緩んでいく。

「確か、十三だったかと」

「ほう、すると今は……」

「二十四でございます」

「そんなに経つか！　いやはや、時の流れが早いとはこのことだな。わしも年を取るわけだ」

家康は秀吉の五つ下だが、五十は過ぎているはずだ。笑っていいのかわからず、曖昧な頷きを返した。

「二十四ということは、治長殿は子はおられるのか？」

その問いに、返す言葉に詰まった。家康は話の流れで何とはなしに聞いたのだろう。そう受け取ればいいのだが、揶揄や中傷を陰で言われてきた身としては、どうしても茶々との不義を探られているような気がしてしまう。

「……いえ。妻を娶っておりませんので」

相手の出方を窺いながら返す治長に、家康は真剣な面持ちで言った。

「それは勿体《もったい》ない話じゃ。そなたのような精悍《せいかん》な若武者に妻がおらぬとは。わしがよき女子を娶《めあわ》せてやろう」

「それには及びません」

「なに、恥じらうな」

「いえ、まだ妻を持ちたいとは思いませんので」

頑なな治長に、家康は残念そうに「そうか……」と引き下がった。

恥じらう、などという生易しいものではない。治長はこの先、妻を娶ることはすまいと決めていた。永遠に消えぬ罪を抱えながらも茶々への想いを断ち切ることができない自分は、妻を持つことなど考えもしなかった。

「まあ、もしその気になれば、いつでも世話をしてやろう」

「は、畏れ多いことでございます」

家康の心遣いに、治長は丁重に答える。家康は話を変えるように、一呼吸置いてから言った。

「しかし、あの頃はまさか秀吉様が天下を取られるとは、思いもしておらなんだ」

「は……？」

「わしは、三河《みかわ》に生まれたが、幼き頃に母から引き離されて織田家や今川《いまがわ》家を人質として転々とさせられた。信長様の援護を受けて、ようやく三河に戻り、三河、駿河《するが》、遠江《とおとうみ》一帯を治める大名となり、このまま故郷の東海を治めながら信長様の天下を支えていくのだと、あの頃は思っておった」

「…………」

「……だが、天下は秀吉様のものとなり、わしは秀吉様の命で故郷を離れ、関東江戸に移封された。こうして今はここで海の向こうを攻めんとしておる。あの頃は思いもよらなかったことが今起きておる。生きるとはその繰り返しじゃ」

家康は遠い目をしていた。信長の快進撃や秀吉の下剋上《げこくじょう》を目の当たりにしてきた家康には、治長の想像も及ばないほどの歴戦と葛藤を経て、今があるのだろう。

「秀吉様は、鶴松様の死を悲しまれて関白職を秀次様にお譲りになり、太閤《たいこう》となってそのまま御隠居されるかと思っていたが。関白職を譲ったのはこの唐入りに専念するためであったとは、驚きじゃな」

家康は改めて、治長を見やった。

「治長殿は、秀吉様の直臣ゆえ思うところはわしとは違うかもしれぬが、わしはこのような海を渡っての戦に何の意義があるのか、計りかねておる」

「は……」

先鋒隊として出陣していた軍勢によって、朝鮮の王都漢城《かんじょう》も落とされたという。想定以上の展開に狂喜する秀吉の姿を近くで見ている治長には、何とも答えようがない。

「このままでは秀吉様御自ら、渡海なさる勢いじゃ。わしもそなたも、いつ渡海の命が下るか」

「……私は、秀吉様の命に従うまで」

言葉少なに言う治長に、家康は問いかけた。

「兵を駆り集めて国は田畑を耕す者がいなくなり、捕らえた朝鮮の民を働かせて補おうとする者まで現れ始めた。秀吉様は天下を治めたのならば無益な戦などせず、民が平穏に潤うことのできる国を作ればよかろう、そうは思わぬか？」

「………………」

どうして、家康は治長のことを秀吉の直臣だと知りながら、秀吉に対する批判を聞かせるのだろう。治長を通して、秀吉に伝えたいのか？　まさかそんなことはあるまい。家康ほどの者であれば、直接、進言すればいい。

黙ったままの治長に、家康は、ふっと笑った。

「どうしてこんな話を自分にするのだろう、と思っておるな」

心の内を見透かされた気がして、顔に出そうになる。慌てて低頭し、無礼な態度を詫びた。その反応を、家康は微笑ましそうに眺めて言った。

「そなたが二十四だからじゃ」

「は？」

「そなたは若い。きっと秀吉様やこの家康が死んだ後も、まだまだ生きていくだろう。これから先を生きていく者が、今から目をそらしてはならん」

「……はい」

治長は返事をしながら、胸の奥に秀吉には抱いたことのない思いが芽生えるのを感じていた。

「それは、つまり家康殿は治長に気があるな」

信繁は治長の話を聞いて、思案するように言った。信繁の言わんとすることがわからずにいる治長の周りには、賑やかに商人や武士たちが行き交っている。

城の周辺は参陣した諸大名の邸の他に、それに付き従う家臣や足軽たちの家々も建てられ、商人の集まる市や武士を相手にする花街がおのずと出来上がり、一大城下町へと変貌していた。その城下町を歩きながら、先日家康に会ったことを話したのだ。

信繁は口調を変えることなく続ける。

「家康殿は、秀吉様が渡海なさろうとするのをお諫《いさ》めになったというではないか。この唐入りを、よくは思っていないのだ。家康殿はおぬしを見込んで、自分側に引き入れようとしているに違いない」

「私なんかを引き入れたところで、何か影響を与えられるとは思えないが」

治長は皮肉まじりに返した。すると信繁は「ほう」と顎に手を当てた。

信繁を睨むと、視界の端にあるものが入った。

それは、後ろ手に縛られて歩かされる人々の姿だった。その身なりから、朝鮮半島から連れてこられた者たちだとすぐにわかった。中には女人や幼子の姿もあり、治長は目を疑った。人買い商人と思われる男に「さっさと歩け！」と追い立てられて歩かされていく。

人が売られる光景を見るのは初めてではない。だが、異国の者に攻められ、家や村を焼かれて捕らえられ、きっと二度と海の向こうの故郷へ帰ることはできないであろう彼らの姿に、治長は立ち尽くした。

その隣で、信繁が嘆息した。

「秀吉様は、いつまでこの戦を続けるおつもりなのだろうか」

「……わからない」

信繁の問いかけに、治長はそれしか言えなかった。

どこに道があるのかも、川の深さも山の高さもわからぬ未知の地で、そこに生きる人々の暮らしを蹂躙《じゅうりん》して、いつまで進軍できるというのか。少しでも早く、戦況が有利なうちに和議に持ち込むべきなのは明らかだろう。

治長もそれは、わかっている。だが、もう誰も秀吉を止めることができない。秀吉は今や絶対だ。

(だからと言って、秀吉様に従うしかないのだろうか)

家康ならば、この思いにどんな言葉を返してくれるだろう。治長は、穏やかに語りかける家康の姿を思い出していた。

二

時が経つにつれ、半島での戦況は苦戦や敗戦の知らせばかりが届くようになっていった。

「兵糧船がことごとく撃沈されました！」

「朝鮮国の船は矢も鉄砲も通さぬ亀甲《きっこう》のごとき船。海戦で水軍が苦戦しております！」

「民衆の義兵が蜂起し、奇襲が絶えません！」

「明の援軍に包囲された城では、飢餓のあまり馬を喰らい、壁土をも喰らうありさま！」

秀吉のいる本丸に出入りする治長にも、次々と届く凄惨な報告はいやでも耳に入る。肥前名護屋に在陣する者たちは、いつ自分たちに次の出陣命令が下るかと戦々恐々とする思いであった。

そんな中、城の廊で「おお、治長殿」と家康から笑顔で声を掛けられた。陣屋敷に招かれて以来、治長は茶会や宴など、折々に誘われるようになっていた。

黙礼すると、家康はすっと横に立ち、小声で言った。

「いやはや、なんとも惨憺たる戦況。秀吉様の渡海をお諫めしておいて、本当に良かった」

「は……」

「渡海なさっていたら、治長殿も御馬廻衆として今頃、どうなっていたことか。海の藻《も》屑《くず》か、異国の土か……生きては戻れまい」

「………」

家康はため息をついて、治長の肩に手を置いた。

「わしはそなたのような若者を、戦で失うのはつらい」

「わざわざ私のような者までお気にかけていただくとは、身に余ることでございます」

「世辞ではないぞ。治長殿の、茶々様や秀吉様に仕える姿勢を見るにつけ、豊臣の直臣でなければ、徳川で召し抱えたいくらいなのじゃ」

「そのような……」

家康の言葉に、返事をしかねた。迂闊に答えると、秀吉への離反と受け取られるかもしれない。ここは狭い城の廊だ。誰がどこで聞いているかわからない。治長は慎重に返した。

「私は、豊臣家から、離れるわけには参りませんので」

「……そうか、そうであるか」

家康は実に残念そうな口調で言うと、治長の肩を軽く叩いてその場を離れた。

その背中を見送りながら、つい、頬が緩んでしまい、誰かが見てはいないかと慌てて周囲を見た。威圧することなく寛容に向き合う。そんな家康に好感を抱いていた治長は、家康が自分のことを高く評してくれたことに、やはり、嬉しさを覚えずにはいられなかった。

その数日後、治長は秀吉に呼び出された。

本丸御殿に行くと、秀吉は都から呼び寄せた商人を前に、華やかな扇を幾つも広げて品定めをしていた。治長は御前に進み、「お呼びでございましょうか」と伺う。しかし、秀吉は治長の方をちらりとも見ず、扇を選んでいる。治長は無言のまま、秀吉が応えるのを待った。

ようやく、「これにしよう」と、ひときわ豪華な金装飾がなされた扇を選び取ると、秀吉は商人を下がらせた。

二人きりになると「いたのか」とでも言うように、治長に面を上げさせた。秀吉は金色の扇を弄びながら、ひどくつまらなそうに言った。

「わしは本当ならば今すぐにでも海を渡りたいのじゃ」

「は……」

「だが、止める者がおってそれも叶わぬ。実に惜しい」

家康に朝鮮へ渡ることを諫止《かんし》されたことを、快く思っていないのは、その表情からもわかる。それに加え、悪化している戦況に苛立っているようだった。

「こうなったら、さらなる軍勢を送るしかあるまい。わしが行けぬ代わりに、在陣の将兵の中から、精鋭を選び出し、兵糧の補給とともに送り出そう」

「……は」

治長は畏まりながらも、これ以上、軍勢を送り込んだところで、戦況が好転するとはとても思えなかった。それを表情に出して機嫌を損ねぬように視線を落とした。

秀吉はゆっくりと立ち上がった。

「治長、おぬしは近頃、家康と懇意にしておるらしいな」

「………………」

秀吉は閉じた扇で掌を軽く叩きながら、治長の反応を愉《たの》しむように周りを歩き始めた。

「家康は、わしと違《ちご》うて、優しいか」

「それは……」

「さては、家康の馬廻衆にでもなりたいか」

「いえ、そのようなことは……」

「微塵も思わぬか」

「……は」

「そうであろうの」

ぱしん、と強く扇を鳴らすと、秀吉は治長の前に止まった。

「おぬしは、豊臣に死ぬまで尽くすのであるからな」

「………………」

「治長よ、朝鮮へ渡れ」

治長は顔を上げた。秀吉は微笑を浮かべていた。

「豊臣に忠実なおぬしに、是非、朝鮮で戦ってもらいたい」

その冷ややかな微笑に対して、唇を歪めて承諾の頷きをするしかなかった。

今の状況で海を渡れば、見知らぬ異国の地で討ち死にするか餓死するか……ひょっとしたら、半島に渡る前に海に沈むかもしれない。いずれにせよ、骨すら日本の地に戻ることは叶うまい。その思いがよぎった時、治長は秀吉への懼れよりも先に声を出していた。

「ならばどうか……、茶々様にお別れの言葉を言わせてください」

治長の懇願に、秀吉は何も言わなかった。

「茶々様のためを思うならば、どうか、お許しくださいませ」

そう言いきると、秀吉の握っていた扇が折れる音がした。

「茶々のため、だと？」

しかし、治長は怯まなかった。茶々にこの先、永遠に会うことが叶わぬのであれば、怯むことなどできなかった。

秀吉は頬を引きつらせた後、治長への憎々しさを吐くように言った。

「そういう、そつのないところが、気に喰わぬ」

「…………」

何の別れの言葉もなく治長が渡海したとなれば、きっと茶々は秀吉を激しく詰《なじ》るであろう。それは、秀吉にも思い当たるはずだ。

そこを衝《つ》いた治長の前に、折れた扇が叩き捨てられた。

「茶々のために、許す……しかあるまい」

秀吉の震える声に黙礼すると、治長は御前を去った。

その足で本丸の長い廊を突き進んだ。治長のただならぬ気迫に、すれ違う家臣たちも道を譲る。幾重にも曲がる廊の先、奥御殿の扉に辿り着くと、警護の侍が治長を止めた。

「これより先は、秀吉様のお許しがなければ……」

「お許しは得ておる！」

警護の侍の腕を振り払い、奥御殿の扉に手を掛け、足を踏み入れる。そのまま、躊躇うことなく茶々の居室へ向かった。

治長の前触れのない訪れに、茶々は驚きを露わにした。

「どうしたの、治長」

部屋に控えている侍女たちも、戸惑いながら穿鑿《せんさく》するような目つきで見ている。その視線の中を、治長は茶々の前まで歩み寄って跪いた。

「茶々様にどうしてもお伝えせねばならぬことがあり参りました」

よほど思いつめた目をしていたのか、茶々は事を察したように問いかけた。

「まさか、朝鮮国へ渡るのか？」

治長が頷くと、茶々の顔からは、みるみる血の気が引いていった。茶々の耳にも、半島の悲惨な戦況が届いていることは、その反応からも見て取れた。

茶々はすぐさま控える侍女たちを下がらせた。治長と二人にすることを危ぶむ侍女もいたが、茶々は一喝した。

「下がって！」

その剣幕に、最後まで残っていた侍女も逃げるようにして部屋を出て行った。

二人きりで向き合うと、治長は改めて武士としての別れの言葉を述べた。

「出陣するとなれば、武士は二度と鎧を解くことなく討ち死にする覚悟で参ります。ましてや、海を越えての戦、茶々様にお目通りが叶うのも、これが最後になろうかと」

「……日取りは」

「まだ、はっきりとは。ただ、おそらく次の兵糧補給の船が出る時には」

茶々は蒼白《そうはく》のまま立ち上がって、部屋を出て行こうとした。

「どちらへ？」

治長が驚いて止めると、茶々は強い口調で言った。

「秀吉様のもとへ。私から、治長の出陣を取り消すよう願い出よう」

「それは、おやめください。私はそのことをお頼みするためにここへ参ったのではありません」

「どうして？　もう、帰ってこられないかもしれないのよ！　私からお願いすれば秀吉様はきっと……」

「それがいやなのです！」

茶々は驚いた眼差しで治長を見る。治長は茶々を見上げて唸るように言った。

「私は、秀吉様には敵わない」

かつて、小田原の戦勝祝いの宴の裏側で、秀吉に憤りの刃を突きつけられた。あの時、愛しい人を愛することが許されないのなら、いっそ愛する人のために死のうと覚悟を決めたというのに、死ぬことさえ許されなかった。あの対峙で思い知った秀吉への敗北を、声に滲ませた。

「もしも、茶々様の願いで秀吉様が私の出陣を取り消したならば、それは……秀吉様の茶々様への愛です」

「…………」

「そうなるくらいならば、私はあなた様への想いを胸に、討ち死にしたい」

茶々は駆け寄ると、治長の袖を強く摑んだ。

「だけど、ならば私はどうなるの？　治長を失った私は、どうなるの？」

今にも零れ落ちそうな涙をこらえて、茶々は唇を震わせた。

「治長がいなくなったら、私はどこで泣けばいいの！」

そのまま治長の袖に顔を埋めた。その袖は、瞬く間に濡れていく。

（私はこの人を一人で泣かせることはしないと決めたのに……）

何があろうとも茶々のために生きたいと誓い、哀しみをこらえる茶々の涙をいくらでも受け止めたいと思った。それなのに、この目の前にいる大切な人を守るためではない戦で、自分は命を賭さねばならないのだ。

そう思った時、衝動がそのまま言葉になっていた。

「あなたに、触れたい」

どうしても茶々の涙を拭い、茶々という存在を確かめたかった。

茶々は顔を上げて目を瞠ったが、その言葉を拒まなかった。ゆっくりと伸ばした治長の手を、黙って受け入れてくれた。治長の指先が、小さな唇をなぞる。そのまま頰をたどり、涙に濡れた睫毛をそっと拭うと、両手で顔の輪郭を包み込んだ。

この手が、茶々に触れている。

それだけで、泣きそうになった。こうして茶々に触れることで、生きていることに泣きたいくらいの喜びと哀しみが込み上げてくる。

茶々は瞬き一つせずに治長を見つめている。その涙に濡れた瞳に、自分の顔が映り込んではっとした。この歪んだ顔は、茶々を苦しめることしかできないのだ。愛しているのに、その感情は茶々を罪の中に堕《お》とすことしかできない。

鶴松の死を思い出し、翳が治長の周りに広がった。これ以上感情が昂る前に離れなければ、また過ちを繰り返す。同じ過ちを犯す以上、その先に待つのは、許されることのない罪への懊悩《おうのう》であることも、わかっている。治長は茶々の頰を包み込む手を、離そうとした。
その手の上に、茶々の手が重なった。
離さないで。
歪んだ治長を映した目は、そう言っていた。
茶々のぬくもりが、治長の手に伝わってくる。そのぬくもりに、この先への懼れより
も、茶々を欲する体が動いていた。しがみつくように、治長は茶々の体を抱きしめてし
まった。
この人を愛しいと思うことは、哀しいと思うことと同じだった。それでも、ただ一つ
の願いを口にせずにはいられなかった。
「あなたを離したくない」
治長の言葉に応えるように、茶々の細い腕が背中に絡みついた。そのまま互いの存在
を求め合いながら、治長は茶々と二人、再びの過ちに堕ちていった。

三

確かな予感と覚悟の上で治長の想いを受け入れた茶々は、己の体の変化に気づいた時、

少しも動揺しなかった。

「私は、再び鶴松を授かりました」

そう告げた茶々に、秀吉は表情を変えることなく「そうか」と一言だけ返した。そうして、しばし黙った後、静かに尋ねた。

「鶴松は、あの子一人、ではなかったのか」

秀吉の問いかけに、揺らぐことのない思いを返した。

「あの時は、そうでした。……ですが、私は女として、母として、恥ずべきことをしたとは思いません」

秀吉は憂えるように脇息にもたれた。

「もう一度、豊臣を託せる子が生まれてくれたら……とは言うたが」

茶々はその横顔を見て、秀吉に対する感情が、はっきりと言葉になるのを感じた。

(この人を、傷つけたくない)

茶々にとって、目の前にいるのは、一人の哀しい男なのだ。茶々のために、自分の傷を抉る〈許し〉を与えてくれた秀吉をこれ以上傷つけたくなかった。そうだとしたならば、今の茶々にできることは、このお腹の子を、恥じることなく産み、秀吉の子として愛することだ。

「秀吉様が私に与えてくださったものを、私は信じております」

秀吉は脇息にもたれたまま、微動だにしない。このまま永遠に動かないのでは、と思うくらいの長い沈黙の後、秀吉は小さく笑った。

「茶々にしてやられたな……」

その小さな笑い声は、次第に大きくなり、いつしか、呵々と笑っていた。

「関白の秀次には、わしから話をつけよう」

「秀吉様……！」

「ただし」

打って変わった鋭い声に茶々は身を固くした。秀吉は茶々を見据えて言った。

「そなた、覚悟を決めたのであれば、生まれくる子を鶴松と同じ目に決して遭わせるな。よいな！」

お腹に宿った新しい命を、母として心から愛し、紛《まご》うかたなき秀吉の子として育て上げてみせよという思いに、茶々は深々と頭を下げた。

出産に備え、茶々は肥前名護屋城から大坂城へ帰されることになった。身重の体を気遣い、秀吉は行きの時に劣らぬ数の従者と輿を担ぐ力者を付けてくれた。

肥前名護屋を発《た》つ前夜、奥御殿で秀吉は茶々に文を預けた。

「これを、大坂に戻ったら寧に渡してほしい」

「寧様に……」

灯の揺れる手元に、文が白々と浮かび上がっている。何が書いてあるのかと問い返そうとするのを、秀吉は遮った。

「道中、無理をするでないぞ。大坂に着いたら、すぐに知らせを寄こすのじゃ」

その言葉や表情には、茶々を想う心が出ている。それに、寧宛とはいえ誰が見るかわからぬものに、秀吉が迂闊に懐妊の真相を書くとは思えなかった。

茶々は秀吉を信じて文を受け取ると、ずっと気になっていることを訊いた。

「治長は、いつ出陣するのですか」

秀吉に半島へ渡れと命じられ、それに突き動かされるように治長は茶々を求めた。しかし、いまだに出陣していないのだ。あれから数か月が経ち、兵糧船はすでに発っているというのに。

戦況は悪化の一途《いっと》だという。茶々としては、いっそ出陣が取り止めになってほしいくらいだ。しかし、死を覚悟した治長のことを思うと、このままではいたたまれなかった。

黙したままの秀吉に、もう一度問うた。

「治長は、出陣するのですよね」

「いずれ、する」

「いずれ……」

秀吉は茶々の疑念を覆い隠すかのように、膨らみ始めたお腹に両手を当てた。

「茶々は気にせずともよい。今は、鶴松を無事に産むことだけを考えておればいい」

灯火に光る目は、薄ら怖さを覚えるほど、真剣に茶々のお腹を見つめていた。


大坂城で茶々を迎え入れた寧は、再びの懐妊に驚きの表情を隠さなかった。だが、秀吉が寧に宛てて書いた文を読んで、一つ息を吐くと頷いた。

茶々は窺うように寧を見た。その気持ちを察したのかはわからないが、寧はこちらを見やって穏やかに言った。

「読みますか？」

「いえ……、寧様に宛てられた文ですから」

「いいのですよ、そなたのことが書いてあるのだから」

茶々は動揺を悟られまいと、口を結んだ。

ご覧なさいよ、とでも言うように寧は微笑んで文を差し出す。少しでもこちらが気後れしてしまえば、その唇がまた〈かわいそうなこ〉と動きそうでならない。そうはさせまいと、茶々は睨むように、その微笑に対峙し続けた。

恥じることなくこの子を産み育てるという決意を、ここで揺るがすわけにはいかないのだ。

しばらくの沈黙の後、茶々は声が震えないように、ゆっくりと息を吸って言った。

「その文は、寧様に宛てられたものですから」

私は、読まない。

秀吉が治長のことを書くはずはない、と信じていた。

寧は残念そうに文を折りたたむと、懐にしまってから言った。

「若君でも姫君でもよいですから、無事に赤子を産んでくださいね」

「……はい」

寧の言葉に、姫ならばいいな、という思いがよぎった。

娘ならば、秀吉の後嗣は秀次のままだ。誰に憚ることもなく、母親として我が子を慈しむことができるだろう。幼い姫の成長を秀吉と見守ることができたなら……。それを、心のどこかで望んでいた。


月は満ち、茶々は二十五歳の夏に、大坂城で二人目の子を無事に出産した。生まれた子は、鶴松の生まれ変わりのように美しい男児だった。

姫ではなかったという微かな落胆は、大きな産声に掻き消された。茶々は自ら手を伸ばし、赤子を産婆から抱き取った。起き上がることもままならぬほど疲れきっているのに、我が子を抱きしめる力は体の奥からいくらでも湧いてくる。

（この子を、私はもう決して失うまい！）

頰に顔を寄せて、やわらかな匂いを胸いっぱいに吸い込んだ。

お産に付き添っていた寧が、声を掛けた。

「茶々殿、よく気張りましたね」

母のように茶々の額の汗を拭う寧に、小さく頷き返した。

膨らんだ乳房を赤子に含ませ、無心に乳を吸っている姿を見つめた。その繊細な睫毛や唇の形に、涙が滲んだ。命を懸けて産んだ子に、大切な人の面影がある。そのことを認めて零れ落ちる涙の意味が「いとおしさ」であると、茶々はようやく知ることができた。

その後、肥前名護屋城から大坂に戻った秀吉により「捨て子はよく育つ」という言い伝えを取り入れて、赤子は「拾《ひろい》」と幼名を付けられた。

人々の間に鶴松の時のような揶揄や疑念の声は起こらなかった。朝鮮出兵の厭戦《えんせん》感への反動を示すかのごとく、新たな秀吉の子の誕生に世間が一気に祝賀に沸いていくのを、茶々は安堵の思いで見ていた。

拾の誕生により、肥前名護屋から大坂へ戻る秀吉に付き従い、治長も帰坂《きはん》した。

長い道中、秀吉は一言も声を掛けてこなかった。しかし、大坂城に入る直前、治長を見下ろして短く言い放った。

「大儀であったな」

治長は屈辱と羞恥で顔を上げることができなかった。

（生きて大坂の地を踏むことになるとは……）

あの後、苦戦を強いられた秀吉軍は、現地で戦っていた武将たちの決断により撤退、和議への運びとなったのである。治長の半島への出陣はないまま明国と和議が結ばれ、拾の誕生の祝賀も重なり、そのまま休戦へと進んでいった。

治長は死にきれなかった身を自嘲した。

死ぬまでこの罪が消えないのではない。愛してはいけない人を愛する限り、消えないのだ。それならば、この身から落ちる罪業の翳は、もはや、自分に許された茶々との唯一の繋がりだった。

しかし、一つ、今までとは違う何かを感じていた。

大坂城で拾のお披露目がされた時、拾を抱いてあやす秀吉の横に、それを穏やかに見る茶々がいたのだ。

「見よ、拾！　ここにひれ伏す者たちは皆そなたの家臣じゃ！」

赤子を溺愛する秀吉の姿は、鶴松の時と同じだった。しかし、

「茶々よ、拾はまこと美しき若子じゃ」

秀吉の言葉に頷き返す茶々の姿は、明らかに変化していた。居並ぶ家臣の前で堂々と秀吉から拾を抱き取り、慣れた手つきで赤子の涎《よだれ》を拭いながら微笑みかける。誰が見ても、母としての喜びと、秀吉の子を育てる誇りに満ちていた。

その姿に、治長は、認めざるを得ない事実を突きつけられた。

茶々と秀吉の間には、治長の知らない何かがある。

自分の知らないところで、二人の間には、「拾」という秘密を共有する者同士の、何かが生まれている。〈大儀であったな〉と言い放った、秀吉の姿を思い出してしまう。

（まさか、秀吉様は全てを謀って……）

それ以上を言葉にすることが、治長には恐ろしすぎた。

違う、思い過ごしだ、と自分に言い聞かせて頭を振った。

互いを求め合い、手と手を絡めて愛を確かめ合った。あの許されぬ交わりに、すがるような思いで茶々を見上げた。

拾に微笑みかける茶々の姿に、己の翳が濃くなっていくのを感じずにはいられない。

この翳が繋がる先には、茶々がいてほしい。……いや、いなくてはならない。

（そうでなければ、私は生きている意味が、ない）

四

伏見《ふしみ》の鈍色《にびいろ》の空には、小雪がちらつき始めていた。

寒空の下で、茶々は宇治川の水を引き込んだ堀を悠々と泳ぐ水鳥を眺めていた。その手を、二歳になった拾の小さな手が握りしめている。水堀の向こうを一心に見つめる拾に、茶々はそっと声を掛けた。

「拾、ここにいてはお風邪を引いてしまいますよ。お城の中でととさまを待ちましょう」

綿入れを羽織った拾は、いやいや、と体ごとゆすって拒む。茶々が困って笑うと、傍らにいる侍女や警護の侍も、拾のかわいらしさに顔を綻ばせた。

秀吉は聚楽第にいる関白秀次の後見に力を注ぐために、都と大坂の間にある伏見城に拠点を置き、茶々と拾を移した。秀吉の愛情を素直に受けて育っている拾は秀吉の不在をひどく寂しがり、秀吉が都から戻ってくる頃合いには、こうして、茶々と二人で水堀の鳥や魚を見ながら、いつまでも待つのだ。

「おふね！」

拾が満面の笑みで指した方を見やる。都から川を下って来た御殿船が、伏見城の舟入《ふないり》に向けてゆるゆると近づいている。それを見て、茶々はほっと息を吐いた。

船を降りた秀吉に向かって、拾は「ととさま！」と両手を伸ばして歩み寄る。今にも頭から転んでしまいそうで、茶々はひやひやしながら侍に追いかけさせる。心配をよそに、拾は両腕を広げた秀吉に抱き上げられた。

「拾、会いたかったぞ！　伏見は京の都からお船ですいすい、ひとっ飛びじゃ」

そう言って拾を抱いている秀吉を、茶々は穏やかに「おかえりなさいませ」と迎え入れた。

奥御殿に入るなり、拾は「ととさま、あそぶ！」と玩具を広げた。部屋には秀吉が与えた木馬や手鞠《てまり》、鼓などが溢れている。秀吉は疲れを微塵も見せず、楽しそうに遊んでくれた。秀吉のおどけた表情に拾が笑い転げ、拾の甘えた仕草に秀吉が抱きしめて応える。

「かかさま！」

木馬の上で、拾が茶々を呼ぶ。秀吉と一緒に木馬を揺らしてやると、拾は歓声を上げた。

拾、秀吉、そして茶々。この三人で過ごす時は、何ものにも代えることができない。これが、幸せというものなのかもしれない。そう、思えた。

やがて遊び疲れた拾がぐずり、茶々が膝に抱えてやると、うとうとし始めた。

「眠くなったのでしょう」

背を撫でてやると、そのまま拾は膝の上で眠りに落ちた。秀吉はやれやれ、というように、ようやくひと息ついた様子で座った。

「茶々よ」

眠っている拾を見やりながら、秀吉が切り出した。

「秀次のことじゃが」

「……はい」

茶々は笑みを消し、居ずまいを正して秀吉に向き合った。関白職を譲った甥の秀次と、豊臣の後嗣としての拾と、どう折り合いをつけるか。茶々が最も懸念することであった。

茶々は、秀吉には言わないが、拾が豊臣家を継ぐことができなくなったとしても、構わないと思っている。秀次を支える豊臣一門の大名としてどこかしかるべき一国を任せてもらえたら、と。むしろその方が、誰も傷つかず、拾にとって幸せな生き方だとさえ思う。

「秀次は、真面目で実にかわいげのある甥じゃ。わしとて、秀次の面目は潰しとうはないし、関白としての素質は十分にあると思っておる」

茶々は首肯する。秀吉は続けた。

「だが、わしは拾に大坂城と天下を与えたいのじゃ」

「秀吉様……」

「ゆえに、秀次には拾の義父になってもらうこととした」

「義父、というのは」

「秀次の娘を拾の許嫁《いいなずけ》にして、ゆくゆく拾が元服した後に、義父として関白職を譲るように話をまとめた。これならば秀次も、面目を失わずに済む。どうじゃ、茶々」

そういう手もあったか、と感心した。なんとも頭の回る秀吉らしい解決策で、「どうじゃ」と誇らしく笑う顔が、この上なく頼もしく見えた。

「素晴らしい、お考えにございます」

茶々の褒め言葉に、秀吉も満足気に頷いていた。


穏やかに月日は過ぎて、拾が三歳になった年のことだった。

茶々は木馬に跨《また》がる拾の姿を見ながら、木馬を小さく感じて、拾が大きくなっているのだと気づいた。その成長に微笑みを零した時、

「急ぎ申し上げます！」

と侍女が部屋に駆け込んで来た。

茶々は侍女の様子にただならぬことが起きたのだとすぐに察し、頬を引き締めた。

「どうした、何かあったのか」

毅然と問い返す茶々に、侍女が息を切らして答えた。

「関白秀次様が、ご切腹あそばされました」

「せ、切腹？」

何を言っているのか、飲み込めなかった。

「ご謀反の意ありとして、秀吉様の命により高野山でご切腹されたとのことにございます。秀次様のご妻女とお子様も皆、京の都の三条《さんじよう》河原で斬首になるとか……」

「なんですって！」

茶々は悲鳴に近い声を上げ、傍らで拾が不安がって泣き出してしまった。拾を抱きあやしながら、色々な思いが頭を巡る。

なぜ、秀次の妻や子までが罪人のごとく処刑されなければならない？　皆殺しということは、拾の許嫁の姫まで殺されるということか？　そこまで秀吉を激怒させるとは、いったい、秀次にどんな叛意《はんい》があったというのか？

いてもたってもいられず、拾を侍女に預けて秀吉のもとへ行こうとした。秀吉は今、表御殿にいるはずだ。妻子の斬首は何としてでも止めたい、せめて、許嫁の姫だけでも。はやる心で廊に飛び出した茶々を、おっとりとした声が呼び止めた。

「茶々殿、どちらへ？」

声の方を見ると、寧がにこりとして立っていた。

「寧様！　秀次殿が……」

寧のいつもと変わらぬ姿に、秀次のことをまだ知らないのだと思っていると、寧は静かに頷いた。

「知っていますよ。高野山で、すでにご切腹とのこと。妻子の斬首が行われることも」

「な……」

「私は、いつかこうなる日が来ると思っていました」

「……どういうことですか？」

寧は何も答えなかった。だが、その唇に浮かんだ微笑に、茶々は身がすくむ思いがした。

寧の言わんとすることを振りきるように、小さく頭を振った。今はとにかく一刻も早く秀吉のもとへ行かなければという思いを強くして、寧の横をすり抜けると、表御殿へ向かった。

「秀吉様！」

声高に部屋へ入った茶々に、秀吉は怪訝な顔をした。周りにいた家臣たちも、突然の茶々の来訪に驚き、手を止めて畏まる。

「なんじゃ、茶々。わしは今、忙しい」

その口調で秀吉の機嫌が悪いことはわかったが、引き下がることはできなかった。

「秀次殿のことです」

秀吉は眉をひそめると、低い声で部屋にいた家臣たちに下がるよう命じた。

家臣たちがいなくなると、秀吉は落ち着いた口調で問い返した。

「秀次が、どうした」

「切腹をお命じになったと、うかがいましたが」

「そうじゃ」

「どうしてですか？　秀次殿がいったい何をしたと？　妻子まで斬首とは拾の許嫁の姫もそうなさるというのですか？」

前のめりになって矢継ぎ早に問う茶々を、秀吉は一喝した。

「黙れ！」

茶々は驚いて口をつぐんだ。このように秀吉が茶々を威圧することは今までなかった。

「秀次は今になって、娘を拾の妻にするわけにはいかぬ、と言うたのじゃ」

秀次は茶々とも文を交わし、婚約の件は円満にまとまっていたはずだった。しかし、だからといって、婚約を破棄されたくらいで謀反とするには無理がある。

「そんなことで……」

短絡とも言える理由に、つい批難する口調で返してしまった。すると、秀吉の頬がぴくりと動いた。

「そんなこと、だと？」

秀吉は憤りをぶつけるように言った。

「あやつは言ったのじゃ。〈拾を豊臣の後嗣にするとは、とても正気と思えぬ〉と！」

秀吉は血走った目で、天井を仰いだ。

「秀次は、わしを愚弄したのじゃ！　わしを、わしを……！」

それ以上は、声が詰まって言葉にならなかった。

秀吉がいかなる思いで、鶴松を受け入れ、拾を認めたか。「ととさま！」と無邪気に甘える幼子を、どんな思いで抱きしめていたのか。

秀吉の乾いた頰に伝う涙が、全てを語っていた。

（ああ……秀次殿は）

言ってはいけないことを、言ってしまったのだ。

拾の秘密を。それを秀吉が承知の上で「秀吉の子」としたことを。

秀次は秀吉の姉の子だ。一族の身として、心から秀吉を慕う者として、豊臣家の行く末を思う言葉だったのだろう。しかし、それは同時に、子を生《な》せぬ秀吉に対する「側室の密通という恥辱を晒すのか」という指摘に違いなかった。

相手が甥であっても、いや、血の繫がった甥であるからこそ、許せなかったのだ。

その怒りによって殺されるのは、秀次だけでは済まされない。なぜなら秀次は、秀吉が決して手に入れることができない、自分の血を分けた子、を手にしているのだから。その子までをも抹殺せんとする怒りに、茶々は全身の力が抜けて立っていることができず、その場にへたり込んだ。

(全ては、私たちが招いたのだ)

「茶々よ」

秀吉は頬を濡らしたまま、茶々を見下ろしていた。

これが、秀吉の顔なのか？　と目を疑った。そこにいるのは茶々には向けたことのない、もう一つの顔をした秀吉だった。

「治長を、秀次の妻子の斬首に立ち会わせてやろう」

己の尊厳を傷つける者に向けられる顔に、凍りつく思いがした。

治長はこの秀吉と対峙してきたのだ、ということを、初めて思い知った。

自分が見出した幸せの翳には、誰かの不幸がある。

それを思いやることもなく、自分だけの幸せに浸ろうとしていた愚かさに、茶々は両手で顔を覆ってうなだれた。

体にまとわりつく残暑の中に、蟬《せみ》の声が響き渡っている。

しかし、治長が今いる三条河原は、その蟬の声をも掻き消す慟哭《どうこく》に包まれていた。

竹柵の張り巡らされた刑場の真ん中に、高野山から運ばれた秀次の首が置かれている。死化粧を施されたその首には蠅《はえ》がたかり、それを前に、白打掛を纏う女人たちが稚い子を抱きしめて嗚咽している。心を裂くような泣き声に、物見に来た都人たちも、女人たちの引導と供養のために控える僧侶たちも、そして斬首の刃となる打刀を握りしめる武士たちさえもが、涙を禁じ得ない。

治長は秀吉の直臣として正装をして、萌黄色《もえぎいろ》の直垂に侍烏帽子《えぼし》をかぶり、その光景に向き合っていた。

（惨《むご》い……）

秀次に叛意あり、という理由で、その妻子までも一人残らず抹殺する。

残酷な行為に居合わせる誰もが慄き、秀吉の直臣として立ち会う治長に厳しい眼差しを向けている。

「側室になったばかりのうら若き女人も許されないという。なんて秀吉様は無慈悲なことをなさるのか」

「秀吉様は拾様が生まれて、跡継ぎの秀次様が疎ましくなられたのであろうよ」

「だからと言って、あんな乳飲み子まで……」

「拾様が生まれたばかりに」

観衆の尖った囁きが、治長の背中を突き刺す。

治長の胸は痛いほど鳴り、口の中が異様に渇く。暑さを感じぬくらいに冷たい汗が全身を濡らしていた。蟬の声と慟哭が耳の奥に絡みつくように響き、水の中にいるのかと思うほど呼吸が苦しくなっていく。次第に、目の前の光景がぐらぐらと揺れて見え始めた。

揺れる視界には、地面に敷かれた筵《むしろ》の上に座らされた女人たちがいる。女人たちはもう逃れることのできない運命に涙を流しながら手を合わせ、その首が打ち落とされる時を待っている。その後ろにずらりと並んだ武士たちは、打刀を鞘から抜き払い、両手で刃を振り上げたまま「討て」という声を待っている。

今すぐ叫んで逃げ出したいのに、治長は逃げ出すことすら許されぬ。

なぜなら、罪なき者を殺さんとする武士たちは、待っているのだ。

秀吉の直臣として立ち会う、治長の発する声を……。

(どうして私に立ち会わせる！)

自分でもおかしいくらいに膝が震えている。もう、立っているのがやっとだ。渇いた喉の奥に胃液が込み上げ、声を発したらそのまま吐いてしまいそうだった。

唇を震わせるばかりでいつまでも命令を発しない治長に、隣にいた別の直臣がしびれを切らせる。

「治長殿！　はようなされよ！　太閤秀吉様の命であるぞ」

「……っ」

治長は込み上げる嘔気《おうき》に口元を押さえて膝をついた。そんな治長を見かねて、ついにその直臣が大声を張り上げた。

「ええい！　討てぃっ！」

刹那、膝をついた治長の袴《はかま》に血が飛び散った。

次々と女人たちが斬り殺される中、乳飲み子を抱いた妻女の一人が、打刀を振り上げる武士の袖にすがりついて命乞いをした。

「どうか、この子だけでも！　ご慈悲を！」

「太閤様の命じゃ！」

武士は妻女を振り払うと、首も据わらぬ赤子を荒々しく奪い取る。犬の子を持つかのごとくその首根っこを摑むと、一気に小さな胸を突き刺した。妻女は鼓膜を裂かんばかりの悲鳴を上げて赤子に飛びついた。血にまみれた我が子を抱いて髪を振り乱す妻女を前に、治長はこらえきれず嘔吐した。吐物が滴り落ちる膝元に、首が転がった。ぎょっとして顔を上げると、首のない妻女の断面から噴き出す血潮が治長に降りかかった。

萌黄色の直垂は、みるみる鮮血が染み込み、どす黒くなっていく……。

「や、めて、くれ……」

治長は掠れた声でそう言ったが、叫喚の中でその声を聞き取る者など誰もおらず、いたところで、誰にも止めることはできない。

「討てぇ！　討てぇ！」

命じる直臣も、張り上げる声が嗄《しやが》れて目は充血し、狂ったように「討てぇ！」と繰り返すばかりだ。目を覆いたくなる惨劇に、観衆の悲鳴とも興奮ともつかぬどよめきが止まらない。その喚声は治長の耳には、豊臣関白家の一門として輝かしい日々を送っていた者たちが無残に凋落《ちようらく》していく様を、憐れみを装いながら煽り立て愉しんでいるかのようにすら聞こえてくる。

小袖の裾を失禁で汚した女児が間隙を縫って這い回っている。その、恐怖のあまり泣くこともできぬままに見開かれた目と治長の目が合い、咄嗟に手を伸ばした瞬間、生ぬるい飛沫が頰を、びちゃっと叩いて、視界が真っ暗になった。目を閉じたのではない。血が目に入ったのだ。

震える手で目を拭った。開けた視界に映るのは、治長に向かって小さな手を伸ばしたまま背中を切り裂かれた女児だった。

治長は、手をついて茫然と前を見た。

血溜まりに、罪のない女人や幼子たちの屍体《したい》が重なるように横たわっている。

治長と茶々の犯した罪によって殺された者たちの血は、ひたひたと広がり、やがて、地面についた治長の手を浸した。

それは、徐々に、治長に纏いつく翳と混ざり合っていく。

自分の周りに、揺れて、染みて、広がって……。

治長は、血で汚れた手を見た。

（この手で、殺したい）

愛する人のために、死ぬまでこの翳を負って生きろというのならば、血塗られた手で愛する人を殺して、一緒に死にたかった。

第五章　別《わか》れ路《みち》

一

「見て！　ととさまの御紋だよ！」

茶々の輿に同乗する拾が、目を輝かせて声を上げた。

花曇りの空に、あるかなきかの風が吹いてひらりひらりと桜が舞う。その醍醐寺《だいごじ》の参道には、豊臣の家紋である五七《ごしち》の桐《きり》を紅白に染め抜いた陣幕が張られている。

輿から身を乗り出さんばかりにはしゃぐ子を、茶々はそっと抱き寄せた。

「秀頼《ひでより》、落ちてしまいますよ」

その名に、拾は嬉しそうに茶々を振り返った。

拾の成人が待ち遠しくてならない秀吉によって、拾は六歳にしてすでに元服を済ませ、諱《いみな》として秀頼という名を与えられていた。

桜色の影が揺れる参道を、秀吉の絢爛な輿と、寧と茶々、他の側室たちを乗せた女輿がどこまでも続く。その華やかな行列は、豊臣直臣たちの厳粛な警護に守られている。門前に到着すると、正装した僧侶らが並んでいた。秀吉が輿から降りると、出迎える者たちが一斉に低頭した。

さあっと一陣の風が吹いて、空に舞い上がる花びらに、秀頼の幼い歓声が響いた。

「わあ、きれい！」

雲間からの陽射しに花びらが舞い踊る光景は、まるで豊臣家の栄華を寿《ことほ》ぐかのようだった。

輿を降りた一行は、徒歩で塔頭《たっちゅう》の庭園に入った。秀吉を先頭に、色鮮やかな打掛姿の女人たちが続いた。

「見よ、この日のために作らせた庭じゃ」

秀吉が得意気に案内する庭を、茶々は秀頼と手を繋いで歩いた。池の周りには趣のある巨石や築山が巧みに配され、若葉の芽吹く楓や躑躅《つつじ》の木々の間からは、小さな滝が流れ落ちている。女人たちから賞賛の声が上がると、秀吉は満足そうに頷いて手招いた。

「こちらに参れ、秀頼」

「ととさま！」

秀頼は、茶々の手を離して、跳ねるように駆けて行った。それを、秀吉はいつものように両腕を広げて受け止めた。秀吉が纏う胴服には、飛雲の紋様が金糸と銀糸で刺繍《ししゅう》されている。豪奢な袖に、小さな顔はすっぽりと埋まる。その腕の中で「ととさま！　ととさま！」と甘える秀頼は、豊臣の後嗣としての期待を一身に受けて、明るい子に育っていた。

庭園の池のほとりを巡る二人を、茶々は少し離れたところから見つめていた。秀吉は満開の枝垂《しだ》れ桜の下で立ち止まると、薄紅色の梢を見上げた。

「見事に咲いておるのう！」

「わあ！」

秀頼は枝垂れる花房に手を伸ばすが、あと少しのところで届かない。それを見て、秀吉は秀頼を抱き上げた。しかし、思った以上に重かったのか、よろめいてしまった。近習が慌てて倒れぬよう支える。

「秀頼め。いつの間にわしを揺るがすほど大きくなったのじゃ」

その冗談に、秀頼は笑って抱きついた。六十二歳の老身に抱きつく六歳の幼子の姿は、何も知らない人が見たならば、まるで仲睦まじい祖父と孫だった。

「まあ、なんとも微笑ましい」

寧が茶々の横に立ち、二人の姿に目を細めた。

「秀吉様があんなに笑うのは、久しぶりですこと。秀頼殿の笑顔は桜のように綺麗《きれい》で、人の心を洗うよう」

「…………」

秀次一族斬殺から、三年近くの歳月が流れていた。秀吉は秀次の死後、その痕跡すらも打ち消すかのごとく、秀次に与えていたあの聚楽第を破却した。その後は、秀吉も、寧も、茶々も、他の者も、誰一人、秀次のことを口にしない。何もかも、初めからなかったかのように、秀頼を豊臣の後嗣として皆が認めている。秀吉の偏愛ともいえるほどの入れ込みを、微笑ましく、見ていた。

「かかさま！　まんかかさま！」

秀吉に抱えられた秀頼が、笑顔でこちらに手を振った。

寧は「ほほほ」と手を振り返す。その隣で茶々も小さく手を振った。

秀吉は全てを知りながら、本当に秀頼のことを愛している。そして、その秀吉を本当の父として慕う秀頼は、笑顔を花陰に咲かせている。

秀頼の笑んだ口元は、年を追うごとに治長の面影を濃くしていた。だが、治長の笑顔を最後に見たのは、いつのことだったか。秀吉の命によって秀次妻子の処刑に立ち会った治長は、以来、茶々の前に姿を見せようとしない。時折見かける姿は、いつも思いつめたように口元を引き締めていた。二人の過ちがあの惨劇を呼び寄せたのだと思うと、とても声を掛けることができなかった。

秀頼の笑顔に手を振りながら、茶々は与えられた〈許し〉の罪深さに、押し潰されそうだった。

秀頼に語りかける秀吉の声が、醍醐の空に響き渡った。

「わしは桜が好きじゃ！」

「どうして？」

「桜は散っても時が経てば必ずまた花を咲かせる。秀頼よ、花は決して人を裏切らぬぞ！」

秀吉の大きな笑い声に秀頼の幼い笑い声が重なって、花は二人の上に降り注ぐように舞っていた。


それから数か月後、伏見城の秀吉の傍らには、今にも泣き出しそうな顔の秀頼がぴたりと張り付いていた。

「ととさま……」

「うう、首から腰まで痛い。茶々よ、さすってくれ」

弱々しい声で訴える秀吉に、茶々は肩や腰をさすりながら、痩せて骨ばってしまった体に不安を隠せなかった。

醍醐の花見の後に咳気《がいき》を患った秀吉は、持病の腰痛が悪化して臥《ふ》せることが多くなった。最初は休めば良くなろうと、皆、軽く考えていた。しかし、次第に食も細くなって、もともと小柄で細身だった秀吉は、あっという間に枯れ枝のようになってしまったのだ。茶々は寧と交代で昼夜を問わず看病をした。秀頼も痩せ衰えた父の姿に日頃の笑顔も消え、そばを離れようとしなかった。

回復の兆しが見られない中で、秀吉は徳川家康を病床に呼んだ。茶々と秀頼が見守る傍らで、か細い声で言った。

「わしは、もう長くはない」

その言葉に家康は息をのむが、茶々は驚かなかった。茶々と秀頼だけがいる時に、家康を呼び寄せた秀吉の思いを、すでに察していた。秀吉は家康を枕元まで呼び寄せると、その手を取った。

「秀頼は、まだあまりに幼い。わしの亡き後は、家康殿頼みじゃ……」

「秀吉様、そのような弱気なことを申さず、お気を強くお持ちくださされ」

家康は手を強く握り返して励ますが、秀吉は虚ろに首を振る。

「よいか、わしが死んだら、そなたの孫姫の千《せん》を、秀頼に嫁がせよ」

それを聞いていた茶々は、はっとした。

家康の孫、つまり徳川秀忠《ひでただ》の娘の千は、茶々にとって繋がりの強い姫だった。千の母は茶々の妹……北ノ庄落城後に秀吉のもとから他家へ嫁がされた江なのだ。

（秀吉様は、少しも衰えていらっしゃらない）

秀吉の体はもう起き上がることもままならぬほど衰弱しているが、その頭は衰えるどころか一層研ぎ澄まされて、自分の亡き後のことを考えているのだ。

幼い秀頼が豊臣家を背負い、秀吉が治めた天下を引き継ぐのは、あまりに危うかった。徳川家に姻族として強靭な後ろ盾となることを求める秀吉に、家康はすぐには返事をしない。

秀吉は痩せてくぼんだ目で家康を食い入るように見ると、渾身《こんしん》の力で声を絞り出す。

「秀頼を、どうか、どうか……ひでよりを、たのむ」

鬼気迫る形相に、家康は深々と頭を下げて、最後の願いを丁重に受け入れた。

「……畏まりましてございます」

それでもなお、気にかかることがあるのか、秀吉は震える手で遺言状をしたためた。かえすがえす秀頼を頼む、という内容が書かれた遺言を、家康は恭しく受け取ると、御前を下がった。

「秀頼……」

ようやく安堵したように息を吐いて秀吉が手招くと、秀頼はすぐに枕元へ寄った。秀吉は秀頼の頭を撫でながら言った。

「少し、かかさまと二人で話をさせてくれ」

秀頼は、けなげに頷くと、茶々の方をちらりと見やって部屋を出た。

秀吉と二人きりになった茶々は、枕元に座った。秀吉はさらに近くに寄るように言う。茶々は体を屈め、顔を近づける。すると、秀吉は秀頼にしたように、茶々の黒髪を撫でた。

「茶々よ……」

「はい」

「わしは、そなたにずっと言いたいことがあった」

「……なんでしょう」

「茶々には、かわいそうなことをした」

「………」

「小谷では父を奪い、北ノ庄では母を奪った。……さらには、そなたが治長と慕い合っていることを知りながら、側室にした。こんな言葉で、許してもらえるとは思えないが、言わせてほしい。……すまなかった」

茶々は何も答えられない。秀吉をただ見つめ続けた。秀吉は深く息をすると、懐かしいことを思い出すような目をした。

「わしはな、そなたに惚れたのじゃ。……親子ほども年が離れていても、あの日、年甲《とし が》斐《い》もなく、一目惚れをしてしまったのだよ」

「あの日……?」

「安土の湖で、わしは愛らしい姫を拾ったのじゃ」

そう言って秀吉は笑った。その笑い声は、もう吐息と変わらぬほど力ないというのに、茶々には確かに、あの日の笑顔と重なって見えた。治長と二人で安土城を抜け出して、悪党に襲われたところを助けてくれた、秀吉の笑顔だった。

茶々は頤《おとがい》を微かに震わせて、秀吉の胸の上に打ち伏した。秀吉は茶々の肩に手を置いて言った。

「茶々はわしのことを、好きになってくれぬとわかっていた。それでも、わしは茶々を好きになってしまったのじゃ。だから……茶々の子をわしの子として慈しむことが、わしのあがないじゃ」

秀吉の胸から、茶々はもう顔を上げられなかった。この人に愛されたことに、声を上げて泣いていた。

「茶々よ……秀頼と豊臣を、たのんだぞ」

秀吉は茶々の肩を撫でさすりながら、祈るようにそう言った。

秀吉は、天下の巨城、大坂城を秀頼に与えると明言すると、有力大名と豊臣家臣団に秀頼を支えるための新たな役職を与えた。徳川家康などの五人の有力大名が秀頼の後見として五大老に任じられ、石田三成《いしだみつなり》などの五人の有能な家臣が幼い秀頼の代わりに実務を担う五奉行に任じられた。

その五大老と五奉行に、豊臣家への忠誠を誓う血判起請文《きしょうもん》を記させた数日後、秀吉はついに危篤となった。

「もういつ息を引き取られても、おかしくはありませぬ」

という医者の言葉に、茶々と秀頼と寧が病床に呼び寄せられた。

「ととさま、ととさま！」

父、秀吉に泣きながらすがりつく秀頼の姿に、茶々も寧もうつむき涙を袖で押さえた。

「ととさま！　死んではいやです。ととさま！」

悲痛な叫びに、秀吉は薄《う》っすらと目を開けた。乾いた唇が動く。声にならない吐息を漏らす。その僅かな吐息に気づいて秀頼は耳を澄ます。

「ひ……で、より」

いとし子の名を呼ぶ秀吉の目から、一筋の涙が零れ落ちた。

寧が秀頼の肩にそっと手を置いた。それを見て秀吉は小さく頷くと、微かな声で言った。

「ねい、だけ」

秀頼は涙と鼻水で濡れた顔で「ととさま」と呟いたが、秀吉の強い意志を感じ取ったのか、口元を引き締めて茶々のもとへ行った。

茶々は秀頼の肩を抱き、秀吉に向かって深々と一礼すると部屋を出た。

(寧様には、できるのだ)

寧は、大切な人の、たった一度きりの死という時に、寄り添うことを許される。それは、茶々には永遠に許されることはないだろう。

控えの間で、茶々は静かにその時を待った。

秀頼はもたれるようにして、茶々の腕にしがみついている。泣くまいと引き締める口元には、くっきりと大切な人の面影が出ていた。茶々は秀頼を抱き寄せ、込み上げる想いに腕の力を強くした。

(私は、この子が受け継ぐ豊臣家を守っていくのだ)

静寂に包まれた城内に寧の悲泣が響いた時、茶々は秀頼を抱きしめたまま、全てを受け入れた。

二

豊臣家本城、大坂城の新たな主となった秀頼の姿が、治長には遠くの景色のように見えた。漆塗りの輿に秀頼が乗り、その輿に茶々も同乗している。伏見城から大坂城へ入城する秀頼の行列に、治長も豊臣直臣として、新しく仕立てた濃紺の直垂《ひたたれ》姿で供奉《ぐぶ》している。

治長は主君となった幼子を直視できず、大坂の空にそびえる天守閣を仰いだ。ここにいる誰もが、秀吉亡き後の幼子の行く末を祈っているのだろう。その想いが天に通じたように、雲の切れ間から射し込む光に、大坂城は金色に輝いていた。だが、治長には秀頼を案ずる思いよりも、先を行く茶々に振り返ってほしい欲望の方が強かった。かつて、茶々の輿を追いながら安土の天守閣に歓声を上げた日を思い出す。あの頃のように「治長、どこに行っていたの」と、拗ねた表情を見せてほしかった。

秀頼が大広間に入ると、改めて豊臣家当主として御目見えの儀が執り行われた。御前に直臣たちが居並び、治長もその中から秀頼を見上げた。

そこには、秀吉に甘えきっていた幼子の姿はなかった。背筋を伸ばし、父を失ったことへの不安や哀しみを表情に出すまいと、家臣たちを見渡している。幼いなりに立場を自覚している姿に、その場にいる誰もが感嘆の息を漏らした。

秀頼の隣には茶々と寧が控えている。寧は、新しき豊臣家の当主の母である茶々を重んじるように、少し後ろに下がっていた。一方で、秀頼を見守る茶々の表情は、秀吉亡き後の豊臣家を守っていこうとする気概に満ちていた。

その姿が、治長の知りえぬ秀吉との信頼によってもたらされたものであると、治長は気づいている。気づいてしまったがゆえに、焦燥に駆られずにはいられない。秀頼の母としての姿を見るたびに、茶々の存在が遠くなっていくような気がしてならないのだ。

(そんなことが、あってなるものか……)

あの時……、この身から落ちる翳が、二人のために惨殺されていく者たちの血に染まった時、茶々を殺して一緒に死にたいと思った。それは、罪の重さから逃れたいという衝動からだけではない。治長にとって茶々は、死ぬまで離したくない人だからだ。

茶々が遠い存在になるなど、あってはならなかった。

思いつめたまま、茶々に見入る治長の耳に、秀頼の無垢な声が聞こえた。

「みなのもの、この秀頼を、なきちち秀吉にかわる、あるじとして、もりたててまいれ!」

きっと、茶々と繰り返し練習したのであろう。そのけなげな大坂城の主に、直臣たちは一斉に忠誠を示す平伏をした。だが、秀吉という名の「父親」を失った幼子に、いったいどれだけの者が心から忠誠を誓っているのだろうか。秀頼を本当の意味で守れるのは、きっと自分しかいないだろう。それがわかっていても、治長の心は、茶々に追いすがりたい感情で占められていた。

それからしばらくして、治長は寧の居室のある大坂城西の丸に呼び出された。

「おお、治長。参ったか」

寧は治長を笑顔で迎えた。いったい何の用だろう、と訝しく思いながら御前に座した。秀吉とともにいる寧には何度も会っているが、こうして改めて呼び出されるのは初めてだった。

「どうして呼び出されたか、と思っていますね」

寧に心の中を見透かされて、治長は慌てた。

「いえ、そのような……いえ、そうでございます」

この笑顔の前にはどういうわけか抗えない。気まずくなる治長に、寧は「ふふふ」と笑みを含んで、単刀直入に言った。

「そなた、妻を娶りなさい」

「は？」

思わず頓狂な声で返してしまった。寧は「あらあら」と翡翠の飾りがついた濃い桃色の扇で口元を覆った。

「そなた、まだ妻を持っていないと聞きましたが？」

「は……。持ちたいと、思いませんので」

「なぜです」

鋭い切り返しにたじろぐが、寧は遠慮なく問いかける。

「そなた、大野家の嫡男でしょう。縁組の話に恵まれぬわけではあるまい。その年で妻を持たぬというのはどういうわけです？　女子を好かぬ理由があるのですか？」

「いえ、そういうわけでは……」

「ならば、私がそなたに妻を持たせてやりましょう」

「それは……」

「そなたのような良き男が、生涯独り身とは実に勿体ない。はよう妻を持ち、老いた母君を安心させなさい」

老いた母を持ち出されて、治長は窮した。

もう高齢となった母は、茶々の乳母としての出仕ではなく、大坂城の奥御殿の侍女たちを取り仕切る御局《おつぼね》の一人として大蔵卿局《おおくらきようのつぼね》と呼ばれている。以前から寧とも昵懇《じつこん》に語らう間柄であるのは治長も知ってはいたが、ここで母親を持ち出されるのは不意打ちだった。寧が一人で思い立ってこの話を言い出したわけではなく、母親も絡んでいることを匂わされ、寧の御前でなければ頭を抱えたいくらいだ。

「で、ですが、私は妻など……」

狼狽《ろうばい》しつつなおも断ろうとすると、しびれを切らしたように寧は言いきった。

「断りたいならば、私を納得させるだけの理由を申しなさい。申せぬのなら、断れませんよ！」

寧の語調は強いが、頬を膨らませる愛嬌を見せた。やはり、あの秀吉に糟糠《そうこう》の妻として愛され続けただけはある。

治長はがくりとうなだれた。治長が妻を持たぬ理由を言え、という。だが、その理由を寧に言えるはずがなかった。

うなだれたままの治長に、寧は一転して静かな口調になった。

「このままでは、そなたは身を滅ぼしかねぬ」

寧の言わんとすることに、はっとした。顔を上げると、寧は治長の目を見て頷いた。

「妻を持ち、生きるべき拠《よ》り所《どころ》を得よ。この私が良きに計らうゆえ、心して待ちなさい」

治長は返す言葉がなく、黙礼をすると御前を退出した。

寧の居室から離れると、深いため息が漏れた。

（寧様は、何もかもわかっておられるのだ）

秀吉の正妻として、全てを見てきたのだ。その寧が、治長に妻を持てと言う。寧の真意がわかってしまった以上、この話を受け入れるしかなかった。

しかし、寧がこの話をするということは、茶々も知っているのだろう。治長が妻帯することに対して、茶々は何と思ったのだろうか。それを想像すると、息が詰まりそうだった。

茶々がこの婚姻を喜んだとしたら、自分はどうなってしまうのだろう。それを考えるのが、恐ろしいくらいだった。

三

治長は縁談話を断れず、茶々に伝えることもできないまま、その年の秋に、寧の侍女と婚姻した。身内だけで簡素に行われた婚儀に、寧から豪勢な祝儀が届いたが、茶々からは届かなかった。そのことに、治長は密かに胸を撫でおろしていた。

「私が一番いい子だと思う娘ですよ。手離すのが惜しいくらい」

という寧の言葉通り、妻となった小枝《さえ》という名の侍女は治長よりも十も年下の、おとなしい娘だった。小枝は治長を前にして、初々しい緊張と恥じらいで伏し目になっている。その姿はまるで、野の片隅で摘み取られるのをひっそりと待っている、淡い花のようだった。

「この年になってそなたのような妻を持つとは思っていなかったから、何を話していいのか……」

婚儀の夜、寝所で治長が正直な思いを口にすると、小枝は微笑してくれた。

いい子だと思った。

しかし、妻として目の前に座る小枝の姿に、治長の中で今までにはなかった呵責《かしやく》が生まれた。

自分は小枝と、どう向き合えばいいのだろうか。

治長の婚姻を知った者の中には「秀吉様と茶々様の寵臣がついに妻を持ったか」とあからさまに揶揄の言葉を投げつけてくる者もいた。そういう者が現れるということは、つまり、どんなに秀吉の子の真相を噂しようが嘲笑しようが、それを断罪する秀吉の脅威はもうないのだ、ということを表していた。

小枝はこのことを知っているのだろうか、といううしろめたさよりも、この声に立ち向かって秀頼と豊臣家を背負っていく茶々の姿が心を占めている。妻となった人を前にして、茶々を想わずにはいられない。この先、自分は小枝を想うことができるのだろうか。

この人は、きっと寧に命じられてこんな男の妻になったのだろうと思うと、治長は小枝に触れることができなかった。

「慣れぬことばかりで疲れたであろう、今宵はもう休むといい」

ぎこちなく治長は言うと、小枝の肩に夜具をそっと掛けた。

初夜に妻に触れようとしない夫を、小枝は戸惑うように見上げた。その目から逃げるように視線をそらしてしまった。小枝は何も言わず、治長の掛けた夜具で顔を隠して横になった。

その姿に、治長は妻を持ったことの責任の重さと悔恨をひしひしと感じていた。

鬱屈した思いを抱える治長のもとに、ある日、信繁が訪れた。

「こうしておぬしの邸を訪《おとな》うのは初めてだなあ！」

信繁は相変わらずの口調で座敷を見渡す。秀頼の直臣として、治長は大坂城二の丸に邸を与えられ、茶々と秀頼に何かあればすぐにでも登城できる態勢を取っていた。

「おぬしもついに妻を娶ったと聞いて、祝いの酒を持ってきたのだ！　ついでに、おぬしのような偏屈者の妻御前を拝そうかと」

「そうか」

治長は沈んだ思いを苦笑いに隠して、小枝を呼んだ。

「お呼びでしょうか」

楚々《そそ》と現れた小枝に、治長は頷き返して言った。

「信繁殿から祝いの酒を頂いた。何か肴を頼む」

「はい」

小枝は信繁に向かって深々と頭を下げた。

「温かいお心遣い、痛み入ります」

「あ、うむ」

信繁はどぎまぎと返事をしたが、小枝が部屋を出ると、すぐさま治長に喰いついた。

「なんだあのかわいらしい妻は！」

「………」

「寧様のお気に入りの侍女だとは聞いていたが……。いや、もったいない！　おぬしにはもったいないくらいの女子だ！」

唾が飛ぶくらいの勢いで信繁は言うと、急に真顔になって黙った。治長はその沈黙に身構えた。治長に向けられている噂を、信繁は知っているはずだ。

信繁は治長をじっと見て言った。

「よかったな」

「信繁……」

「嬉しいぞ、おれは」

そう言うと、庭を見やるように顔をそむけた。何度も目を瞬く信繁の姿に、治長の胸にも込み上げるものがあった。

何と言えばいいのだろう。この優しい男のために掛けるべき言葉を探した。探しに探して、やっと見つけた言葉は、とても短く、何の変哲もないものだったが、それ以外は思いつかなかった。

「ありがとう……」

治長は心を込めて、友に向けてその言葉を口にした。

大坂城の奥御殿で、都から呼び寄せた禅僧が朗々と漢詩を披講している。それを、秀頼が背筋を伸ばして聞き入っている。その姿に、茶々は母として誇らしい思いになっていた。

邪魔にならぬように少し離れた廊から見ていると、すっと寧が近寄ってきた。

「まあ、秀頼殿はもう漢詩を？」

茶々は会釈をして答えた。

「ええ。ほんとうに物覚えのよい子で、もうすでに、千字文《せんじもん》は上手に綴《つづ》ることができております」

「それは、なんとも頼もしいこと」

寧は驚きと賞賛の表情を見せた。茶々はまるで自分が褒められたような気分で頷き返す。茶々は秀吉の遺志を守るべく、秀頼を立派な豊臣家の当主に育てようとしていた。秀頼も母の期待に応えるように、注がれる愛情と学識を素直に吸収していた。

茶々が秀頼に視線を戻した時、寧がおもむろに言った。

「治長は妻を娶りましたよ」

耳を疑って振り返ると、寧はにこりと笑った。

「乳母子の婚姻の面倒をそなたがいつまでも見てやらぬので、私が取り計らってやりました」

「………」

寧に礼を言うべきなのだろう。治長の婚姻を祝して笑顔を見せねばならぬとは、わかっている。それでも頬が蠟《ろう》のように固まって、笑顔が作れなかった。

〈あなたを離したくない〉と言っていた治長の手が、離れてしまう……。

視線を落として黙り込んだ茶々に、寧は言葉を投げかけた。

「治長の幸せを、考えてあげなさい」

その優しい声に、ぞくりとして顔を上げた。茶々に向けられた寧の笑みは、秀次切腹の時に見た微笑と同じだった。

〈私は、いつかこうなる日が来ると思っていました〉

自分が見出した幸せの翳には、誰かの不幸がある、という事実が寧の言葉とともによみがえる。

寧は、全てを知っている。そうして、その渦中で生かされている治長のことを本当に大切に思うのならば、治長を解き放てと言うのだ。

（治長は私のそばにいたら、幸せになれない）

今まで心の中に隠そうとして、言葉にしてこなかった。その思いが、寧の微笑によって晒されるような気がして、何も言い返すことができなかった。

信繁が邸を訪れた数日後、治長は茶々の御前に呼び出されていた。

茶々に向き合いながら、こうして改めて対面するのは肥前名護屋以来かもしれない、と思った。しかし、あの時と違うのは二人きりではないということだ。茶々の隣には、つぶらな瞳を瞬かせて、治長を見つめる秀頼がいた。

「わざわざ呼び出して、すまぬな」

治長は「いえ」と短く答えると、秀頼の御前ということもあり、丁重に家臣としての挨拶を述べた。

「茶々様と秀頼様におかれましては、ご機嫌麗しくお過ごしとのこと……」

「妻を娶ったそうだな」

治長の挨拶に重ねるように、茶々は静かに言った。

「は……」

低頭したまま固まった。

わざわざ茶々が治長を秀頼の御前に呼び出した理由は、それを言うためだということを察し、黙したまま言葉の続きを待った。

詰られてもいい、いや、そのまま詰ってほしいと思った。茶々への想いとは裏腹に妻を娶ったことを、声を荒らげて詰って責めてほしかった。

治長が顔を上げた時、秀頼の肩を抱き寄せた茶々が告げた言葉は、詰られるよりもずっと深く、心を斬りつけた。

「実に……めでたい」

「………」

「なぜ、はよう知らせぬ。祝儀が遅くなってしまったではないか」

婚姻を心から祝する声色に、治長は呻《うめ》きそうになった。

（茶々様は、変えられてしまった！）

目の前にいるのは、治長の知らない茶々だった。治長の中に、死んだ秀吉への嫉妬が湧き上がった。茶々は秀吉に変えられてしまった。その決して晴れうることのない嫉妬に、体が突き動かされそうになる。

治長は伸ばしそうになる腕を、もう片方の腕で強く押さえた。力を入れてこらえなければ、このまま茶々を抱きしめて、「離れないでくれ！」と叫んでしまいそうだった。

だが、それは絶対にできない。

今、茶々が離すまいと抱くのは、秀吉の子、である秀頼なのだから。

搔き乱される心に、残酷な声が響いた。

「さあ、秀頼も治長を祝してあげなさい」

「はるなが、めでたく思うぞ！」

その後、どこをどう歩いたのか覚えていない。どうやって茶々の御前を退出したのかも思い出せなかった。気がついたら、二の丸の邸に戻っていた。

「おかえりなさいませ」

いつものように迎え出た小枝を、黙ったまま見下ろした。治長を見上げた小枝は、動揺を露わにした。

「どこか、お加減でも？　お顔色が……」

「ちがう！」

治長の乱暴な口調に、小枝は身をすくめた。

そのまま小枝を置き去りにして、荒々しく廊を歩く。音を立てて襖を閉じると、部屋に籠った。

うずくまり、両手で頭を抱えた。この身から離れぬ翳が、秀吉への嫉妬と敗北感と混ざり合い、どす黒い渦になって襲い掛かるようだった。

自分は、あの男よりもずっと前から、茶々のそばで生きてきた。それなのに、茶々はあの男によって、自分の知らないところへ行ってしまった。

（私は、あなたのためだけに、生きてきたというのに！）

床に拳を叩きつけ、感情を喚き声《わめごえ》にして身悶《みもだ》え続けた。

しばらくして目を開けた時には、部屋の中に夜が来る気配が漂っていた。いつの間に眠っていたのかと、気だるく横たわったまま庭を見た。

薄暮の庭には、籬垣《ませがき》に沿って真っ白な小菊が咲いていた。それをぼんやりと見ながら、庭の片隅に咲く花など、今まで目に留めていなかったことに気づいた。徐々に濃さを増していく夕影に、小菊は溶け込むことなく、いつまでも白く浮かび上がっている。

ふと、襖の向こうの気配に気づいた。物憂げに起き上がってそちらを見ると、僅かに開いていた襖が閉じた。小枝が窺っているのだとわかり、治長は冷たい態度を取ってしまったことを思い起こして、気まずく名を呼んだ。

「小枝」

すると再び襖が小さく開いて小枝の顔が覗いた。その怯えた眼差しに胸が疼《うず》いて、治長は「こちらへ来ぬか」と、手招いた。小枝は躊躇いがちに部屋に入る。

「もう少し、こちらへ来ぬか」

小枝はおずおずと治長の傍らに座った。

「すまぬ、その、何と言うか……先程は気が立っていた」

小枝は首を小さく振る。癖のない下げ髪の鬢《びん》が、白い頬にさらりと揺れた。

「……おつらいことが、あったのですね」

「…………」

治長が黙っていると、小枝も黙った。それは、怯えて黙っているのではなかった。治長の傍らで治長が抱える苦しみが言葉になるのを、待ってくれている。そんな優しい沈黙だった。伏し目がちに、言葉を待っているその姿は、本当に、淡い花のようだった。

小枝をじっと見つめた後、思いきってその白い頬に手を伸ばした。治長の指先が触れて、小枝は驚いたようにさっと頬を染めた。治長は、指先に力をこめた。

恥じらうように摘み取られるのをひっそりと待っている。その花を、治長はようやく摘み取った。

四

治長は、夕風を感じながら、邸の簀子縁で書物を読んでいる。

あれから季節は巡って、再び籬垣の小菊が蕾《つぼみ》を膨らませる季節になっていた。その夕暮れの庭に、虫の音が響いていた。

「灯をお持ちしましょうか」

小枝の声がして、治長は顔を上げた。

「ああ」

答えると、小枝は縫物の手を止めて腰を浮かせる。治長は思い直したようにそれを制した。

「やはり、よい。私がやろう。そなたは座っておれ」

小枝は嬉しそうに膨らんだお腹に手を当てた。

身重の妻を見やりながら、うまく笑えているだろうか、と思う。

小枝の産み月はもうすぐだ。

ようやく夫婦として向き合い、暮らしも落ち着いてきた中で、小枝の懐妊を知った時は嬉しかった。だが、夫としての喜びを感じるたびに、茶々への執心が断ち切れぬ疚しさが襲った。生まれる子のことを思うたびに、この子に注がれる愛情を秀頼には与えられない虚しさが心を蝕《むしば》んだ。

治長が書物を読む傍らで、大きくなったお腹を抱えた小枝が、まだ見ぬ我が子のための産着を縫っている。幸せそのものといえる光景に、一度として、穏やかな心で浸れなかった。それが小枝に申し訳なくて、その思いをいつも微笑に押し隠していた。

灯台に火を灯《とも》すと、再び書物を開いた。ふっと、書物の上に灯影《とうえい》が落ちた。その影に目を留めた時、小枝が治長の肩に掛物をした。

「秋の夕風は、冷えますから」

小枝の気遣いに、治長は息をついた。

「さすがは、寧様お気に入りの侍女だっただけはあるな」

「まあ」

小枝は笑ってから言った。

「ですが、私は寧様に一度だけ、ひどく叱られたことがあります」

「小枝が？　いったいなぜ」

小枝は「治長様には、恥ずかしゅうて申せませぬ」と、答えてくれない。治長は、気になりながらもそれ以上は問い返さなかった。寄り添う小枝の優しさを半身に感じながら、灯明かりに揺れる翳を見ていた。


そうして、小枝が産気づいたのは、庭の小菊が咲きそろう頃だった。

長引くお産に、産室からは産婆の険しい声と小枝の苦しそうな声が漏れ聞こえる。治長は身の置き所がなく、一人、庭に下りた。真っ白な小菊が風に揺れるたび、そのまま散ってしまうのではないかと、怖くなる。

邸に産声が響いた時、治長は何も言わずに空を見上げた。空に綺麗に広がった鱗雲が滲んで、かつて鶴松が生まれた時に落涙すまいと天を仰いだことを思い出した。

（私は、父になったのか）

今、静かに頬を伝うのは、あの日とは違うものだった。我が子を迎え入れた、父としての涙だった。

ややあって、産室から出てきた産婆と目が合った。年嵩《としかさ》の産婆に涙目を見られてしまい、少しきまり悪い思いで目元を拭う。産婆はさして気にすることもなく、治長を招き入れた。

産婆に導かれるがまま、部屋に入る。目に飛び込んだのは、全ての力を使い果たしたようにぐったりした小枝の姿だった。治長は、動揺して駆け寄った。

「小枝」

治長の声に、小枝は瞼を開けた。その潤んだ目に安堵するとともに、胸の奥が熱くなる。小枝の上気した頬に光る汗を袖で拭ってやると、産婆が治長に嬰児《みどりご》を差し出した。

「なんともかわいらしい男の子でございますぞ」

治長はじっと見つめるばかりで、どうしていいかわからなかった。

「抱いてあげてください」

小枝が囁くように言った。

「だ、抱いてもよいのか」

治長の硬い言葉に、産婆は呆れたように赤子を抱かせてくれた。片腕にすっぽり収まってしまうくらい、小さくて柔らかい姿に驚いた。こんなにも小さいというのに、ちゃんと息をして、温かい。

腕の中で、赤子は目を閉じたまま小さな胸を上下させている。その姿を見ながら、治長は呟いていた。

「私の子、なのだな」

「そうでございますよ。それ以外に何の答えがありましょう」

小枝の優しい答えに、治長は声を震わせた。

「私の……」

それ以上は言葉が詰まって、赤子に顔を寄せた。ようやくこの腕で抱くことのできた、温かな重みだった。

「この子に、名を付けてくださいませ」

小枝がそっと言った。

「名を……」

思いつく名は一つしかなかった。男子が生まれたら付けてやりたかった名を、少し気恥ずかしく思いながら告げた。

「弥十郎、はどうだろう。……私の、幼名だ」

その名に、小枝は嬉しそうに頷いてくれた。

赤子は日を重ねるごとに顔つきや反応が変わっていく。弥十郎の黒々とした目に見つめられると、治長はこそばゆくなる。大声で泣き続ける弥十郎に、どこか具合でも悪いのかとうろたえ、小枝の乳を吸って泣きやむとほっとする。これが、父親としての感情なのだろうか、と惑う日々が過ぎていく。

数日が経ち産穢も明けて、本丸に登城する日となった。

治長を見送る小枝の腕には、すやすやと眠る弥十郎が抱かれている。その姿を見て、微笑しようとした頬が、引きつってしまった。小枝と弥十郎に向けるべき微笑が、作れなかった。

「お気をつけて、いってらっしゃいませ」

小枝の声に、返す言葉が出ない。案ずるように見やる小枝に、冷や汗が出そうになるのを悟られまいと、背を向けた。そのまま、振り返ることなく、邸を出た。

二の丸を出て、本丸に続く石段を上がる。押し黙ったままの舌には、粘ついた唾が絡みついていた。

(自分は、どんな顔をすればいいのだろう)

弥十郎を抱いて治長を見送る小枝の姿を見た時、不意に、あの光景がよぎったのだ。

もう思い出したくもない、あの日の惨劇。血にまみれた我が子を抱きしめる秀次の妻女、翳と混ざり合う血で汚れた己の手……。

今から向かう先は、その罪をともに抱えるべき、茶々の御前だ。

父親としての感情を知ってしまった自分は、茶々にどんな顔を向けたらいいのだろうか。そして何も知らぬ秀頼に、自分はこの先もずっと、ただの直臣の一人を装うことができるだろうか。

ところが、本丸御殿に着く前に、治長の身に思いがけないことが起きた。本丸の正門である桜門を潜る直前で、家康配下の侍たちに取り押さえられたのだ。

「何をするか！」

突然の狼藉に驚き、声を荒らげた。抵抗する治長に、侍の一人が険しい顔で言い放った。

「大野治長！　おぬしが家康様を暗殺しようと企《たくら》んだことは、すでに周知のこと！」

身に覚えのないことに、啞然とした。何かの間違いとしか思えなかった。

「私が、家康殿を討つだと？　いったい、何のために」

秀吉亡き後、五大老筆頭の徳川家康は伏見城を政庁として政務を司《つかさど》っていた。家康の姿を拝するどころか、昨今は伏見にさえ足を運んだことのない治長に、そのようなことができるはずもない。だが、侍は治長を容赦なく組み伏すと、後ろ手に縛り上げて言った。

「何をとぼけたことを！　家康様が伏見から大坂城に向かう途上、襲いかかった刺客が、おぬしの名を仲間として挙げたのだ！」

「なんだと？」

侍が言うには、幸い家康はその難を逃れたが、その首謀者は、五大老の一人である前田利家の嫡男、前田利長《としなが》とされ、共謀者として挙げられた豊臣直臣の中に、大野治長の名も連ねられていたという。身に覚えがないと抵抗する治長は、そのまま家康の邸へ連行された。

「来たか、治長殿」

縛られたまま庭の白砂の上に座らされた治長を、家康は座敷から歩み出て見下ろした。

「私はそのような企てを謀った覚えはございません！」

治長は訴えたが、家康は失望のこもった深いため息をついた。

「わしはそなたに期待していたのだが……」

「私は……！」

治長の声を家康は遮った。

「豊臣直臣の中に、わしを疎んじる動きがあるという。それを知らぬそなたではあるまい」

「………」

家康のやり方に、家臣の中で反発を覚える者が増えているのは確かだった。秀吉亡き後の政務は五大老の合議とはいえ、実質は家康の独断が目立っていた。さらに家康は、秀吉が生前に禁じた大名同士の婚姻を勝手に進め、自分の子の婚姻で他家との繋がりを強くするという、豊臣家の権威を揺るがしかねない行動をとるようになっていたのだ。

　家康は額に手を当てて、首を振りながら言った。

「だからといって、殺そうとするとは恐ろしきものよ。秀吉様から秀頼様の後見を直々に託されたこの家康を害するとは、斬首も否めまい」

「身に覚えがございません！」

　家康は「ほう？」と眉を上げげた。

「大野治長にも同調の動きあり、と聞いたが？」

「同調……」

　その言葉に、我が身に着せられるものが濡れ衣ではないことを、まざまざと思い知らされる心地がした。治長自身も家康への危惧を少なからず感じてはいた。家康に敵愾心《てきがいしん》を抱く家臣たちの存在も知っていた。しかし、それを諌めることもせず、黙認し、時には同調さえしていた。自ら行動には移さなくとも、家康の専横を誰か止めてくれたらいいと思っていたのだ。

　家康は、治長のことを憐れむ目で見ながら言った。

「だが、まだ幼き秀頼様のことを思えば、わしは事を荒立てたくはない。悩ましいものよのう」

もうそれ以上、家康に反論することができなかった。

他の連名者に流罪《るざい》や蟄居《ちっきょ》などの処分が下される中、治長も関東、下総国《しもうさのくに》への配流《はいる》が決まった。配流先が決まると、茶々に呼び出された。茶々は治長を前に、家康への憤慨を露わにした。

「治長が配流など、家康殿は何を考えているのか！」

「…………」

「治長が謀反など企むはずがないと、私は幾度も家康殿に訴えたのだ！　なのに、全く聞き入れてくれなんだ！」

「…………」

黙ったままの治長に、茶々は訝しげに問いかけた。

「治長は、無実であろう？」

「身に覚えはありませんが……」

少し間を置いてから、慎重に言葉を選んで続けた。

「家臣の中で、家康殿に対する不穏な動きがあったことは、確かです」

茶々は驚いたように目を見開いた。本当に初めて知ったのだろう。秀頼の養育に力を注ぐ茶々は表向きの政務は家臣たちに任せきりだった。それに、七歳の秀頼が家臣の動きを知るはずもなく、知ったからといって何ができるわけでもない。

「私はそれを諫めず、止めようとしませんでした。……見て見ぬふりをして、事が起これぱそれもやむなしとさえ思っていました。それが罪なのだと言われれば、否定はできません」

「そんな……」

「口惜しいことに変わりはありませんが、己が招いたことと、今は思っております」

五大老の一人を害するというのは大罪である。中でも権威を強める家康の暗殺未遂の罪なのだ。流罪で済んでまだよかったと言えるだろう。

淡々と返す治長に、茶々は戸惑いを見せた。

「しかし、いつ戻れるともわからぬというのに。それに、下総などという遠国では、何があるとも知れぬ。それでも治長はよいというのか」

許されて大坂へ戻ったとしても、それが何年後となるのか。知る人のいない遠国で、罪人の身で病にでもなれば、さしたる療治も受けられずに死ぬかもしれない。これが最後の対面になったとしても、おかしくないのだ。

しかし、治長の心は静かだった。肥前名護屋の時のような、悲壮感はなかった。あの時のように、茶々は治長と離れることに色を失ってうろたえることもない、袖にすがりついて泣き濡れることもない。それならば、生きていようが死んでしまおうが、治長にとっては同じことだった。

「あの頃とは、何もかもが違いますから」

独り言つように、治長は答えた。

茶々が治長の言いたいことを察したのかはわからない。ただ、茶々は深く息を吐いた。

そうして、思いを巡らせるように沈黙してから言った。

「治長、そなた確か、子が生まれたばかりであったな」

「は……」

言葉少なに肯定した。茶々は治長をじっと見た後、主が家臣に告げる口調で言った。

「生まれたばかりの子と引き離すことになってしまったな。すまぬ、そなたの罪を取り消せなかったのは、私の力不足だ。こらえてくれ」

これが本来あるべき自分たちの姿なのだ、と言われているような気がしてならなかった。

茶々は豊臣秀頼の母で、治長は豊臣直臣の一人。

遠国へ流される治長に、主としての別れの言葉しか言わない。治長を見つめる茶々は、少しも揺れることのない、人形のような瞳をしていた。

治長が下総国に護送される朝、小枝は弥十郎を抱えて三の丸の京橋《きようばし》まで一緒に行くと言ってきかなかった。それを治長は強く制した。生まれてからまだひと月たらずの赤子を、産後の肥立ちも浅い小枝が抱いて京橋まで歩くなど、危険極まりなかった。

「邸の門まででよい。まだそなたは外を長く歩ける体ではあるまい。弥十郎も風に当てては体を壊す」

その説得に小枝は小さく頷いたが、泣きそうな声で訴えた。

「どうして、治長様が下総など、そんな遠くへ……」

これが最後の別れになるかもしれないという悲観が溢れ出るように、小枝の目から涙が零れ落ちた。乳飲み子を抱えた小枝を大坂に置いて行かねばならない、それに対する申し訳ない気持ちは確かにある。だが、弥十郎を抱いたまま咽《むせ》び泣く姿を見ても、自分にはもうどうすることもできないという諦めしか、治長には浮かばなかった。

「大野治長、出立の刻限であるぞ！」

門前で待っている護送の侍の、苛立ちを含んだ声が聞こえた。その声に、小枝は行かないでというように、治長の腕に額を押し当てた。

もう、二度と会えないのならば。その思いで、最後に小枝に伝えたいことがあった。

「小枝」

小枝は真っ赤に潤んだ目で治長を見た。治長は小枝の眼差しから目をそらすことなく、言うべきことを伝えた。

「私の子を産んでくれて、ほんとうに嬉しかった」

「………」

「短い間だが、こんな私でも父親になれた。それだけで……私には十分すぎるくらいだ。だから、私がいなくなった後は、寧様にお願いして……」

別の良き男の妻になって構わない、そう言おうとした治長を小枝が遮った。

「私は、知っておりました」

「……？」

「私は、治長様と茶々様のお噂を知っておりました」

「なに……」

動揺した治長に、小枝の目の力は変わらない。その強い眼差しに、昨日今日知った話ではなく、ずっと前から、きっと嫁ぐ前から知っていたのであろうことが察せられた。

「けれど、気づかないふりをしておりました」

「どうして」

「……私は、あなた様と今を幸せに生きたかったから」

その真っ直ぐな言葉に、治長は頰を打たれる思いがした。自分は今まで何をしていたのか。過去の罪業を背負い、許されぬ茶々への愛にすがり、死んだ秀吉への晴らせぬ嫉妬に悶えていた。

今、ここにいる人の想いに、応えようとしていなかった。

治長の傍らで治長が抱える苦しみが言葉になるのを、小枝はずっと待ってくれていたというのに。

胸を衝かれる治長に、小枝は涙で濡れた声で言った。

「私は、待ちたい……。治長様のことを、待っていていいですか？」

治長は答える代わりに小枝の華奢《きゃしゃ》な肩を抱き寄せながら、心のどこかにあったものが言葉となって浮かび上がるのを感じていた。

(私は、このままでいいのだろうか？)


治長が下総へ旅立った数日後の夜、寧が茶々の居室を訪れた。寧は付き従う侍女に珍しく酒を持たせている。

「茶々殿、今宵は一献《いっこん》いかがです？」

茶々は承諾の頷きをしつつ、きっと何かを伝えに来たのだという予感を覚えた。寧は外を見て言った。

「せっかくですから、月見櫓に行きましょうか」

二人は、月見のために秀吉が築いた月見櫓へ行った。

夜空を見渡せるように大胆に壁が取り払われ、朱塗りの欄干に金の擬宝珠《ぎぼうし》が施された廻縁《まわりえん》が付けられた、秀吉らしい造りの櫓だった。

二人は廻縁に向き合って座した。隣接する山里曲輪からは虫の音が聞こえてくる。秋の満月はじっと見つめると、瞬きをした瞼の裏に残像が映るくらいに明るかった。その月明かりに、寧の笑みが浮かび上がっている。

寧の指示で侍女が手際よく酒や肴を整えるのを見ながら、茶々は寧が話を切り出すのを待った。寧は侍女に酒を注がせると「さあ」と促した。

「今宵は、そなたと別れの盃を交わそうかと思って」

「え……」

「私はこの大坂城を出て、京の都で隠棲《いんせい》しようかと」

「どういうことですか？　寧様がいなくなってしまうなんて……」

今までそのような様子は少しも見せてこなかった。秀吉亡き後、幼い秀頼を抱える茶々にとって、寧は公私ともに大きな支えであった。

茶々の動揺にも、寧は口調を変えずに言った。

「秀吉様の亡き後は、私は茶々殿と秀頼殿から離れようと決めていました」

「……」

「秀吉様が私に遺《のこ》してくれた土地が、都の東山にあるのです。そこに秀吉様の菩提《ぼだい》を弔う寺を建てて、私は尼となり秀吉様のことを想いながら、一人静かに暮らそうかと」

寧は流れるように語った。ずっと前から考えていたということは、その口調からもわかった。長年連れ添った夫の死を悼み、この世の喧騒から離れて余生を過ごしたいというのは、妻としてのまっとうな願いだろう。茶々にもその気持ちはわかるが、それでも寧が離れていく不安の方が大きかった。

「ですが、寧様がいなくなってしまわれたら、私は一人で秀頼を支えていかなくてはなりません」

寧は「そうよの」と頷いてから言った。

「私が去った後のことを、先日、家康殿とも話したのです。それで、私が去った後、代わりに家康殿に西の丸に入ってもらうことにしました。これからは、家康殿を頼りになさるとよい」

「そんな……」

「そなたなら、大丈夫」

寧の言葉に迷いはなかった。

「秀頼殿を産み育てるという、そなたの決意は並々ならぬものだったはず」

寧が何を言いたいのかは、それでわかった。茶々は一つ息を吐くと、ずっと訊けずにいたことを思いきって尋ねた。

「寧様は、私を責めないのですか」

寧はすぐには答えなかった。目で侍女を下がらせると茶々の方に向き直る。その唇には、いつもと変わらぬ微笑が浮かんでいた。

（どうして、この人は笑っていられるのだろう？）

寧は、秀吉の妻として、貧しい頃から苦楽をともにして、豊臣の栄華を築き上げた夫を支えてきたのだ。その夫の寵愛を受けて子を身籠ったと言う女を前に、どうして笑えるのだろう。夫には子はできないであろうと、わかっているのに。

もしも、自分が寧の立場だったら、怒りをぶつけて狂乱するかもしれない。相手を罵って頬を張り倒したとしても、少しもおかしくはないだろう。

「傷つきたくないから、よ」

「傷つきたくない？」

傷つけたくない、ではなく、傷つきたくない、という寧の言葉を茶々は訊き返した。

寧は歪に浮かんだ月をじっと見つめながら、言葉を選ぶようにゆっくりと言った。

「私には……子がいませんでしたから」

「…………」

「〈茶々よ茶々よ〉とそなたを嬉しそうに呼んでいる秀吉様のお姿にも、生まれた子を豊臣の後嗣として育てると決めた愛情にも、激しく嫉妬しましたよ」

「そのようなご様子はまったく……」

そういったそぶりは微塵もなかった。茶々に冷たく当たることも、鶴松と秀頼を邪険にすることもなく、まるで母のごとく接していた。

盃の月が揺れて、寧は顔を上げた。

「それが、私の矜持《きょうじ》でした」

「矜持……」

「罪に怯えて鶴松から逃れようとするそなたの代わりに、鶴松を抱き上げながら、ほんの少し……いいえ思いきり、泣いて、怒りたかった。どうしてこの子が、私の子として生まれてくれなかったのだろうと」

「…………」

「けれど、必死に微笑んでいました。そなたにも秀吉様にも、この感情を悟られたくなくて。人から見ればつまらぬ矜持でしょうけれど……守りたいものを守るために微笑んでいるのは、本当にしんどいものでしたよ」

寧は盃を置くと、懐から一通の文を取り出した。

「これを、ご覧なさい」

「これは……」

それは、秀頼を懐妊して肥前名護屋から戻った時の、秀吉から寧に宛てた文だということはすぐにわかった。文を受け取るのを躊躇う茶々に、寧は静かに言った。

「ご覧なさい」

茶々は意を決して受け取ったが、それでもやはり文を開く手が震えた。

「あ……」

茶々はそれを読んで、小さな声を上げた。

寧は、なんて強い人なのだろう……。そう思わずにはいられなかった。

〈……茶々の身重のことは承知した。めでたいことなのだから寧も祝ってやれ。我々は、子は欲しくはなかった。太閤の子、鶴松は没してしまったが、今度の子は茶々に存分に育てさせてやろう……〉

「ひどい文でしょう?」

寧はそう言って、笑った。返答に困る茶々から、そっと文を取る。それを、ゆっくりと折り畳み、再び懐にしまった。そうして、大切なものを抱くように両手を懐に当てた。

「けれど、ほんとうに、あの人らしい文」

たとえ不義の子だとしても、子に罪はない。その罪なき幼児、鶴松は母親の愛を十分に受けぬままに没してしまった。だから、今度生まれくる子には、同じ思いはさせたくない。その秀吉の悲哀と愛情を、寧は受け入れたのだ。ともに手を取り合いながら生きてきた二人だったからこそ、秀吉は寧を信じてこの文を託し、寧はそれを微笑んで受け止めた。

秀吉がどんなに寧との子を欲しいと思っていたか。〈我々は、子は欲しくはなかった〉という、寧への気遣いがそれを言い表していた。その思いを誰よりもわかっていたから、寧は秀吉の愛を許せたのだ。

「私は、秀吉の妻ですから」

その声を聞きながら、茶々は寧と出会った日のことを思い出していた。

悪い人ではない、むしろ、人が好すぎるくらいだ。

あの日、寧を見てそう思った。だから秀吉の妻になったのか、それとも、秀吉の妻になったからそうなったのか。あの時の茶々にはわからなかったが、今ならわかる。

それが寧なのだ。

自分を見失わぬ一人の女人としての生き方に、茶々はこの言葉しか出なかった。

「寧様には、かないませんね」

茶々はそう言ってから、小さな笑みを零した。寧は茶々の笑みに、盃を掲げて応えた。

「さあ、ご一緒に」

茶々は頷くと、別れの盃を手に取った。

澄んだ酒に唇を濡らして、寧は年齢を感じさせない愛らしい声で言った。

「ああ、美味《おい》しい」

そうして、すっきりとした面持ちで告げた。

「秀頼殿は、ほんとうに敏《さと》い子です」

「……ええ」

「きっと、あの子は……母思いの、良き豊臣の主になるでしょう。そなたと秀頼殿の行く先を、私は京の都から静かに見守っていますよ」

茶々は盃を置くと、寧に向かって手をついた。

秀吉が死に、治長が離れ、そうして今、寧も去っていく。

茶々は寧に深々と礼をしながら、この大坂城で秀頼を守っていかなければならない重みが、改めて肩にのしかかってくるような気がしていた。

第六章　いきたい場所

一

寧が去った後、時を置かずして大坂城の西の丸に徳川家康が入った。

謁見する家康に、豊臣秀頼の母としての威厳を見せようと、茶々は家康を見据えて強い口調で告げた。

「家康殿、この大坂城で秀頼を支える重臣として、しかと励まれよ」

「秀吉様のご遺言にもございました通り、この徳川家康、秀頼様の御為《おんため》に尽くして参ります」

平伏する家康の姿に、茶々は満足して切り出した。

「その秀吉様のご遺言でもある、秀頼と千姫の婚姻についてだが、そろそろ……」

「それにつきましては、私も一日も早くとは思っておりますが、いかんせん、千はまだ三歳。母親のもとから引き離すには心苦しい年でございます。それに、秀吉様亡き後の政務が諸事滞っているところ。秀頼様の祝儀を催すには、まだ早いかと」

「…………」

家康の述べることはもっともな話であり、三歳というかわいい盛りの千を母親の江から取り上げるには忍びない思いもある。

それでも、秀吉も寧もいなくなった豊臣家を、秀頼は七歳の身で背負っていかねばならないのだ。少しでも早く千を輿入れさせることで、家康という存在を、秀頼にとって姻族として頼れる確かなものとしてやりたかった。

「千姫は私にとって、妹の娘であり、大切な姪。幼きうちに輿入れさせたとしても、我が娘のように秀頼とともに育てていくつもりじゃ。ゆえに、父母の秀忠殿も江も安心して……」

「いやはや、我が子を思う茶々様の母君としてのお姿、この家康も感慨深いものがございます」

するりと話を変えられた気がして、茶々は何のことかと首を傾げた。

「安土で乳母子を守ろうとしていた幼い姫様が、いつの間にか母御前となられたのでございますな」

その言葉に、幼き日の安土城で、治長を守らんと信長に対峙したことが思い出された。

家康は目頭を袖で押さえている。茶々は戸惑いながらも、思わず笑んでしまった。

「あの時の家康殿の姿、しかと覚えておる」

「私のような者を、覚えてくださっていたとは嬉しい限りにございます」

「忘れることなどあろうか。あの時、家康殿が伯父上のお怒りを鎮めなければ、きっと私も平手打ちの一つや二つ、受けていてもおかしくはなかったであろう」

茶々と治長の窮地を救ってくれた家康の姿が、今では懐かしい。思い出話に目を潤ませている家康に、茶々は親しみを込めて言った。

「私も秀頼も、そなたが頼りだ。万事よろしく頼むぞ」

家康は目頭をもう一度押さえると、恭しく平伏した。


年が明けると、家康は「茶々様と秀頼様をお支えするため」と、居所である西の丸に天守閣を築き始めた。本丸を凌《しの》ぐほどの西の丸の改築に驚いた茶々は、再び家康を呼び出した。

「城に二つの天守とは、どういうつもりじゃ」

「あれは西の守りを固めるためでございます。幼き秀頼様をお守りするために必要なもの。茶々様は奥御殿で秀頼様をしかとお育て頂き、軍事《いくさごと》に関しては、この徳川家康に全てお任せくださいませ」

「…………」

戦のことを持ち出されては、百戦錬磨の家康を相手に茶々が言えることはなかった。守りを固めるためと言われてしまえば、そうなのか、と思うしかない。

とはいえ、これほどまでに大きな改築が必要か、という違和感は拭えない。このような時に相談する相手には、五奉行の石田三成が適任なのだろう。しかし、三成は今、所領の佐和山《さわやま》城に下がっていると伝え聞いている。わざわざ呼び出すのも仰々しく、かえって大ごとになっては厄介だ。そう考えると、豊臣秀頼の母である茶々が気兼ねなく相談できる者は、今の大坂城にはいなかった。

（治長がいてくれたら……）

小谷が落城した時も、本能寺の変で信長が自刃した時も、北ノ庄で勝家と市を失った時も、何があっても、治長は茶々の気持ちを汲み取ってくれた。あの頃のように、そばにいてくれたら、どれほど頼もしいか。

しかし、治長はもうここにはいない。下総国へ流された、というだけではない。茶々には、治長を求めることはできないのだ。

治長は茶々のそばにいたら、幸せにはなれない。

それを知ってしまった以上、茶々にとって治長を求めることは、大切な人を苦しめることと同じだった。

〈あの頃とは、何もかもが違いますから〉

最後に会った時、そう言っていた治長の顔が浮かぶ。妻を持ち父親となった治長に、茶々は離れてしまう不安や哀しみを露わにすることはできなかった。粛々と主としての別れの言葉を贈ることで、その感情を押し殺した。

黙り込む茶々に、家康は「そういえば」と話し出した。

「五奉行の石田三成殿でございますが」

「うむ、三成がどうした。そろそろ佐和山城から戻ってくるのか？」

秀吉が茶々と秀頼のために遺してくれた五奉行の存在に、茶々は気持ちを強くする。しかし、続いた家康の言葉は、全く想像していない内容だった。

「いえ。茶々様のお耳には今まで入れておりませんでしたが、実は、以前、家臣内で三成殿を暗殺せんとする動きがありました」

「なに？」

声が裏返ってしまった。家康は茶々の動揺を気にすることもなく、穏やかに続ける。

「幸い、その時は私のもとへ三成殿が駆け込み、事なきを得ました。が、三成殿が所領の佐和山城に下がったままなのは、またいつ襲われてもおかしくないという懸念があるようで」

「それは、いったいどういうことか……」

豊臣家を揺るがしかねない不穏な話を、家康は微笑を見せて語っている。政務を行う表御殿へ出ることがほとんどない茶々にとって、家臣内の確執の詳しいことはわからない。だが、微笑を浮かべて話す内容ではないはずだ。

「それはいつの話か」

厳しく問い返す茶々に、家康は「はて……」と落ち着いた様子で顎に手を当てる。そうして、ゆるりとした口調で返された答えに、耳を疑った。

「治長殿が配流となる以前のことでしたかな」

「な……」

もう半年も前の話ということになるではないか。驚きのあまり口調がきつくなる。

「なぜ、今まで黙っておった！　全てが終わった後に言われては、私はどうすることもできぬではないか！」

「それの、どこがいけないのでございますか？」

家康は当たり前のことのように言った。

「茶々様は、秀頼様のご生母。私は、秀吉様より直々に豊臣家の行く末を託された家臣。立場が違います」

「立場？」

「豊臣家と秀頼様をお守りするために、茶々様は茶々様の、私は私のなすべきことをする。ともに手を携えて参りましょうぞ」

朗々と述べる家康には、詫びる様子は全くない。むしろ、動揺する茶々を憐れむようにすら見ている。

家臣たちの内紛は、放っておけば豊臣家と秀頼に累が及びかねない。茶々の心には不安と焦燥が立ち込めていた。今まで一言も茶々に事の次第を話さなかった家康にも、不審を感じずにはいられない。しかし、それを態度に出しては、家康の不興を招くかもしれない。今ここで、家康に離反されてしまったら、本当に茶々一人で豊臣家を支えていくことになってしまうのだ。

家康に頼るしかない、その弱さを隠すように、茶々はしいてさっぱりとした口調で言った。

「とにかく、皆、心を一つにして豊臣を支えていってほしい。私の願いはそれだけだ」

「畏まりましてございます」

浮かべた微笑を変えぬまま、家康は退出した。

家康が去った後、茶々はため息をついて脇息にもたれた。

病床の秀吉の姿を思い出す。鬼気迫る形相で家康の手を握り、秀頼を頼む、と何度も言っていた。秀吉はこうなることもわかっていたのかもしれない。だから、家康に千との婚姻を通して、豊臣と姻族になることを強く命じたのだ。それなのに、その話が延びたばかりか、家臣内で不穏な動きが絶えない。

矢面に立たねばならない茶々には、誰も寄り添ってくれない。そばにいてほしい人は、遠いところへ行ってしまった。追い求めることさえも、許されない。

その孤独が、これほど寂しく不安なものなのかと、思い知らされていた。

二

治長は眼前に広がる平野を見渡した。

「この景色にも、見慣れたな」

独り言のつもりだったが、傍らにいた監視の侍が応えてくれた。

「見飽きた、であろう」

「いや、飽きはせぬ。これはこれで、何というか、雄大だ」

治長は慌てて言い足した。初めて関東平野を見た時は、筑波山《つくば》を望む以外は大きな山のない広大さに、流罪の身ながら感動したものだ。

あれから、一年近くが経っていた。

治長は家康の次男、結城秀康《ゆうきひでやす》のもとに身柄を預けられ、城下に与えられた粗末な小屋で監視を受けながら、ひっそりと過ごしていた。

罪人とはいえ遠国流罪が刑罰であり、流された後はこれといって科されるものはない。

日夜、書物を読み、庭の簡素な畑を耕したり、体がなまらぬように竹竿《たけざお》を長槍の代わりにして鍛錬したり。あとはこうして、庭先から平野をぼんやりと眺めるほかなかった。この中年の監視の侍とも、今ではすっかり顔なじみだ。

大坂城の喧騒から離れて過ごす身は、三十二歳の治長にとっては世の流れからぽつんと置いていかれる侘《わび》しいものがあった。

しかし、それ以上に、配流が決まってからずっと気に掛かっていることがあった。

この配流の要因となった、家康の暗殺未遂。

確かに、家康の専横に苦々しい思いをしている家臣が多いのは事実だった。だが、これによって、家康と対等に物を言い合える立場であった、五大老の前田家が大坂から退くことになった。そして、治長を含め、茶々と秀頼に近しい豊臣直臣たちも相次いで配流や蟄居となった。そう考えると、豊臣恩顧の家臣たちを茶々と秀頼から遠ざける、作為のようなものを感じてしまう。

(暗殺未遂を、家康殿ご自身が、企てていたのだとしたら……)

そこまで考えて、治長は頭を振った。家康は亡き秀吉に血判起請文を書いた、五大老筆頭なのだ。それに、孫姫の千は秀頼の許嫁だ。孫の嫁ぎ先でもある豊臣家を脅かすようなことをするとは思えない。治長にとっても、家康はかつて安土城で助けてくれた恩人である。治長の茶々への忠心を高く評し、周囲で不義の噂が囁かれても、家康の治長を見る目は変わらなかった。その家康が狡猾《こうかつ》なことをするとは思いたくなかった。

ふと、幼子の泣き声が聞こえて、思索が途切れた。その方を見やると、通りで女人が泣く子を抱きあやしながら歩いて行くのが見えた。なんとはなしに、その姿を目で追いかけてしまう。年格好は似ても似つかぬというのに、子を抱く姿を小枝と重ねてしまう。

こうして流人になって、思いがけず一人になった。それは、治長に改めて考える時を与えていた。

（私は、このままでいいのだろうか？）

茶々のいない場所に、生まれて初めて一人で立っている。その心に響くのは、別れ際に聞いた小枝の言葉だった。

〈私は、あなた様と今を幸せに生きたかったから〉

小枝は今も治長を待っているだろうか。弥十郎は丈夫に育っているだろうか。無事に育っていたら、今頃は、小枝に手を取られて歩いているかもしれない。だが、自分は再び、二人に会うことはあるのだろうか。

小枝と過ごした日々は短いものだったが、温かなものだった。それなのに、素直に受け入れることができなかった。もう一度、小枝に会えたなら、躊躇うことなく幸せだと思うことができるだろうか。それは、自分に許されるのだろうか。

自問自答を続ける日々の中、いつものように日の出前に起き、井戸の水を汲んで顔を洗っている時だった。転がるようにしてやって来た監視の侍が、薄明かりの静寂を破った。

「おぬしに使者が来たぞ！」

「使者？」

「家康様のお文を持った使者だ。罪が解かれるのではないか？」

「まさか……」

そう答えつつも、微かな期待がよぎってしまう。治長を、侍がせっつく。

「はよう、使者の御前に参れ。お待たせしてはならぬ」

「いや、しかしこんななりで」

寝起き姿のままで、髭も剃っていない。

「流罪人なのだから、それでいかにも様になろう」

「いや、そんな……」

あたふたとしている間にも、使者が数人の従者とともに庭先に入って来た。治長は使者を前に跪いた。

「おぬしが、大野治長か」

「このような無礼な姿、お許しください」

「ふん、まあよかろう。家康様御直筆の文を持って参ったゆえ、上がらせてもらおう」

そう言って使者は遠慮なく粗末な板の間に上がる。こちらは罪人とはいえ、相手は治長よりも明らかに年下に見える。流罪になる前なら豊臣直臣の治長には丁重にものを言うはずだ。優越感の滲み出た使者の態度を、やや不快に思ったが、顔に出さぬよう黙ってその後に従った。

改めて部屋の中で向き合うと、使者はもったいぶって、文を渡そうとしない。治長の反応を試すような口調で言った。

「さて、何を期待しておるのかのう」

どう答えろというのだ。上から見下ろす使者に、治長は淡々と黙礼で返した。治長の動じない振る舞いに、使者は虚勢を張るように咳払《せきばら》いをしてから言った。

「家康様は、大坂を離れ、ご出陣の途上である」

「は……、どちらへご出陣なさるのでしょうか？」

「会津《あいづ》だ」

東北の大名、上杉家の居城がある地だった。いったいなぜ？　と頭の中で考えを巡らせる。すると、使者が治長の思うことに答えるように言った。

「上杉殿は上洛《じょうらく》の要請に応じず、武器を集め、城の修繕を行い不穏な動きがあるゆえ、秀頼様の命のもと征伐に参るのだ」

秀頼の命のもと、と言うが、まだ八歳の秀頼が直接命じたとは思えなかった。「豊臣家に対する叛意あり」という名目のもと、家康の判断での出陣だということは容易に察せられた。

「だが、家康様は会津に進軍なさる前に、大坂へ引き返されるであろう」

「……？」

窺う治長に、使者はようやく家康の文を渡した。

畏まって文を受け取る。目を通してすぐに、眉間に皺が寄った。

（これは……）

石田三成が家康を討とうとする動きがある、という内容が書かれていたのだ。家康に反感を持つ者たちが、いまだくすぶっており、家康が大坂を離れたことを機に挙兵するだろうという。

石田三成は豊臣家を支える有能な重臣の一人だ。決起に呼応する者は少なくないはずだ。しかし、家康の家臣である使者には、動揺や怯えは一切ない。悠然とした態度で、文を読む治長を見やって言った。

「おかしいと思わぬか？　家康様は豊臣家の御為に、配下の武士団を率いて会津に向けてご出陣しておられるというのに」

治長は問いかけには答えず、文の続きを読んだ。

〈……茶々様と秀頼様に忠義を尽くす治長殿が、流人として生涯を終えるのは実に惜しい。ゆえに、豊臣家臣内の分裂をただす戦で、この家康とともに秀頼様の御為に戦おうではないか。さすれば、その罪も解いてやろう……〉

すぐには返答しかねた。だが、家康の意に従うということは、戦で家康が勝ち治長も生き残れば、大坂に帰ることができる、ということだ。別れ際に見た小枝の真っ赤に潤んだ目と、弥十郎の寝顔が思い浮かんでしまう。

（大坂に、戻ることができる……）

小枝のもとへ帰る自分を思い描きながら、小枝の向こうに、大坂城で肩を寄せ合う茶々と秀頼の姿が見えた。家臣たちの分裂の中で、茶々は幼い秀頼を抱えて何を思うのか。そう考えた治長は、使者の前であるのも忘れて呟いていた。

「ほんとうに、秀頼様のためなのか」

「ぶ、無礼者！　家康様のお誘いに対して、なんたる態度か！」

耳聡《みみざと》い使者は、憤って立ち上がった。治長はすぐに平伏して詫びた。

「お許しください」

年下の使者に頭を下げながら、今は罪人なのだ、ということが身に染みる。

とにもかくにも流罪の身をどうにかしないことには、何もできないのだ。家康の誘いに乗って、大坂へ戻ることができるのならば、自分の前に新しい道が開けるのは間違いない。

秀頼のために戦うことで、流罪が解かれるということであれば、家康の心に従うほかなかった。

三

治長は配流先の城主、結城秀康から鎧と馬を借りると、家康軍の先鋒部隊を固める武将、福島正則《ふくしままさのり》の旗下に入った。

秋の濃霧の早朝、美濃《みの》と近江の国境の関ヶ原に、治長は騎馬兵として出陣した。

霧が晴れたのを開戦の合図にして、徳川家康率いる東軍と石田三成率いる西軍が、それぞれ「豊臣秀頼様の御為」を掲げて激突した。治長は槍を構えて馬を駆った。馬の走る勢いに乗って、向かってくる敵兵を槍で突き裂く。裂かれた腋下《えきか》から血が飛び散って、治長に降りかかった。

その生温かい飛沫に、かつて茶々の目の前で足軽大将の首を刺し貫いた、北ノ庄落城の光景がよぎった。人を殺《あや》めた手で茶々の手を取った時、怯えたように身をすくめられ、切なくなったことを思い出す。

互いに手と手を取り合って、二人で同じものを見ていた日々は、そんなに遠い日のことではなかったはずなのに……。

茶々が離すまいとするのは、もう治長の手ではない。治長には触れることすら許されぬ、秀吉の子だ。

どこで道を違えてしまったのか。そして、この先、道はどこへ向かうのか。

(私はどうしたい、どうすればいい、どこへ向かえばいい!)

心の迷いに、槍の穂先がぶれた。と同時に、横合いから来た騎馬武者の切先が首筋を掠めた。咄嗟に身をよじり刃から逃れたものの、馬上の姿勢を崩して強く手綱を引いてしまう。驚いた馬が後ろ足で立ち上がった。しまった、と思った時には、体を放り出されていた。両腕を虚しく搔きながら、空を仰ぐ。

その目に映るのは、初めて我が子を抱いた日と同じ、綺麗な鱗雲が浮かぶ空だった。庭の片隅に咲いた白い小菊が、脳裏に揺れる。

直後、地面に叩きつけられ、息が止まりそうになる。しかし、治長の首をめがけて突き出されんとする長槍が見えた。渾身の力で地面を蹴り飛ばして起き上がる。搔っ切られる寸前で穂先を躱すと、取り落としていた槍を摑んで構えた。

「私は……」

どこへ向かえばいいのか。自分の行きたい場所はどこなのか。だがいずれにせよ、ここでは死ねない。

息を切らしながら、再び向かってきた騎馬武者を見定める。相手はまた治長の首を狙うだろう。穂先から目を離すな、相手の動きを読め、突かれる前に突け。北ノ庄でこの身に叩きこんだ柴田勝家の教えを、頭の中で唱える。草摺《くさずり》の僅かな隙間に狙いをつけた。相手の穂先を突き払うと、一気に大腿《だいたい》を貫いた。鈍い唸り声とともに、敵は落馬した。

そのまま治長は、主を失った馬の手綱を奪い取ると、鐙《あぶみ》に足を掛けて飛び乗った。

この戦いを生き抜いて大坂へ戻ったら、自分はどうしたいのか。その答えを追い求めるように「秀頼様の御為に」戦い続けた。


関ヶ原での家康の大勝利を、茶々は大坂城で聞いた。

戦況は一進一退であったが、石田三成の西軍に属していた小早川秀秋《こばやかわひであき》の軍勢が突如として寝返り、西軍は総崩れとなったという。

「して、三成は」

鋭く問い返すと、使者は簡潔に答えた。

「敗走の末、伊吹山近くにて捕縛されました」

「……そうであるか」

茶々は毅然として使者を下がらせたが、その姿が見えなくなるなりどっと脱力した。

(いったいどうなっているの?)

家康は「会津の上杉家に、豊臣家に対する叛意あり」として出陣したはずだった。その間に、佐和山城にいた石田三成が決起した。

このままでは豊臣家を支える家臣が二分してしまうと、茶々はわかっていた。だが、どうしていいかわからなかった。

もし、ここに寧がいたら……と思わずにはいられない。きっと、あの微笑みで双方の間を取り持ち、戦を回避できたかもしれない。戦になったとしても和議へ持ち込めたかもしれない。そう思った時、茶々は「あ！」と小さく叫んだ。

ひょっとして、家康はそれをわかっていたのではなかろうか？

寧が大坂城にいる限り戦はできない、と。

「秀頼様の御為に」と言いながら、家康は秀吉が秀頼のために遺したものを戦によって決定的に分裂させた。それは成り行きなどでは決してなく、寧が大坂城を去る時からすでに考えていたのではなかろうか。

（そうだとしたら……）

千の輿入れの先延ばしも、西の丸の天守閣も、三成の大坂城退去も、そして、治長の流罪も。それら全てを、家康は、あのゆったりとした振る舞いと言葉で、巧みにくるめた。相談できる人もいない中で、茶々はそれに頼るしかなかった。

がくりと手をつくと、次第に体が芯から震えていくのを感じていた。家康は間もなく戦勝を掲げて大坂城に入城するだろう。これから先、家康は豊臣家をどうするつもりなのか、自分と秀頼はどうなるのか。「畏まりましてございます」と言っていた家康の顔が、今の茶々にはもう、歪んで見える。

この不安を誰にも言えない孤独の中で、震えが止まらなかった。

「母上」

茶々はその声に振り返った。

隣の部屋から襖の隙間に顔を覗かせて、秀頼が不安げにこちらを見ていた。茶々は平静を装い、笑みを作って手招いた。

「いらっしゃい、秀頼」

胸に飛び込む秀頼を両腕で抱き止めた。秀頼が心配そうに茶々を見上げて言った。

「どうしたのですか？　どこか痛むのですか？」

茶々は首を横に振ると、秀頼のやわらかな黒髪に顔を埋めた。胸いっぱいに吸い込んだ愛しい子は、治長と同じ匂いがした。遠く離れてしまったぬくもりを追い求めるように、茶々は秀頼の小さな体を抱きしめ続けた。

四

合戦後、治長は流罪を解かれたが、家康のもとに身柄を据え置かれていた。家康に付き従い、関ヶ原から近江国の大津城を経て大坂へ戻ると、そのまま家康の居所である西の丸に入った。

しかし、治長は戦勝も帰坂も喜べなかった。

「家康殿、いったいどういうおつもりですか！」

家康の御前に呼び出された治長は、憤りのあまり用件を聞く前に、強い口調で訴えてしまった。そばに控える家臣が「無礼であるぞ」と身を乗り出す。家康は「よいよい」と制すると、治長に問い返した。

「はて、何のことであろう？」

家康を相手に憤ってしまった自分を落ち着かせるように、治長は一呼吸してから答えた。

「戦の勲功差配のことでございます」

勝った東軍についた大名や武将には、勲功として新たに領地が与えられた。ところが、その与えられた領地の大半は、豊臣家が所有している土地であった。その結果、秀吉から受け継いでいた秀頼の所領は、摂津《せっつ》、河内《かわち》、和泉《いずみ》の三国のみとなってしまったのだ。

「これでは秀頼様は、もはや一大名にすぎぬ存在になってしまいます。家康殿は秀頼様の御為に戦ったのではないのですか」

「そうよ、秀頼様の御為に戦ったのじゃ。ゆえに豊臣家の領地を削ってでも恩賞を与えねばなるまい」

「そんな！」

治長の抗議に対して、家康は少しも動じない。その態度に、治長は浮かび上がった疑念を口にした。

「まさか……最初からそのおつもりだったのですか？」

豊臣家の領地を削るためにこの戦を起こしたのではあるまいか。遡れば、治長配流の要因となった家康暗殺未遂が、家臣たちを分裂させ、この戦を誘発する布石だったのではないか。

そうは思いたくなかった。家康は治長を高く評していた。自分を認めてくれた人に騙されたとは、思いたくなかった。違うと否定してほしい、治長は願望を込めて家康を見た。

家康は治長を見返して、笑みを浮かべた。

「だとしたら、何が悪い？」

その言葉に、憤りを通り越して茫然とした。

「わしはそなたへの文に書いたはず。〈豊臣家臣内の分裂をただす戦で、この家康とともに秀頼様の御為に戦おう〉と。わしはその戦で勝った。そうであろう？」

「………」

「ゆえに、ただしいのは、わしじゃ」

「ただしい……」

偽りは、言っていない。秀頼様の御為にどちらが正しいのかを糾《ただ》す戦で、家康は勝ったのだ。そして自分は、家康の言葉に応じて戦った。

「関ヶ原で、治長殿は実に勇猛果敢であったと軍目付《いくさめつけ》から聞いておる。どうじゃ、治長殿、これからはわしの家臣として、その力を尽くさぬか」

治長を見つめる家康の眼差しは穏やかさすらたたえている。その落ち着いた居ずまいが、安土城の信長の御前で出会った時の姿に重なる気がした。あの時、家康の姿には信長のように上から押さえつけるものを感じなかった。それなのに、信長に引けを取らぬ威厳を覚えたのは、なぜか。

（上から押さえつけるのではなく、その両腕を大きく巧みに広げ、気づいた時には全てを飲み込んでいるのだとしたら……）

家康の眼差しに、初めてぞっとするものを感じた。

「私はそのような……」

そのようなつもりで味方したのではない、とかろうじて言おうとする治長を、家康は笑顔のまま遮った。

「もうこの話はよかろう。それよりも、治長殿をここへ呼び出したのは、そなたに会いたがっている者がおるからじゃ」

「会いたがっている者？」

家康の合図で家臣に連れてこられた人の姿を見て、すぐには声が出せなかった。

「治長様……」

「……さ、小枝」

掠れた声が、喉の奥から出た。

治長に名を呼ばれた小枝は、その場で立ち尽くしたまま泣き出してしまった。手には、小さな男の子の手が繋がれていて、その子は不思議なものを見るように、指をくわえてきょとんとしている。

「……弥十郎、か？」

小枝は涙になって言葉が出ないのか、こくこくと頷くだけだ。

「どうして、家康殿が小枝を……」

治長の肩に、家康が優しく手を置いた。

「小枝殿は、人づてに治長殿がわしと西の丸に入ったと聞いて、けなげに訪ねて来たのじゃ。まこと、そなたは良き妻を持ったのだな」

家康はそのまま治長の耳元に口を寄せて囁いた。

「茶々様との柵《しがらみ》を断ち、わしのもとで妻と子と、まっとうに生きた方がいい」

家康の吐息まじりの囁きに、全身が粟立《あわだ》った。治長が茶々から離れられない本当の理由を、言いたいのではないか。家康は小枝が訪ねて来たと言ったが、治長を茶々から引き離すために、家康が小枝を連れて来たとしか思えなかった。

治長の肩に置かれた家康の手が、ゆっくり腕を撫でるように下りていく。

「わしは、そなたと出会った時から、茶々様に身を捧げる姿に惹かれていた。その憐れな忠誠心が、欲しいと思った」

「………………」

「わしに従って生きた方が、楽であろうに……」

今ここで、家康の誘いを諾すれば、自分は小枝と弥十郎とともに家康の家臣として生きていくことになる。その道の行く先にあるものを、治長は頰を引きつらせて言った。

「私は、茶々様と秀頼様を敵にすることは、できません」

「わしがいつ、茶々様と秀頼様を敵にすると申した？」

家康は、囁きをやめない。

「わしは、秀頼様の御為に戦い、勝ったのじゃ。治長殿も、それが、正しいと思うて、戦ったのであろう？」

その言葉に抗うことができぬまま、気づいた時には、治長の半身は家康の両腕に包まれていた。

「徳川の使者として本丸に登城し、秀頼様と茶々様に戦勝をご報告せよ。そして、そなたの帰りをけなげに待っていた妻を大切にしたいと、申し上げればよいのじゃ」

囁かれ続ける言葉は、治長の四肢に絡みつくようだった。それを振り払うことができないまま、治長は顎先を僅かに動かして、小枝を見た。

小枝は弥十郎を膝に抱えて座り、思いつめた表情で治長をじっと見ている。その目は、流罪になって旅立った日と同じく、赤く潤んでいた。

（ああ、私の行きたい場所は、ここだったのか……）

流罪になってから自問自答し続けた「このままでいいのだろうか？」という問いの答えを、出すべき時が来たのだと、そう確かに思った。


治長は小枝と弥十郎とともに家康の御前を退出すると、久方ぶりに二の丸の自邸に戻った。部屋の匂いに懐かしさを覚えて、ようやく深い息ができるような気がした。

「寧様のお計らいで、私と弥十郎はこの邸にとどまることができました」

寧の気の利かせ方に改めて感服しながら、丸一年も離れていた場所を見回した。日々の暮らしのために家財などを手放したのか、もともと簡素な暮らしぶりだったのが一層つましくなっている。それでも庭の籬垣には白い小菊が綺麗に咲きそろっていて、小枝がここを守っていてくれたことが感じられた。

「苦労をかけたな」

小枝は「いいえ」と首を振った。

「治長様を、お待ちしておりましたから」

「……そうか」

「それに、合戦が起こるまでは信繁様が時折訪れては、弥十郎の相手をしてくださり、何かと気にかけてくださいました」

「信繁が……」

信繁は父の真田昌幸に従って西軍に味方して、信濃国上田《うえだ》城で徳川秀忠の進軍を阻んだため、高野山へ追放になったと聞いている。

負けた西軍の大将石田三成は斬首の沙汰となり、西軍についていた大名や武将の多くは家康の差配で領地を没収され、蟄居や配流に処された。秀吉が秀頼のために遺した豊臣家臣団の構造は、この合戦によって崩壊したといっていい。

この渦中で家康の意によって登城する治長のことを、茶々はどう受け取るのだろうか。それを案じながら身支度を始めた。

治長の袖を、小枝がそっと摑んだ。

「少し休まれては？」

見上げる小枝の表情は、不安が滲んでいる。

「ここから本丸までは離れてはおらぬ。すぐ戻る」

「ほんとうでございますね？」

「…………」

小枝は袖を摑んだまま、治長の腕に額を押し当てて消え入りそうな声で言った。

「もう、治長様がいなくなってしまうのは……いやでございます」

治長は安心させるように微笑を作り、小枝の肩に手を置いた。


登城した治長は、表御殿の謁見の間に通された。

茶々と秀頼の御成りを待ちながら、障壁画や欄間の彫刻に天井絵など、秀吉好みの煌びやかな装飾を眺めた。流罪になって以来の大坂城にいざ登城すると、やはりどうしても感慨深いものが溢れてきてしまう。

「御成りでございます」

小姓の告げる声がして、背筋を正して平伏した。茶々の打掛の衣擦れの音と、秀頼の軽い足音が聞こえる。

「おもてをあげよ」

秀頼の声がして、治長は「は」と短く答えて顔を上げた。視界に、この一年でまた一段と成長した秀頼の姿が入った。その隣には淡縹色の打掛を纏った茶々が座っていた。

「会いたかったぞ、治長」

　茶々の素直な言葉に、どきりとした。治長を見つめるその顔には、再会した安堵と喜びが満ちている。

「茶々様……」

　時が戻ったかのような、かつてのようにたわいもない話で笑い合える、そんな気さえした。茶々に見入ったままの治長に、茶々の方から口を開いた。

「此度《こたび》の戦のこと、秀頼も私もひどく心を痛めておる。治長は、配流先から家康殿のもとに参じて戦ったのだな」

　治長は現実に引き戻された。

「家康殿のご厚意により、流罪も解かれここへ参った次第です。……家康殿とともども、秀頼様の御為に戦い抜きました」

「無事で何よりであった。……治長が家康殿に従ったと聞いた時は、そなたのことだ、流罪の負い目から無謀な戦いをして討ち死にしてしまったらと、心配でならなかった」

「当たらずといえども遠からず、でございます」

　茶々は微笑して頷き返した。

「これからは、晴れてまた大坂城で……」

「そのことでございますが」

治長は言葉を遮った。しかし、遮ったはいいが、その先が出なかった。茶々に告げるべき言葉を見失ってしまったのだ。

茶々が治長に見せた安堵と喜びの笑顔が脳裏から消えない。それを振りきるようにうつむき、思い出そうとした。治長の腕に額を押し当てていた小枝の姿、きょとんと治長を見つめる弥十郎の顔……。

（小枝は、こんな私をずっと待っていてくれたのだ）

秀頼もいる前で、自分の思いを伝えうる言葉を懸命に探した。

「私はかつて、茶々様に誓いました。何があろうとも茶々様のために生きたい、と。その時の気持ちに、嘘も偽りもありません」

「………」

「ですが、今やあなた様は豊臣家の当主秀頼様のお母上様。……秀吉様のお慈悲を受け、誇り高く豊臣家を守ろうとするお姿を見るにつけ、きっと、もう茶々様には……私の誓いなど必要ないのではと、思うようになりました」

茶々は静かに耳を傾けていた。

「流罪を解かれた時、私のことをずっと待っていた妻の姿を見ました。その姿を見て、私は……」

治長は顔を上げ、自問自答し続けた答えをはっきりと言った。

「私はこの先、妻と子のために生きるべきだ、と思いました」

茶々は、表情を変えることはなかった。治長を責めることもなかった。

「……治長がそう望むのなら、私には止めることはできぬ」

茶々は治長から顔をそむけ、声を震わせた。

「〈そうするしか、ない〉……であろう？」

その横顔が、安土城を抜け出したあの日、治長の隣で寂しそうに近江の海を見つめていた姿と重なった。治長は吐息を漏らして目を閉じる。その瞼の裏に、陽の光が揺れる湖が、確かに見えた。

残影に惑う治長を突き放すように、茶々は強く言いきった。

「行くがよい、そなたの望む場所へ」

「……は」

治長は口元を引き締めて深く一礼すると、茶々の御前を下がった。

この大坂城に秀頼と取り残される茶々のことを、振り返ってはいけない。振り返ってしまえば、行きたい場所へは行けなくなるとわかっていた。ただひたすら前だけを見て廊を突き進み、表御殿を出た。

だが、二の丸へ続く桜門まで行ったところで、治長の足が止まった。

この門を潜れば、二度と、茶々の顔を見ることはないだろう。もうあの声に「治長」

と呼ばれることはないのだ。そう思った瞬間、一歩踏み出そうとする足を動かすことができなくなってしまった。

〈治長は、来てくれる？〉

澄んだ声が耳の奥に響く。湖畔を二人で歩いて「幸せの場所」へ一緒に行こうと手を繋いだ。その手のぬくもりがよみがえる。鮮やかに浮かぶ茶々の姿に眩む思いがして、治長は片方の掌で目を覆った。

あの茶々の言葉に、自分は何と答えたのか……。

「……茶々様が望むのならば、どこへでも」

治長はそう呟くと、ははは、と声を上げて笑った。門番の侍が怪訝な顔をするくらい笑っていた。もう、自分の愚かさに、笑うしかなかった。

純粋な心で待ち続けてくれた妻のために、初めてこの腕で抱くことができた我が子のために、これからは生きるべきなのに……。それでも、この想いを断ち切ることができない愚かな自分を、笑うしかなかった。

(私は、あの女《ひと》を独りにすることは、できない)

足が一歩、動いた。その一歩を踏み出した先にある場所が、どんなに愚かで、どんなに救いがないとしても。

そこが、治長の生きたい場所だった。

「茶々様」

謁見の間には、茶々だけが残っていた。脇息にうつ伏していた茶々が、治長の声に顔を上げた。

「治長……どうして」

茫然とする茶々の眦は紅く染まっていた。その姿を見た治長は、躊躇うことなく駆け寄った。

「どうして、治長。どうして戻ってきたの？　あなたは私と一緒にいたら……」

幸せにはなれない、という言葉を、両腕で抱きしめて受け止めた。

「そうだとしてもいい」

治長は、茶々を抱きしめたまま、心の底から込み上げる願いを言った。

「私は、あなたのそばにいたい」

腕の中で茶々の答えは言葉にならなかった。治長にしがみつくようにして泣いている。

この茶々を、もう離したくなかった。

第七章　父と子

一

豊臣家から離反して徳川家につく者が相次いだ大坂城は、かつて秀吉がいた頃の繁栄が徐々にではあるが確実に、遠くなっていた。

その中で大坂城に残った治長の存在は、関ヶ原の合戦から三年を経た今では、茶々の乳母子ではなく、茶々と秀頼を支える重臣の一人として確固たる立場となっていた。

本丸での執務を終えた治長が二の丸の邸に戻ると、弥十郎が待ち構えていた。

「ちちうえ！」

「父上はお城から戻られたばかりでお疲れですよ」

弥十郎の隣で優しく窘《たしな》める小枝は、鮮やかな菊模様の小袖を着ている。それは、所用で都に赴いた際に、治長が買い求めたものだった。

五歳になった息子と、治長の贈った小袖を着て微笑む妻。人から見れば幸せそのものであろう光景に、治長は笑顔を作った。

「よい、戻ったら槍の稽古をつけてやると約束していたのだ」

治長は弥十郎に、先に庭に行くように促した。弥十郎が庭に駆けて行くと、傍らにいる小枝に腰に差した刀を預けた。

「明日は、正装で登城するゆえ、直垂と太刀を支度しておいてくれ」

「濃紺の直垂でよろしゅうございますか？」

「ああ」

そんなありふれた夫婦のやり取りをしながら、治長は思う。

（小枝は、どうして何も言わないのだろう）

家康の誘いを振り切って茶々のもとに戻ることを決めた治長に、小枝は何も言わなかった。全てをわかっていたかのように動揺することも批難することもなく、治長の思いを受け入れ、こうして今も、妻としてのつとめをまっとうしてくれている。

小枝の優しさが、治長には苦しかった。

感情を露わに責めてくれた方が良かったとさえ思う。妻と子を顧みない道を自ら選びながら、小枝と弥十郎を傷つけたくなかった。夫として妻に小袖を贈り、父として息子に武芸を教える。目に見える行為で愛情を装おうとする自分は、卑怯《ひきよう》だった。

「ちちうえ！　はよう来てくださいませ！」

庭先から聞こえる弥十郎の声が、治長を呼び覚ました。「ああ」と答えて庭に下りると、弥十郎に木槍を持たせる。幼子向けに小ぶりに作った木槍とはいえ、弥十郎の体にはまだ持て余すほどに長い。治長は後ろに立って、手を添えながら構えの姿勢を教えた。

「いいか、槍は、突く、叩く、払うが基本だ。槍を取り落とさないようにしっかり持って、相手の穂先から目を離すな」

かつて北ノ庄で勝家から教えられたことを思い出しながら、一つ一つ言葉にしていく。それを弥十郎は真剣な表情で聞き入っている。弥十郎には、自分の知りうる技を全て教えてやりたかった。

関ヶ原の後、豊臣家に仕え続けると決めた治長を、家康は少しも追わなかった。穏やかな声で「ならば、よい」と一言だけ言われた。その言葉の持つ意味が、治長にはわかる。引き止められなかったということは、敵になったということなのだ。家康との戦いが来る時のために、弥十郎には己の身を己で守れる術《すべ》を身につけてほしかった。

だが、そんな父親としての感情さえも、償いのように思ってしまう自分がいた。時折、自分が向き合っているのは、息子なのか、背負っている罪なのか、わからなくなる。

少し稽古をつけたところで、治長は手を止めた。

「ちちうえ？」

弥十郎が小首を傾げた。ちょうどその時、門の方に城の使いの者がいるのが見えた。

使者に視線を送って気づいたことを示すと、使者は一礼して門を潜り、治長の前に跪く。

「婚礼の件で、徳川方より文が届きました。秀頼様が、急ぎお呼びにございます」

弥十郎の黒々とした目が、治長を見たのに気づいた。だが、即答した。

「うむ、すぐ参る」

秀吉の遺言であった秀頼と千との婚礼が、いよいよ動き始めていた。今まで徳川方は、秀頼も千も幼いという理由で先延ばしにしていた。だが、秀頼は十一歳となり、その言い訳は、もう通用しなくなっている。秀吉の遺言に従い徳川家の姫を輿入れさせることは、豊臣家の権威が変わらぬことを強調することにもなる。豊臣家としては、この婚姻をなんとしてでもまとめる必要があった。

「ちちうえ、槍のけいこはもうしないのですか」

弥十郎が、寂しそうに治長を見上げた。返答に困っていると、視界の端に鮮やかな菊模様が映った。顔をそちらに向けると、小枝が簀子縁に控えていた。登城を促す使者に気づいていたのか、小枝はすでに治長の刀を捧げて待っている。治長は弥十郎の手を引いて小枝のもとへ連れて行くと、刀を受け取り腰に差した。

「急ぎ登城することになった」

「お気をつけて行ってらっしゃいませ」

小枝は手をついてそう言うと、治長の隣でうつむいている弥十郎を招いた。

「弥十郎、そなたも父上をお見送りなさい」

弥十郎は、顔を真っ赤にしてぷいっと顔を背け、邸の裏手の方に駆けて行ってしまった。その態度に小枝は「まあ」と顔をしかめた。

「父親に向かってあのような……。あとでよく言って聞かせます」

「よい。……すまなかった、と伝えておいてくれ」

治長は足元を見下ろした。小枝と弥十郎と過ごす時が、どれだけ穏やかなひと時であっても、翳は変わることなく治長の体から落ちていた。茶々と不義を犯したことで生まれた翳は、永劫消えることはない。この翳を引きずりながら、妻と子に優しくあろうとしている。自分が抱える矛盾に、苛まれていた。


その年のうちに千の輿入れの話はまとまり、豊臣家と徳川家の婚儀が行われる日となった。

茶々は待ちに待った姫の姿に、喜びの声を上げた。

「まあ、なんてかわいらしいこと！」

目を細める茶々の視線の先には、御殿船から婚礼衣装の裾をからげて降りてくる、七歳の千の姿があった。千は家康の滞在する伏見城から船で淀川を下って大坂へ向かい、そのまま大坂城の水堀を経て入城したのだ。

本丸の舟入まで出迎えると言い出した秀頼は、初めて会う妻を少しでも早く見たかったのだろう。茶々の隣で、可憐な千の姿に赤くなっている。

船には徳川と豊臣双方の家臣だけでなく、千の母である茶々の妹、江が同乗していた。晴れ着姿の千の足元を気にするようにしている江に、茶々は声を掛けた。

「江、よう参ったな」

その声に江が顔を上げた。

「姉上……」

江はすっかり落ち着きのある母の姿となっていた。だが、茶々を見た途端、その目が涙で滲んだ。江は慌てたように「このようなおめでたい日に、泣いてはなりませんね」と、その涙を袖で拭うと、茶々の隣にいる秀頼に視線を向けた。

「あなた様が、秀頼様でございますね」

秀頼は背筋を伸ばして、しっかりとした声で答えた。

「はい、豊臣秀頼でございます。千姫と義母上《ははうえ》様にお目にかかれて嬉しゅうございます」

「まあ、なんと頼もしき若君様であること」

江は秀頼の利発そうな顔立ちや、しなやかな四肢を見て、感心したように目を瞠る。

「皆様、本丸御殿へ参りましょう」

出迎える豊臣直臣の先頭に控えていた治長が、頃合いを見計らって茶々たちを促した。

「そなた、治長か？」

壮年の家臣となった治長の姿に、江は驚きの笑みを見せた。その笑みに、治長も微笑んで返した。

「お懐かしゅうございます」

「この婚礼にも、治長が、尽力してくれたのであるな」

「は、豊臣家と徳川家の末永い繁栄を、願う一心でございます」

豊臣家重臣として、少しの瑕《きず》もない口上だった。

「姉上に、治長に……。幼い娘を嫁に出す心細さが、少し和らぎました」

懐かしい顔ぶれに、江は安堵した表情を見せていた。

その後、一行が奥御殿へ入ると、秀頼と千は形ばかりの婚礼を挙げた。

婚儀の間は、秀頼と千は緊張したように言葉を交わすこともなかった。だが、儀式を終えて、晴れ装束から解かれた後は、まるで兄妹のようだった。母親の茶々と江だけが見守る中で、笑顔を交わして庭を駆け回る。

その姿に温かな気持ちになる一方で、茶々は一つ不安を口にした。

「しかし、何故《なにゆえ》、婚儀に家康殿どころか、父である秀忠殿まで参らぬか」

江の顔から、ふっと笑みが消えた。

家康は伏見城に残ったまま、秀忠は徳川家本城である江戸城から動く気配すら見せなかった。

「何かと、ご多忙の様子で……申し訳ございません。私からも、婚儀には参るべきだと申し上げたのですが」

江は気まずそうにそう言った。その口調からも、徳川家がこの婚礼を歓迎していないことが察せられた。

家康は、関ヶ原の合戦によって分裂した武家を束ねるためとして、武家の棟梁《とうりょう》である征夷大将軍《せいいたいしょうぐん》の地位を朝廷から賜った。しかし、それはかつての鎌倉幕府や室町幕府の統治に倣った行為であることは、茶々でさえわかった。さらに、江戸城を、大坂城に匹敵する巨城に築き上げ、大坂と江戸との間には目に見えぬ壁ができていた。

その重苦しい雰囲気の中で、江はあどけない娘を大坂城へ送り出すこととなったのだ。江の気持ちを思いやり、茶々は不快な思いを出さぬよう、慎重に言った。

「この縁組は、秀吉様のご遺言にもあったこと。これで、徳川と豊臣が強く結ばれると、私は信じている」

「ええ、私もそのように」

不安そうに答える江に、茶々は気分を変えようとして、かつての姉妹の口調で言った。

「それにしても、あんなに小さかった江も母上様になったとは」

「あの頃が懐かしく、今では遠い夢の出来事のような気がします」

「本当に……」

あの頃は笑っている時も泣いている時も、自分たちのことだけを考えていればよかった。けれど、今はもう、豊臣秀頼の母と徳川家康の孫姫の母になったのだ。己の思いだけではどうにもならないことばかりだった。

茶々は庭で遊ぶ幼き夫婦を見やった。

蜻蛉《とんぼ》を捕まえた秀頼が千の指に乗せようとしている。千は間近で見た蜻蛉の姿を怖がって泣いてしまった。秀頼は困ったように千をなだめながら、逃げた蜻蛉を指差した。

空高く飛んで行く蜻蛉を、並んで見上げる二人の姿に茶々は微笑んだ。すると、不意に茶々の手を江が握った。

「江？」

「姉上、どうか、どうか千を……」

江はそこまで言って声を詰まらせた。

茶々は江の手を優しく握り返すと、確かな気持ちで返した。

「千は私にとって、大切な妹の娘。安心なさい、何があっても守りますよ」

茶々の言葉に、江はうつむいたまま、何度も何度も頷いていた。

二

大坂城で過ごす秀頼と千は仲睦まじく、徳川家も豊臣家を他の大名とは一線を画する姿勢を示していた。しかし、千の輿入れから二年が経とうという頃、徳川方から思いもよらない要望が舞い込んだ。

「将軍拝賀の上洛、でございますか？」

秀頼の傍らで険しい表情をする茶々に、治長は思わず訊き返した。茶々は苦々しい口調で答えた。

「徳川秀忠が二代将軍となったことを祝して秀頼も上洛せよ、という使者が参ったのだ」

「それは……」

豊臣家をまるで一家臣と見なすような要望に、治長も不快感を否めなかった。

この二年の間に、家康は豊臣家を敬う一方で、嫡男である徳川秀忠に将軍職を譲った。今後、徳川家が代々将軍の地位を継いでいくことを、世間に向けて明示したのだ。そればかりか、家康の権限で関白の地位も九条摂関家に与えられてしまい、秀頼は今後、関白にも将軍にもなる道を閉ざされていた。

「どう思う、治長」

投げかけられた問いに、茶々の隣で秀頼も治長の答えを待っている。その真剣な表情に、治長はたじろいだ。が、すぐに平静を装った。

秀頼は十三歳となって、背丈が伸び始め、少しずつ体格や顔つきに大人の兆しが出つつある。その姿に動揺したことを悟られるわけにはいかなかった。

しばし沈黙が漂った後、治長は己の考えを述べた。

「秀頼様はご立派な豊臣家の主でございます。その秀頼様御自らが上洛し、徳川秀忠殿の将軍就任への祝意を示しては、豊臣家が徳川将軍家の臣下となることを内外に示すようなものかと。それを承知の上で、徳川家はこのような要求をしたのだと思われます」

「…………」

「将軍拝賀の上洛は否《いな》とし、祝してほしくば、そちらから大坂城へ登城せよという態度を示すべきかと」

治長にしては強い意見だった。それだけ豊臣家の立場は一歩踏み間違えれば、家康に言葉巧みに搦《から》め捕られて、その罠《わな》の中に落ちていくことを、治長は確信していた。

今や三十七歳の茶々と治長ではあるが、家康には年齢も経験も到底敵わない。家康は武将や大名が群雄割拠する信長の時代から生き抜いてきたのだ。その存在は「豊臣家」というもはや名ばかりとなった権威だけを頼りに立ち向かうには、あまりに強大だった。

茶々は治長の強い意見に押されるように応じた。

「あいわかった。将軍拝賀の上洛は断固としてさせぬ」

秀頼も茶々の言葉に反することなく頷くと、治長に向かって胸を張って言った。

「私は父上から受け継いだ豊臣家を誇りに思っておる。徳川などに屈したくはない。この豊臣秀頼、治長を頼りにしておるぞ」

「……は」

治長は畏まりながら、声変わりの始まった秀頼の声を聞いた。この不安定な音色が、この先どんな声に変わっていくのか。それを想像して、懼れを抱かずにはいられなかった。

三

その後、徳川方はそれ以上の上洛要請をしてこなかった。代わりに家康の六男で十四歳の忠輝《ただてる》が大坂城に登城して秀頼に謁見し、「兄、秀忠の将軍就任」を報告した。

そうして、徳川家と豊臣家の間に大きな波風は立たずに五年の歳月が過ぎていった。

「治長、はよう参れ！」

治長の先を、綾藺笠《あやいがさ》をかぶり、浅葱色の水干に鹿毛の行縢を穿いた狩装束姿の青年が、颯爽《さっそう》と馬で駆けて行く。その、十八歳になった秀頼の背中を追いかけ、治長も馬に鞭《むち》を打った。

　二人は数名の警護の侍と鷹匠《たかじょう》を伴い、大坂城を南に下った阿倍野《あべの》へ鷹狩りに来ていた。放った鷹を追いかける秀頼は、あっという間に草原の向こうへ消えていく。風になびく草の匂いを感じながら、治長は秀頼の背中を見つめた。

　どんどん伸びていく背丈、笑った時の口元、ふとした目つきなど、年を追うごとに自分を見ているような瞬間が増えていく。

（どうして……）

　小柄で痩せぎすの秀吉とは似ても似つかぬ秀頼は、どうして、茶々に似なかったのだろう。

　一方、弥十郎は小枝によく似て色が白く、性格も物静かな少年に育っていた。対照的な二人の姿は、まるで治長の犯した過ちを現しているかのようだった。

　秀頼は弓馬などの武芸の稽古だけでなく、武家の法典である「貞永《じょうえい》式目」を取り寄せたり、「論語《ろんご》」などの儒学書や「文選《もんぜん》」などの漢詩文を読み込んだりしている。誰に恥じることのない豊臣家の当主にならんと研鑽を積む姿を見るにつけ、治長は、よぎる不安を消すことができなかった。

　秀頼は、いつかきっと、全てに気づくだろう。

自分が周りから冷ややかな目を向けられることや、揶揄されることは耐えればいい。だが、秀頼がそれを治長に問い詰めることがあったなら、自分はどう答えればいいのだろうか。

「治長、見よ！」

秀頼の声で我に返ると、馬から下りた秀頼が捕らえた雉《きじ》を掲げていた。治長は下馬すると、賞賛の言葉を述べた。

「お見事にございます」

「うむ！」

秀頼は満足気に頷き、近習に目配せをする。さっと御前に跪いた近習は雉を恭しく受け取った。

秀頼が馬の鐙に足を掛けた時、ふと、何かに目を留めた。そして、何も言わずに歩き出した。

「秀頼様？」

少し慌てて治長が追いかけると、秀頼は、草叢に咲く白い水仙の花の前に屈んでいた。

「いい土産を見つけた。千が喜ぶであろう」

そう言って秀頼は、腰刀に手を掛けた。豊臣家の紋である五七の桐が施された金色の鞘を払うと、水仙を切った。

秀頼は水仙の花に顔を寄せ、その香りに微笑んでいる。秀頼が真っ直ぐに優しい人に育っていることが、せめてもの救いであった。


豊臣家の重臣として多忙を極める治長は、城に宿直《とのい》して邸に戻らない日も多々あった。しかし、あの鷹狩りからしばらく経った日、初めて登城を取りやめた。いつものように邸を出ようとした時、見送る小枝が肩で息をしているのに気づいたのだ。

「どうした、小枝」

「風邪でも引いたのでしょう。どうか、私のことは気にせず出仕なさってください」

小枝はそう言ったが、ふらついてそのまま座り込んでしまった。驚いて小枝の肩を支えたが、触れた体は驚くほど熱かった。

「ただの風邪ではあるまい！」

慌てて呼び寄せた医者の薬は効かず、方々の医者を探して手を尽くしたが、原因はわからず病状は悪くなる一方だった。ついには「安静に養生するほかは手の施しようがない」と匙を投げられた。

小枝は次第に食も細くなり、白湯《さゆ》を飲むのがやっとという状態にまでなってしまった。あまりの衰弱ぶりに、もう少し早く気づいてやればと悔やまれてならない。小枝のことだ。きっと具合が悪かったとしても、忙しく邸を空ける治長に悟られまいとしていたに違いなかった。

治長は神仏にもすがる思いで快復を祈り、小枝に寄り添い続けた。弥十郎も色白の顔を一層白くして、ともに看病した。しかし、その甲斐もなく、小枝は日に日に弱っていった。

弥十郎がおらず、治長だけが枕元にいる時、小枝は治長の手にそっと触れた。

「私よりも、お城へ……」

苦しい息で言う小枝の手を取る。その手は憐れなくらい痩せ細っていた。

「こんなに弱ったそなたを置いて、登城などできぬ」

治長は首を横に振った。少しでも目を離してしまえば、そのまま消えてしまいそうな小枝を置いて行くなど、とてもできなかった。それは正直な思いだった。

小枝の口が動いた。聞き取れなくて治長は耳を寄せた。

「……ちゃ、さま……」

はっとした。「茶々様が、お待ちでしょう？」そう、小枝は言っていた。

「小枝……」

小枝は一度としてそのことで治長を責めることも、恨みを言うこともなかった。出仕する治長を、いつも微笑んで送ってくれた。そうして今も、自分の苦しみを押しやって茶々のもとへ行っていいと言う。

「どうしてそなたは、そんなに優しいのだ……。私はそなたに責められてもしかたがないのに、どうして……」

小枝に対する申し訳なさと不憫《ふびん》な思いで、声が震えた。

小枝のことは好きだった。厭わしく思うことなど、一度としてなかった。だが、それは心の底から欲する愛情ではなく、妻として迎えた以上、この人を幸せにしないといけないという義務感、愛することができない罪滅ぼしでしかなかった。

治長は小枝の手に額を押し当てた。

「すまぬ……こんなことならば、寧様の強い勧めであっても、断るべきだった。そなたは、こんな私ではない男の妻となった方が、ずっと幸せだったはずだ」

「それは、いや」

小枝は、はっきりと言った。

「私は、寧様に言われたから、嫁いだのでは、ありません」

「え……？」

「ずっと、お慕いしておりました」

「……なんだって」

動揺する治長に、小枝は告げた。

「寧様にお仕えし始めた女童の頃から、お姿をこっそり見ておりました。……聚楽第の遠侍で、武芸の稽古をしておられるお姿も、信繁様にからかわれておられるお姿も」

「そんなに前から……」

今さらながら、赤面の思いだった。小枝は「やはり、お気づきになっていなかったのですね」と微かに笑った。その笑みは儚く消えてしまいそうなのに、胸が締めつけられるくらい可憐だった。どうしてこの笑顔に、もっと早く気づいてやれなかったのだろうという後悔が、どっと押し寄せる。

何も言えなくなった治長に、小枝は途切れ途切れに続けた。

「年頃になっても縁談の話を断っていたら、寧様が私の気持ちに、お気づきになってしまわれました。……あの人はやめた方がいいと、言われました。……なぜ、やめた方がいいのかも。でも、それでも、と寧様にお願いして……」

小枝は赤く潤んだ目で、治長を見つめた。

「それが……一度だけ寧様にひどく叱られたこと」

「小枝……」

「私はあなた様の、すべてが、好きだったから」

「すべてが……」

小枝は、治長のすべてを見ていたのだ。茶々への許されぬ想いを抱え、消えない罪の翳を引きずる治長だけでなく、一人の人間としての治長を、ずっと見てくれていた。

（それなのに、こんなにも一途《いちず》に想ってくれるこの人を……私は愛することができなかった！）

治長は、痩せてしまった小枝の体を、覆いかぶさるようにして抱きしめた。

「死なないでくれ、小枝！」

自分の生き方を認めてくれるこの人を失いたくないと、心から思った。そして、その想いを抱くのが、遅すぎたということも……。

小枝はその翌朝、治長と弥十郎が見守る中で、想いを遂げたような顔で息を引き取った。

四

小枝の喪が明け、治長には再び大坂城で忙殺される日々が戻った。その忙しさに、小枝を失った哀しみと虚しさを紛らわしていった。

その翌年、新しく即位した天皇に謁見するために上洛した家康から、これを機に都で秀頼と会見をしたい、という申し出があった。

「今回は、拝賀ではなく会見だ、と家康殿は強く申しております。秀頼様に久々に会ってゆるりと話がしたい、と」

使者の旨を治長が告げると、茶々は脇息にもたれて思案顔になった。

「家康殿は寧様にも働きかけたようで、寧様からも、ぜひ秀頼様には上洛をさせるように、とのお言葉がありました」

「私にも直接、文が来た。寧様も家康殿とともに秀頼に会いたいと。老いた母が久しぶりに息子に会いたいと思う気持ちだと察してくれ、と」

茶々が家康の申し出を以前のように撥ねつけないのは、寧の言葉があるからだろう。

寧は都に隠棲して以来、秀頼に会っていない。赤子の頃から母のように秀頼の成長を見守ってくれた寧の気持ちを、茶々は無下にはできないに違いない。それをわかって、寧に働きかけた家康はやはり巧みだった。

秀頼は十九歳になっていた。豊臣家の主として、どこに出しても恥ずかしくない聡明《そうめい》な青年になり、清廉な振る舞いに若い側近たちの信望も篤《あつ》い。家康としては、その秀頼の人となりを目で見て確かめたい、という思いがあるのだろう。

（しかし、家康殿はひょっとしたらそのまま……）

「殺すつもりではなかろうか」

治長が思っていたことを、茶々が口にした。

「そのようなことになれば、私は……」

脇息に添えた手を強く握り締めて茶々が声を震わせた時、部屋に涼やかな声が響いた。

「参ろうではないか、京の都へ」

はっとして、二人がその方を見ると、笑顔の秀頼が立っていた。

「久しぶりに、まんかかさまにもお会いしたい。それに、父上がお作りになった方広寺の大仏を、一度拝みたいと思っていたのだ」

幼い頃の懐かしい名で寧を呼び、父、秀吉を偲《しの》びたいと言う秀頼を、茶々も治長も止めることはできなかった。

不安な眼差しを向ける茶々に、治長は気持ちを強くして言った。

「ご立派に成長なさった秀頼様のお姿を、家康殿に披露する良い機会かもしれません。豊臣の権威を家康殿だけでなく都人にまで示すためにも、秀頼様には堂々たる行列を組んで上洛していただきましょう」

「そうか……。うむ、そうであるな」

頷きながらも、茶々はまだ懸念を表情に滲ませている。

「この治長が付き従い、何があろうとも秀頼様をお守りしますゆえ」

そう言い聞かせると、茶々も「それならば」と、頷いて応えた。

そうして桜が舞い散る季節に、秀頼上洛の日を迎えた。

まだ少し冷たい春の風に、大坂城の水堀に舞い落ちた桜が、花筏《はないかだ》になって揺れている。その水面に、秀頼の乗った船が本丸の舟入からゆっくりと漕《こ》ぎ出《い》でた。船には治長も同乗し、そばに控えていた。

秀頼は船べりに流れゆく景色を、楽しそうに見やって言った。

「いつもは本丸から見下ろしている水堀も、こうして見るとまるで別の景色のように見える」

遠出をすることがほとんどない秀頼にとって、この上洛は家康との対面という難儀以上に、若者らしく心躍るものがあるのだろう。治長はその気持ちを汲み取って、船べりから身を乗り出さんばかりに景色を眺める秀頼を諫めはしなかった。

「まこと、美しい城だ！　こうして、桜に彩られた水堀から見上げると、なお美しい。きっと、父上は攻める敵にこの城の美しさを見せつけることも、お考えになっていたに違いない」

秀頼は花霞《はながすみ》に浮かぶ大坂城の天守閣を見上げ、誇らしげに言った。

「さすがは、父上の城だ！」

秀頼を乗せた船は、淀川を遡った。船中での一泊を経た一行は、翌早朝、鳥羽《とば》まで出ると、そこで家康の九男義利《よしとし》と十男頼将《よりのぶ》に丁重に出迎えられた。そこからは陸路で行列を組み、家康の待つ二条城《にじょう》へ向かった。

都入りすると、豊臣秀頼の行列を一目見ようとする人々が、道の両側に貴賤《きせん》を問わず群がっていた。

「なんと麗しい若君様じゃ」

「あの御方が、太閤秀吉様の御子か」

「豊臣家の威厳は今も変わらぬなあ！」

秀頼は胸を張って観衆の中を騎馬で進んで行く。その姿を治長は追随しながら見守った。

秀吉の遺した、金糸と銀糸で刺繍された飛雲の紋様の胴服を、秀頼は羽織っている。豪奢な衣をすっきりと着こなして、金覆輪《きんぷくりん》の鞍《くら》を載せた葦毛馬に跨る姿は、栄光ある豊臣家の当主としての風格を漂わせていた。その秀頼を囲み守るように直臣の騎馬が連なっていく。治長も濃紺の直垂に太刀を佩《は》き、侍烏帽子をかぶった正装で粛々と従っていた。

物見の群集は二条城まで途切れることなく続き、秀頼はその賞賛の眼差しの中で入城した。通された二の丸庭園は、池や中島に趣のある巨石が配されて、静かな水面には松の緑がよく映えている。その池のほとりで、家康自らが秀頼を出迎えた。

「秀頼様、久しく見ぬ間にご立派になられて！　お年は幾つになられましたか」

「十九です」

家康は相好を崩した。

「いやはや、時の流れが早いとはまさにこのこと。この家康も年を取るわけでございますな」

どこかで聞いた言葉だな、と治長が秀頼の背後で思っていると、それを見透かしたように家康が微笑みかけた。

「治長殿も、今や豊臣家にとって、なくてはならぬ重臣になられたか」

「は……」

治長は気まずく答えた。家康はさして気に留める様子もなく、一段と明るい声で秀頼を誘った。

「さあさあ、さっそく御殿に参りましょう。寧様も今か今かとお待ちでございますぞ」

家康は秀頼を促し、一行は二の丸御殿に入った。治長は秀頼の後ろに付き従いながら、家康が上洛時の将軍宿泊所として築いた二条城の装飾を眺めた。極彩色の唐獅子《からじし》や鶴が舞い踊る欄間に、眩しいほどに金箔が貼られた襖絵。長押《なげし》を突き破るかのごとく勇壮に描かれた松の根元には、優美な孔雀《くじゃく》が羽を休めている。贅を尽くした徳川の城は、どこか、かつての聚楽第の栄華を彷彿《ほうふつ》とさせるものがあった。

「秀頼殿！」

部屋に入るなり、寧の喜びの声が上がった。

出家して今は高台院《こうだいいん》と呼ばれている寧だが、尼姿になってもその表情は、愛らしさを失っていなかった。

「まんかかさま、お久しゅうございます」

すっかり大人の男になった秀頼に「まんかかさま」と呼ばれ、寧は顔を綻ばせた。家康の前であることも忘れたかのように「背丈は茶々殿をも超したであろう？　手を見せておくれ。まあ、こんなに大きな掌になって！」と秀頼の成長を称える。その様子を、家康は口を挟むことなく、目を細めて見ていた。

治長は秀頼の背後に控えていた。その隣には、秀吉の母方の血筋につながる加藤清正《かとうきよまさ》や、寧の縁戚に当たる浅野幸長《あさのよしなが》などの豊臣恩顧の武将たちが、この会見を見守るように同席している。

さすがにこれだけの人々が見守る中で、しかも寧もいる前で秀頼を害したりはしまい。その錚々たる顔ぶれを見て思ったが、油断はならなかった。家康のそばには徳川の家臣が少しも笑むことなく居並んでいる。治長は神経を研ぎ澄まして、家康の一挙手一投足を見逃すまいとしていた。

寧の熱烈な歓迎もようやく一息つき、改めて秀頼と家康は向き合った。

「茶々様はいかがお過ごしか」「千の様子は変わりませぬか」「鷹狩りの腕前は上がりましたか」など、しばし当たり障りのない歓談が続き、寧が心地よい相槌《あいづち》を打っている。

秀頼はよく通る声で言った。

「やはり京の都は華やかです。この二条城もまこと都にふさわしい」

「いやはや、秀吉様のお築きになった聚楽第や大坂城の壮麗さにはとても及びません」

家康は謙遜の言葉を述べながらも、その表情は誇らしげだ。

「そうじゃ、庭の桜木は今がまさに盛りであった。ぜひご覧くだされ」

気を良くした家康は控えていた家臣に目配せをして、部屋の障子戸を開けさせた。

障子戸が開くとともに部屋の奥まで春の風が吹き込み、咲き乱れる紅枝垂れ桜の花房がたおやかに揺れた。誰もが感嘆の息を漏らし、治長も、ひと時、緊迫から放たれる心地がした。

ふうわりと、風に乗って薄紅色の花びらが秀頼の前まで舞い込んだ。秀頼はその花びらを拾い上げて言った。

「懐かしい」

「懐かしい、でございますか？」

怪訝な顔をした家康に、秀頼は首肯して続けた。

「わしは、桜が好きじゃ」

「……？」

「我が父、秀吉公は、亡くなる前、桜木の下で私を抱き上げてそう言ったのです。桜は散っても時が経てば必ずまた花を咲かせる。……花は決して人を裏切らぬ、と」

掌に花びらを載せたまま、秀頼は家康を真っ直ぐ見据えた。

その秀頼の眼差しに、家康はごくりと唾を飲み込む。

部屋に、桜の花枝が風に揺れる音が聞こえるくらいの静寂が漂った。

いつしか家康の顔からは微笑が消えていた。家康は秀頼から視線を枝垂れ桜に移すと、深い吐息とともに言った。

「秀吉様は、実に良き跡取りを残された」

秀頼と家康は、二言、三言、秀吉の思い出を穏やかに言い交わすと、会見を終えた。

退室しようとする秀頼に、寧が駆け寄った。

「秀頼殿、また上洛する折には私のいる高台寺にもいらっしゃい。東山の裾野にあるゆえ、晴れた日には茶室から大坂までも見えますよ」

「ええ、いつかきっと」

そう言って微笑んだ秀頼の手を、寧が掴むように取った。少し驚いたように、秀頼は目を見開いたが、寧は手を握ったまま念を押した。

「いつかきっと、ですよ」

寧の声は、少し離れて見ていた治長の耳にもしっかりと届いた。「いつかきっと」という淡い言葉を握りしめるように、寧は秀頼の手を離さなかった。

治長の傍らにさりげなく家康が寄った。そのまま家康は耳元で囁いた。

「安土城で見たそなたの目に、よく似ている」

治長は家康が言わんとすることに、はっとして視線を向けた。家康は秀頼の方を見たまま、惜しむように言った。

「茶々様のために信長様の殴打を受けるそなたの姿が憐れでならなかった。その危ういくらいの忠実さに惹かれさえした。ゆえに、手を差し伸べてやったというのに……。そなたは、わしの腕を振りほどいてしまった」

家康は治長に向き直り、大仰なため息をついた。

「正しきものに従っていればよかったものを」

「私は、間違っているとは思いません」

治長は即座に言い返した。しかし、家康は微塵も動じない。

「やはり、そなたは茶々様から引き剝がしておきたかった。そなたのような愚かな者は、死ぬまで主を守るであろうからな。困ったものよ……潰すのに、手間がかかる」

家康の蔑んだ笑みを、睨みつけた。

「治長、何をしておる。はよう参れ！」

秀頼の明るい声に呼ばれた治長は、家康に黙礼をすると敢然と秀頼の方へ歩いた。その背中に、家康はもう何も声を掛けてこなかった。

二条城の唐門を出ても、気を緩めるわけにはいかなかった。

今まで、家康が豊臣家に対して穏便な態度を保っていたのは、秀頼が幼かったがゆえのことなのだ。成長した秀頼の姿に、家康の焦りが見えた。それを感じたのは、治長だけではあるまい。あの場にいた、寧も、群臣も、きっと秀頼自身も感じ取っていたに違いない。

そう時を経ずして、家康は豊臣家を潰しにかかるだろう。それは、単に失脚させ、没落させるだけではない。その両腕を大きく広げて、気づいた時には全てを飲み込んでいるのが家康のやり方だ。巧みに言葉を操り、豊臣家という存在を、そこにいる者の生き方を、正しきものに従わなかった愚かなものとして塗り替えてしまうだろう。

治長はそれに何としてでも抗いたかった。

憤然たる思いで秀頼の騎馬の後を追っていると、都の景色を楽しむように眺めていた秀頼が笑顔で振り返った。

「治長！　船に乗る前に、方広寺へ参るぞ」

「は……」

そういえば、秀頼は秀吉が建立した方広寺大仏殿を見たいと言っていた。家康との対峙ですっかり忘れていた。治長としては一刻も早く大坂城へ戻りたいくらいだったが、秀頼は轡《くつわ》を取る侍に「方広寺に参るぞ！」と声を弾ませている。治長は小さく息を吐いてそれに従った。

しかし、程なくして到着した方広寺の境内の光景に、治長は言葉を失った。隣に立つ秀頼も唖然としている。治長はあまりの気まずさにうつむいた。

「どういうことだ、これは」

秀吉が築いた壮大な大仏殿は焼け崩れ、真昼の陽の下に晒された大仏も焼け焦げて原形をとどめていなかった。前触れのなかった秀頼の訪問に、慌てて出迎えた僧侶が冷や汗をかきながら言う。

「先年の地震で大仏殿は崩れ、火災に遭ったまま再建の見込みがなく……」

「何故だ！　何故、父上の遺された寺がこのような姿を晒しておる！　治長は知っていたのか！」

「は、地震で大仏殿が損じたということは存じておりましたが、ここまでとは……」

治長は語尾を濁した。関ヶ原で領地を削られた豊臣家の財政を考え、修繕を後回しにしていたことは確かだ。しかし、治長もこのありさまを初めて目の当たりにしたのだった。正直ここまで酷い状況だとわかっていたら、秀頼の参拝は何としてでも阻止しただろう。

秀頼は悔しそうに大仏殿を睨みつけた後、治長に向かって強い口調で言った。

「大坂城に戻ったら、ただちに方広寺大仏殿の再建を命じる！　父上がお好きだった金をふんだんに施した立派な大仏殿と大仏を、私が再びここに築き上げる！」

「しかしながら秀頼様、今の豊臣家は……」

「父上が私に遺してくださった数万両の金銀があろう！」

「ですが……！」

家康がいつ不穏な動きを起こすかわからぬのだ。来るに違いない戦に備えて、秀吉の遺した財は温存しておくべきだ。そう主張しようとした治長を叩き払うかのごとく、秀頼は一層強い口調で言いきった。

「治長には私の気持ちがわかるまい！」

「……！」

秀頼の目は大好きだった父、秀吉を想う涙で潤んでいた。その口元を引き締めた表情に、治長は悟った。

(秀頼様は、もう察しておられるのだ)

自分の姿形が、亡き父に似ても似つかぬことを。

それでも豊臣家の主として立ち続けなければならない秀頼の苦悩は「父、秀吉」の威光にすがりつくことでしか救われぬのだ。その拠り所であるべき威光が、無残な姿を晒している。

秀頼は震える指先でぐっと拳を握りしめると、荒らげた声を抑えて言った。

「許せ。……私は、誰が何を言おうとも、この大仏殿を再建する」

「……は」

もう秀頼を諫めることはできなかった。秀頼は険しい表情のまま方広寺を退出し、治長はその背中を無言で追った。

　一行は来た道を辿り、鳥羽から再び船に乗り込んだ。

その日のうちに大坂城へ戻ると、治長は秀頼を本丸の表御殿まで送り届けて、夕刻、自邸へ下がった。

　邸に戻ると、疲れが一気に襲った。邸の入口の式台に腰を下ろすと、立ち上がるのも億劫《おっくう》になる。そのままうなだれていると、弥十郎の声がした。

「父上、おかえりなさいませ」

　振り返ると、小枝が迎え出ていた場所で、弥十郎が治長を迎えていた。

　そういえば、自分は弥十郎くらいの年には元服をしていたなと思い起こし、ふと、弥十郎の前髪の生え際が、小枝と同じ形をしていると気づいた。

（こんなところまで似ているのか……）

「父上？」

　小首を傾げた弥十郎に小枝の面影を重ねて、自分が父親であることに、改めて向き合うような気がした。

　小枝は、治長の抱える過ちも含め、治長のすべてを好きになってくれた。だが、その想いに応えたくても、小枝はもうここにはいない。儚く消えてしまった小枝の笑みを思い浮かべながら、治長は弥十郎に微笑みかけた。

「弥十郎も、そろそろ元服する年だな」

「……元服をしたら、登城にも、上洛にも、父上とご一緒できますか？」

弥十郎の真剣な面持ちに、はっとした。それは、弥十郎と過ごす時よりも豊臣家のために尽くす時の方が長かったことを言い表していた。こんな自分を父と呼ぶけなげな子を、たまらず抱き寄せた。治長の抱擁が思いがけなかったのか、弥十郎は治長を見上げた。

罪業の翳は消えない。けれど、大切にしたいものは守らなければ消えてしまうのだ。

今、自分がするべきことは、消えぬ翳に怯え、過去に引きずられて立ち止まることではない。弥十郎のため、秀頼のため、茶々のため……自分が大切にしたいと思う人のために、あらん限りの力を尽くすことだ。

治長はそれを、償いだとは、思わなかった。

(それが……私の生き方だ)

行く末にどんな運命が待ち受けていようとも、それが自分の選んだ道なのだから前へ進めばいいのだ。

五

茶々は大坂城の奥御殿で、秀頼から長々とした漢文を見せられた。

「母上、どうですかこの見事な銘文は！」

「これは？」

問い返す茶々に、秀頼は胸を張って答えた。

「方広寺の梵鐘《ぼんしょう》に刻む、漢文です」

「ああ、方広寺の。ついに、落成供養になるのじゃな」

秀頼は二条城での家康との会見を経てからというもの、方広寺大仏殿の再建に金銀を惜しむことなくつぎ込んだ。三年の月日を費やして、ついに秀吉の栄華を偲ぶ壮麗な大仏殿と金銅で鋳造された大仏を完成させたのだ。さらに、秀頼は大仏殿に見合う巨大な梵鐘も鋳造し、来る八月の秀吉の十七回忌に合わせて披露する運びとなっていた。

その梵鐘に刻まれた鐘銘文の写しを見せられた茶々は、微笑ましく頷き返したものの、あまりに細かな字で記された漢文に顔をしかめた。

「なんと細かな……」

気を利かせた秀頼が寄り添って銘文を読み上げた。方広寺建立の由来と吉祥を表現した漢文を朗々と詠ずる秀頼の声に、茶々は聞き惚れる心地で耳を傾けた。

「私は漢文のことは難しくてわかりませんが、めでたい銘であることはわかります」

茶々にとっては、漢文の内容よりも、秀頼が自らの意志で秀吉の遺構を再建し、難しい漢文を朗詠する姿に、母としての喜びを感じていた。

「この銘文は南禅寺《なんぜんじ》の名僧、清韓《せいかん》に依頼して書かせたのです」

秀頼の満面の笑みに、茶々も笑顔で頷き返した。

しかし、その数日後のことだった。落成供養について、豊臣方と徳川方双方の家臣の間で段取りをつける中、治長が険しい表情で茶々の御前に参上した。

「鐘銘が家康殿を呪詛《じゆそ》している？」

治長から聞いた話を、茶々は小さく笑って訊き返した。だが、治長は苦笑いさえしない。厳しい口調で言った。

「あの銘文を茶々様はお読みになりましたか？」

「読んだ」

「あの中に〈国家安康〉と〈君臣豊楽〉という文言があったことはお気づきに？」

「……あったと言われれば、あったような」

百文字以上もある銘文だ。見るだけで目が疲れて、正直なところ内容はほとんど印象に残っていない。

「その文字が、家康殿を呪詛し、豊臣の繁栄を祈願している、と徳川方より指摘を受けたのです」

「どういうことじゃ？」

「まず、国家安康が、家康という名を分断していると。次に、君臣豊楽は、豊臣を君主として楽しむという意が込められている、と」

「なんと……」

秀頼はそのようなことは一言も言っていなかった。

「家康殿はたいそうご立腹で、明らかな敵意とするならばそれ相応の覚悟はあるのかと」

「まるで言いがかりではないか！」

「言いがかりだとしても、この文面では……不快に思われてもおかしくはないかと」

治長は冷静な声で言った。

「相手は家康殿です。これを機に、戦となるやもしれません」

「戦だと？」

茶々はその言葉をにわかには受け入れられず、声を荒らげて問い返した。

「あの二条城での会見以来、これといって徳川方と争うこともなかったではないか！　秀頼の成長した姿に家康殿は感じ入るものがあったのではなかったのか！」

「いいえ、その成長した秀頼様のお姿が家康殿の脅威となったのです。ここまで争いがなかったのは、家康殿が眈々《たんたん》と豊臣を攻める機会を待っていたからに違いありません」

「そんな！　ではどうしたら……」

「今は弁明の使者を送るしかないかと。こちらに非はなくとも、とにかく謝り、事を穏便に済ませるのが最善です」

茶々は治長の意見を受け、直ちに家康のもとへ使者を送った。使者は秀吉の代から仕える片桐且元《かたぎりかつもと》という古参の家臣だった。

しかし、待てど暮らせど且元は大坂へ帰らなかった。

「遅くはないか。さては、家康殿に何か言いくるめられたのでは」

不安を感じて苛立つ茶々を、秀頼がなだめた。

「母上、落ち着いてください。こちらに悪意はないのです。今は且元を待ちましょう」

「けれど……」

言いかけて、茶々は秀頼のことを思いやった。秀頼が言い出した方広寺の再建からこのような事態になったのだ。秀頼の真面目な性格を思えば、今こうして冷静さを保っているのは、悔しさや不甲斐なさを押し隠そうとしているからだろう。

ここで自分が動揺や苛立ちを露わにしてはいけない、と思い直した。

「そうですね」

茶々は気持ちを落ち着けて思案した。ふと、寧のおっとりとした口調が思い出された。

「このような申し開きは、女人の方が穏やかに進められるやもしれぬ」

相手は隙あらば責め立てようとする老獪《ろうかい》な家康だ。家臣を仰々しく送るよりも、女人を使者に立てて、やんわりと話をした方が、角が立たないかもしれない。茶々と秀頼の真意をよくわかって、なおかつ、豊臣を決して裏切らぬ人は……と思い立つとすぐに治長を呼んだ。

少しして治長が現れるなり、茶々は切り出した。

「大蔵卿局を使者にしてはどうだろうか」

「は？」

治長は目を丸くした。茶々の乳母である大蔵卿局はすなわち治長の実母でもある。老齢になっても奥勤めを続ける気丈さは、奥御殿の侍女たちだけでなく、家臣たちからも一目置かれていた。実母の名を挙げられて動揺する治長の気持ちを推し量りながらも、茶々には他に思い当たる人がいない。窮地を少しでも早く脱したいという思いから、勢いよく説得した。

「旦元がいつまでも戻らぬのは、家康殿への弁明が難しいからに違いない。ここは、家康殿と対等に話ができる年嵩の女人を立てて、穏便に事をまとめるとよいのではないだろうか。寧様がいらっしゃれば、最も適したお役かと思うが、それも今は叶わぬ。大蔵卿局ならば、この大役を担えるであろう」

茶々の迫る勢いに、治長はたじろぎ言葉を濁らせる。

「それは、そうですが……」

治長はすぐには同意しなかった。慎重な口調で続けた。

「且元殿が戻らないことを、私も懸念しております。徳川方に何か、且元殿を引き留めている理由があるのではなかろうかと」

「引き留める理由、とは」

「家康殿のことでございます。我々の不安を煽り、こちらからの動きを待っていてもおかしくはありません」

そう言うと、治長は黙り込んだ。ややあって、治長は自分の考えを確かめるように小さく頷くと、口を開いた。

「そうだとしたならば、徳川方は我々が動くまで且元殿を戻さないでしょう。かといって、疑ってかかってこちらから事を荒立てるのも得策とは思えません。茶々様のおっしゃる通り、女人を使者に立て、穏便にまとめるというのが良いかと思います」

治長の同意を得ると、茶々はさっそく、大蔵卿局を呼び出した。

「私のような者が、寧様の代わりとなれるかどうか……」

事の次第を聞いた大蔵卿局は、眉を下げて戸惑いを見せた。だが、茶々は強く言い聞かせた。

「頼む。できうることならば私が行きたいくらいだが、それはそれで、大ごとになってしまう。そなたしか、このような頼みごとをできる女人はおらぬのだ」

茶々たっての願いに大蔵卿局は意を決し、「やれるだけ、やってみましょう」と、大坂城を発った。

その数日後、ようやく且元が戻った。大蔵卿局と入れ違ってしまったことを、茶々はやや案じたが、まずは秀頼とともに且元をねぎらった。

「ずいぶんと時がかかったではないか。苦労であったな」

茶々の言葉に、且元は恐縮するように低頭した。

「申し訳ございませぬ。まこと、私も一刻も早く戻りたかったのですが……。家康殿はお怒りのあまり、なかなか私に会ってくださらず、このように遅くなってしまいました」

「うむ、大儀であった」

茶々の隣で、秀頼も重々しく頷いて返した。

且元は一歩進み出ると、徳川方から示されたという和解の条件を伝えた。

「秀頼様が大坂城を明け渡し他国へ移封する。もしくは、茶々様を人質として江戸へ送るか、秀頼様が他の大名同様に江戸へ参勤し徳川の配下となるか」

「な……」

茶々は一方的といえる条件に、憤りのあまり手に持っていた扇を床に叩きつけた。

「何故、言いがかりから始まったことで、そのような侮辱を受けねばならぬ！」

「は、ははあ！」

茶々の剣幕に萎縮した且元は平伏するばかりだ。秀頼が傍らから茶々を制する。

「母上、且元は使者として伝えられたことを申したまで」

「……そうであるな」

茶々は震える息を吐いて、取り乱した心を落ち着けた。

「しかし、そのような条件、豊臣家として受け入れるわけには参りませぬぞ」

茶々がそう言うと、秀頼も強く頷いた。

「うむ。太閤秀吉公の臣下であった徳川が、この豊臣秀頼を配下に入れるなど、あってなるものか。ましてや父上の遺したこの大坂城を明け渡すことは断じてできぬ！」

且元は困り果てた様子で、なおも進言した。

「しかし、このままでは、徳川方のお怒りが鎮まりませぬ。なにとぞ、条件をのんでいただきたく……」

その時、且元の背後から、先日発ったばかりの大蔵卿局の声がした。

「お待たせいたしました、茶々様」

「なんと、大蔵卿局か！」

想像以上に早い帰りに、茶々と秀頼はもちろんのこと、且元も大蔵卿局を驚愕の眼差しで見た。大蔵卿局は、急ぎの往復は体にこたえる、とでもいうように、ゆるゆると平伏する。

「家康殿は、茶々様の乳母が参ったと申し上げましたら、すぐにお会いくださいました」

大蔵卿局は且元を一瞥して、悠々と言った。

「どうやら且元殿は、ずいぶん長いこと家康殿のもてなしを受けていたようですね」

且元はうろたえながら言い返した。

「もてなしなど、そのようなことは……」

釈明しようとする且元に構わず、茶々は大蔵卿局に食い入るように問い返した。

「して、家康殿は何と？」

且元が饗応《きょうおう》を受けていたかどうかなど、はっきり言ってどうでもよかった。家康が大蔵卿局に何と答えたのか、そちらの方が知りたかった。

すると、大蔵卿局は笑顔を見せて答えた。

「家康殿は、茶々様のご意向を受け入れてくださり、秀頼様に悪意はなきことと、全てはなかったこととして安心されるよう申されました」

「まあ……！」

茶々は安堵の声を上げた。秀頼も頰を緩めて「そうか」と頷いている。

「やはり母上のお考えになることは、誤りがありませんな！」

事なきを得て、秀頼にも褒められて、茶々は満足して何度も頷いた。

「そうか、そうか。まことに良かった！」

茶々と秀頼の前で、且元は冷や汗をかきながら押し黙ってしまった。

全ては収まり、再び平穏な日々が大坂城に戻った、と茶々は思っていた。

ところが、ひと月も経たぬうちに、治長が再び険しい表情で茶々の御前に来ると、挨拶もそこそこに告げた。

「且元殿を討つ動きが、家臣の中に起きております」

「な……討つ、とは？」

「は、且元殿と大蔵卿局の申すことがあまりに違いすぎると、城中の家臣内で疑義が起こり、さては且元殿は徳川に通じているのではないかと言い出す者が、続出しております」

「何を言うか！　且元は秀吉様の頃からの家臣ぞ？　ならぬ、そのような城中を乱すような行いは、断じて許さぬ！」

治長も大きく頷いた。かつて、自身が家康暗殺未遂の不穏な動きに見て見ぬふりをして巻き込まれた経験があるからだろう。治長は強い口調で進言した。

「このようなことは噂であれ、戯言《ざれごと》であれ、家臣の間で囁かれるだけで、城中の結束が乱れ、つけこまれるだけにございます。家臣の疑義は私が収めます。茶々様は且元殿に文をお出しいただき、秀頼様も茶々様も且元殿のことを疑ってはいないとお伝えください」

「うむ、わかった」

　しかし、一度広まった疑念はそう簡単には払拭されなかった。茶々や治長が且元の内通を否定しても、またすぐに出所もわからない疑念や噂が流れる。目に見えない不安は、疑いを助長し、人々の心を攻撃的にさせた。憤る家臣が刺し殺さんばかりに且元を問い詰め、且元がその場を逃れんがために「あの条件は、わしが一人で考えたものだ」と苦し紛れに言ったことから、事態はさらに悪化の一途を辿った。

　且元はやはり家康の息がかかっている！　と、秀頼を慕う側近を中心に城内は以前にも増して紛糾した。仲介しようとする茶々の文も信じられなくなってしまった且元は、このまま暗殺されるのではないかと身の危険を感じ、ついに大坂城を退去して家康のもとに身を寄せてしまった。

「家康殿に、やられました」

　且元の離反を知った治長は、茶々と秀頼の御前で苦々しい表情でそう言った。茶々は治長の言わんとすることがわからず、問い返した。

「やられた？　どういうことじゃ」

「城中に出入りする下男の中に、忍びの者が紛れ込んでいるのを捕らえました」

「忍び？」

「その者に吐き出させたところ、大坂城中を乱すために、且元殿の内通の噂を蔓延《まんえん》させるよう命ぜられたと」

「な……」

治長は言うべきか逡巡するように、唇を幾度か噛んでから続けた。

「おそらく……、且元殿の帰参の延引と大蔵卿局との条件の齟齬《そご》は、家康殿が意図的にやったものでしょう」

その言葉で、茶々は自分たちが鐘銘の苦言に始まった家康の策謀に嵌《はま》り、もう抜け出すことができなくなったことに気づいた。

さあっと血の気が引いていく。関ヶ原の時の家康のやり方を思えば、この後の動きは茶々でさえ想像がついた。茶々の前で治長の手先が、震えている。それが、怒りで震えていることは、茶々を見つめる眼差しに表れていた。

治長はその眼差しのまま言った。

「大坂城中の分裂をただすという名目で、家康殿が諸大名に出陣を命じるのは明らかです」

「……戦になるのか」

茶々の声が掠れた。治長は絞り出すように答えた。

「もう、誰にも止めることはできません」

徳川方が大坂城攻めの軍備を整える中で、治長は秀頼を支える豊臣家臣団の大将に任じられ、開戦への備えを進めた。

急ぎ兵糧米を集め、鉄砲や火薬、槍や刀や弓などの武器を揃えた。秀吉が遺した大坂城の防備を確かめながら、さすがは城攻めの名手、秀吉の城だと改めて感服する。

年を経て城壁や櫓に傷みは見られるものの、深い水堀と三の丸と二の丸に守られた本丸は容易《たやす》く落ちるとはとても思えなかった。たとえ二の丸まで攻め寄せられても随所に狭間や虎口《こぐち》が配され、急峻《きゅうしゅん》な石垣の上に立つ本丸は敵を撥《は》ね除《の》ける防御が完璧に揃っている。天守閣まで敵が到達することは無理だろう、と思わせるくらいだった。

直ちに傷んだ壁や櫓を修繕させ、城外の要所での柵や砦の構築を始めた。

その慌ただしい日々の中で、治長は秀頼に呼び出された。

表御殿ではなく天守閣に呼び出され、わざわざ天守閣でいったい何の話があるのかと、怪訝な思いで最上層に続く急な階を登った。

登りきった最上層は、開け放たれた望楼から西日が射し込んでいた。柱や天井の金装飾と磨かれた床板に反射して、眩しさに目を細めるほどだった。

秀頼はその望楼に一人で立ち、大坂の城下町を眺めていた。望楼には小姓や近習の姿もなく、秀頼と治長以外誰もいない。

「お呼びでしょうか」

西日を受けて暗い影を落とす秀頼の背中に向かって声を掛けた。振り返った秀頼は何の前置きもなく、一通の文を突きつけた。

「見よ」

「は」

治長は文を受け取って目を通した。

「これは……」

九州の大名、島津家久《しまづいえひさ》からの文だった。

文の内容は〈故太閤様の御恩はあるが、今は家康公から御取立て頂き御恩を受ける身であり、家康公の御意志に背くわけにいかない〉というものだった。

「他にも福島や浅野や前田や加藤や……豊臣恩顧の大名に文を書き続けたが、誰一人、応えてくれる者がおらぬ。皆、徳川につくという」

秀頼は淡々と言ってから、自嘲するような笑みを浮かべて、治長を見た。

「それは、私が太閤の子でないからか」

「……！」

真っ直ぐ治長を見据える秀頼は、秀吉にも茶々にも似ていなかった。

治長は答えるべき言葉を懸命に探した。思いが溢れ出すばかりでそれらが言葉にならず、床に額をつけんばかりに平伏した。その背中に秀頼の鋭い声が響く。

「答えよ、治長」

「…………」

「答えよ」

「…………」

「答えよ！　治長！」

しまいには、秀頼は叫んでいた。

自分が秀頼のために伝えられることは、これしかない、と顔を上げると、治長は強く言った。

「秀頼様は、太閤秀吉様の御子にございます！」

心の底から思う偽りなき感情を、そのまま言葉にした。

「ゆえに、私はたとえ秀頼様のお味方が己一人になったとしても、秀頼様から離れることは決していたしませぬ！」

それは治長が秀頼へ伝えることの許される、たった一つの想いであり、愛情だった。

秀頼は潤んだ目で治長をじっと見た後、小さな声で「そうか」と呟いた。

秀頼は再び城下を見渡した。大坂の城下町は、秀吉が好きだった金色に輝いていた。

治長はその眩い光を浴びる秀頼の姿から視線をそらさなかった。

秀頼は、言葉を噛みしめるようにして言った。

「私は、大坂が好きだ」

「…………」

「この大坂で、太閤秀吉の子として大坂城の主になったことを、私は誇りに思っていいのだな」

治長は一つ息を吸うと、はっきりと答えた。

「もちろんにございます」

ゆっくりと振り返った秀頼は、微笑んでいた。

「……頼みにしておるぞ、治長」

その陽の光が映えた微笑は、輝く大坂の町と同じくらい綺麗だと、治長は思った。


大名と名のつく者が、皆、徳川方についてしまう中、かつて小田原城がそうであったように、このまま開戦となればあっという間に大坂城が包囲されるのは目に見えていた。

治長は豊臣方につく武将をなんとか集めんと、関ヶ原の合戦で西軍について流罪や蟄居になった者や、仕官先を失った浪人に働きかけた。

「豊臣方が勝てば、大名になることができる」「太閤秀吉様が遺した軍資金を分け与えてもらえる」「戦で活躍をすれば、豊臣家臣として仕官先を得られる」と、名声と金を目当てに続々と大坂城に入城する浪人たちによって、城内の様相は一気に殺伐とした雰囲気に様変わりした。

「治長、あのような粗野な者たちが頼りになるのか」

不安を滲ませる茶々を、治長は冷静に諭した。

「しかしながら、皆、関ヶ原を経た実戦経験の豊富な者たちばかり。豊臣家に恩を感じている武将もおります。必ずや、良き働きをするものかと」

そう言いながらも、不安が全くないと言えば嘘だった。

大名に仕官する者ではない上に、豊臣家が召し抱えてきた家臣でもないので軍団としての統率に欠けている。長い浪人生活で荒《すさ》んだ振る舞いをする者も多かった。

この十万近く集まった浪人たちを、これから治長が束ねていかねばならないのだ。秀頼が総大将であることは確かだが、城育ちで戦の経験がない秀頼が実戦の指揮を執ることは不可能だ。「豊臣秀頼」という象徴としての大将でしかありえない。

（かといって、私にできるのか？）

今まで戦に出陣することはあったが、それは勝家や秀吉などの旗下、一兵卒としての経験でしかない。自らが作戦を立てて指揮を執り、諸大名を従えた徳川の大軍と対決しなければならないのだ。

しかし、この不安を悟られるわけにはいかない。茶々と秀頼を守ることができるのは、治長しかいないのだ。

毅然とした態度で茶々の御前を下がった治長は、廊で一人になってから震えそうになる気持ちを必死で抑えた。

片隅で独り、立ち尽くしていると、後ろから声が掛かった。

「さっそく武者震いか、治長」

その声に振り返った治長は、目を瞠った。

「友、大野治長の窮地と聞いて、山奥から大坂城に登城してやったぞ」

屈託のない笑顔で立っていたのは、関ヶ原で高野山に追放となったきり会っていなかった真田信繁だった。茫然として何も言えない治長に、信繁は不思議そうに言った。

「どうした、長い間会わぬうちに、顔を忘れたか？」

「いや、そうではなくて……」

「ははは、お互い老《ふ》けたからな！」

あっけにとられていると、信繁はまじまじと治長を見て言った。

「しかし、おぬし、老けてもいい男だな」

変わらぬ友の態度に、治長はかつてのように苦笑いで言い返していた。

「……おぬしもな」

最終章　さざなみの彼方《かなた》

一

治長は信繁をはじめ、秀吉の頃に豊臣家に仕えていた有力者や、実戦経験の豊富な浪人を集めて軍議を開いた。大坂城の大広間で開かれた軍議には、秀頼と茶々も臨席した。

治長を囲んで、武将たちが口々に作戦を挙げていく。

「徳川方の大将は二代将軍の秀忠だが、実際の指揮を執るのは家康！　齢七十を過ぎた家康の首さえ獲《と》れば勝ったも同然！　ここは力攻めかと」

「家康も秀忠も、上洛してから大坂を目指すという。我々は瀬田《せた》か宇治辺りで迎え撃つべきだ」

「しかし、相手は我々の倍以上の兵だぞ。大坂城の守りが手薄になり、分岐した徳川勢に南から攻められて城が落ちては元も子もない」

「ううむ、ならば籠城か」

「援軍のない中で籠城するのは、小田原と同じだ！」

激論が交わされるのを聞きながら、治長は腕を組んで思案していた。

城から打って出るか、籠城して相手の戦力を削ぐか……。遠征となれば、秀頼も総大将として出陣するべきだという声が高まるだろう。兵力は圧倒的に徳川方が優勢であり、そのまま討ち死にするかもしれぬ戦いに秀頼を連れ出すことになる。しかし、援軍の見込みがない中での籠城は、難攻不落の大坂城であるがゆえに長期戦となるだろう。どちらも厳しい選択になるのは間違いなかった。

そこに、茶々の声が響いた。

「籠城じゃ」

茶々は、武将たちの鋭い視線にも動じることなく言った。

「亡き秀吉様から、私は聞いた。この大坂城は秀吉様の持てる限りの知恵をつぎ込んだ難攻不落の巨城。ゆえに落城はせぬ！」

茶々は治長に視線を送った。茶々としては、秀頼の出陣を避けたいのだろう。治長は目で頷き返すと、武将たちの方に向き直った。

「私も容易にこの城が落ちるとは思えぬ。まずは籠城し、徳川方の戦力を疲弊させることが肝要かと思う」

それに、いざこの大坂城を攻めるとなれば、徳川方の中にいる豊臣恩顧の大名たちが寝返るとまではいかずとも、和議に向けて家康に働きかけてくれるかもしれない、という微かな期待もあった。

　では籠城か、と話がまとまりかけた時、信繁がおもむろに口を開いた。

「しかしながら、一つよろしいか」

　信繁は城の絵図を指し示す。

「この大坂城には、手薄な場所がある」

「手薄？」

「淀川をはじめ、天満川や平野川などが周りを守ってはいるが、南は天王寺《てんのうじ》や阿倍野に続くなだらかな傾斜のみ。天王寺の南に茶臼山《ちゃうすやま》はあるが、山と名はついていても丘のようなもの。私がこの城を攻めるなら、南から攻める」

「では、どうしたらよい」

　治長は険しく問い返す。信繁の言うことは的を射ていた。奈良街道から回り込まれては三の丸のみでは心もとなかった。

「ここに出城を築く」

　信繁は大坂城を囲む惣構《そうがまえ》の、南東端あたりを指し示した。

「出城？」

「うむ、ここに半円状の曲輪を作る。土塁を築き、柵を張り巡らせ、足軽鉄砲隊を配置する。さすれば、南から攻めてくる軍勢はここで食い止められる」

治長は頷くと、秀頼の意見を聞いた。

「いかがでしょうか、秀頼様」

秀頼は軍議の行方を食い入るように見ており、信繁の提案に強く頷いた。

「心強い案だ。しかし、今から間に合うか」

家康と秀忠はすでにそれぞれ居城の駿府《すんぷ》城と江戸城を発ったという。しかし、秀頼の問いかけに、信繁はあっさりと言いきった。

「間に合わせます」


信繁の提案した出城は昼夜を問わず普請され、徳川軍が大坂城を包囲した十一月には、真田丸と称される曲輪が堂々たる姿を現していた。

いよいよ開戦の火ぶたが切られると、南から攻め上ろうとする徳川方の猛攻撃を、信繁率いる足軽鉄砲隊が真田丸から撃退し、大坂城に近づくことすらさせなかった。

「おぬしは大将なのだから、城で指揮を執れ！」

信繁の力強い言葉に押され、治長は双方の軍勢が見渡せる三の丸近くに陣を構えて攻防を見定めていた。

四方を囲まれてはいるが、相手は明らかに攻めあぐねているのが見て取れる。失うもののない浪人たちの勢いは凄《すさ》まじいものがあり、徳川方の攻撃に対して大坂城の防御は微塵も崩れていなかった。その様相を俯瞰して、治長は確信した。

（長期戦に持ち込めば、勝てる！）

家康は齢七十を過ぎている。この寒空の下、老身を押して出陣しているのは明らかだ。このまま粘れば、家康が持ちこたえられるとは思えなかった。

治長は戦況を報告するために、本丸の秀頼のもとへ向かった。

大股で歩んで行く途中、あるものに気づいて立ち止まった。二の丸に繋がる石段の片隅に、思いがけない人を見つけたのだ。

「治徳《はるのり》、なぜここにいる！」

治長の険しい声に振り返ったのは、元服して治徳と名を改めた弥十郎だった。まだ少年のあどけなさを残しつつも、元服した以上はもう一人前の武士として、甲冑を身に着けてこの戦にも加わっていた。

「本丸の秀頼様の御前をお守りしろと、命じたはずだ！」

「申し訳ありません。二の丸の様子が気になってしまい……」

治徳の答えに啞然とした。母親の小枝と過ごした二の丸の邸が気になって持ち場を離れたのだろう。治長は父親として、息子の甘ったれた行動を叱り飛ばそうとした。

だが、声を張り上げようとして、治徳の後ろで身を寄せ合う幼い兄妹の姿に気づいた。

その姿に、治長は動揺を隠せなかった。

「それは……」

そのなりを見て、大坂城下の町人の子供だということはすぐわかった。町人の子供が城内にいることに戸惑ったのではない。大坂城の惣構は町人地も多く含んでいる。陣を敷くために大勢の町人が家や店を追われ、行き場を失った者たちは大坂城内に逃げ込んでいた。兄妹に目を奪われたのは、妹が冬空の寒さをしのぐために身をくるんでいたのが、亡き小枝の菊模様の小袖だったからだ。

治徳は治長に向かって頭を下げた。

「邸から母上の小袖を持ち出したこと、お許しください。……着の身着のままで逃れたこの子たちを、私は放っておけませんでした」

「…………」

戦場にいるにはあまりに優しすぎる息子の言葉に、何も言い返せなかった。涙をこらえて目を赤くする姿に、治長は思った。

（この子は……小枝の子なのだ）

この大坂で、小枝の優しさを受けて育ったのだ。その治徳にとって、大坂の町を盾にする籠城戦は、生まれ育った場所を壊される以外の、何ものでもない。

治長は震える兄妹を見やった。籠城が長引けば、この者たちはどうなるのか……。不安そうに戦の行く末を窺う者たちには、豊臣が勝とうが徳川が勝とうが、生きる糧である店や家財を失うことに変わりはない。

治長の耳に、〈私は、大坂が好きだ〉と言っていた秀頼の声が聞こえた気がした。天守閣から輝く城下町を見つめていた背中を思い出す。

戦には勝てるかもしれない。しかしそれは、この大坂を犠牲にすることと同じだった。


茶々は打掛を脱ぎ、小袖に袴を穿いて鉢巻を締め、城内の侍女たちを鼓舞していた。

「よいか！　この大坂城があれば、豊臣が負けることなどありえぬ。城外で戦うのは侍たちだが、城内を守るのは我ら女人ぞ！　決して怯むな！」

「はい！」

侍女たちは声を揃えて茶々の喝に応えた。皆、小袖袴姿になり、茶々や千の身辺を守る者の中には薙刀《なぎなた》を持つ者もいる。

「千、この私から離れるでないぞ！」

茶々は傍らにいる千に毅然と言った。しかし、十八歳の千は不安な表情を隠せない。籠城が初めての経験である上に、城を攻めてくる敵は、千にとっては父の秀忠と祖父の家康なのだ。

「義母上……」

涙声の千を諭すように、茶々は肩に手を置いた。

「そなたの気持ちは、ようわかる。私とて、秀忠殿は妹の江の夫じゃ。しかし、これは戦の世に生まれた女人のさだめ。私も幼き頃に父を伯父に殺され、母を殺した者の妻になった」

「…………」

「だが、よいか。自らが置かれた場所で絶望するのではなく、置かれた場所で今できうる最善を見出すのじゃ。そなたは、この大坂城の主である豊臣秀頼の妻。今は、強き心を持って、私とともに秀頼殿とこの城を守ろう」

「……はい」

千の頬は蒼白いままだったが、頷き返した表情は、あの信長にも臆さなかった江の少女の頃に、どこか似ているようにも見えた。


日が経つにつれ、徳川方は城内に籠る人々の心を追い詰める策を取り始めた。その卑怯なやり方に、茶々は歯噛みする思いだった。

夜間、城内が寝静まった頃を見計らって一斉に鬨《とき》の声を上げ、驚き目を覚まさせることで休息を妨げる。昼間は大砲を四方から打ち込み、その轟音に女人たちを震え上がらせた。それに加え、淀川の一部が堰《せ》き止められたことで、堀の水位は日に日に下がっていき、城内には不安が漂い始めた。

「怯むな！　この大坂城は決して落ちぬ！　徳川の卑怯なやり方に屈するでない！」

茶々は城中を歩き、侍女や侍たちを鼓舞し続けた。

しかし、徳川方の放った砲弾が、ついに奥御殿まで飛んできた。

城全体を揺るがす爆音がやまない。壁や屋根に砲弾が当たり、柱が軋《きし》む不気味な音に、侍女たちの悲鳴が上がる。今まで砲弾が直撃することはなかった。徳川方の陣は城から遠く離れているというのに弾が届くということは、豊臣方よりも優れた大砲を備えているということだった。

茶々と千は恐怖に身を縮み上がらせ、互いに手を取り合って部屋の隅へ逃げた。侍女たちが二人を守ろうと体を張って覆いかぶさる。

「ここは危のうございます！　天守の秀頼様のもとへ参りましょう！」

茶々と千を庇う侍女の一人がそう言って立ち上がった時、壁を突き破った砲弾がその侍女に命中した。

「うっ！」

侍女は叫ぶ間もなく床に吹き飛ばされた。砲弾に肋《あばら》を打ち砕かれた無残な姿に、千は悲鳴を上げた。目の前で吐血し手足を痙攣させる侍女の姿に、他の侍女も震え慄き逃げ惑う。

「皆！　落ち着け！　この者を救うのじゃ！」

茶々は侍女の胸を押し潰したままの砲弾をどけようとした。だが、火薬の爆炎に熱せられた砲弾は、触れただけで手を焦がした。

「熱っ！」

「茶々様！　その者はもう助かりませぬ！　お諦めなさいませ！」

「はよう、お逃げ下され！」

口々に侍女が泣き叫ぶ。茶々は零れ落ちんばかりに目を見開き、わななく唇を噛んで立ち尽くすことしかできない。その袖を千が強く引いた。

「義母上！」

千の手は震えているが、茶々の袖を離すまいとしている。ここにいては千も自分も死んでしまうだろう。何があっても千を守ると誓った、江との約束を果たすことができない。茶々は倒れた侍女から離れ、千とともに秀頼のもとへ向かった。


奥御殿に大砲が着弾した、と知らせを受け、治長は本丸へ駆けつけた。崩れ落ちた屋根や壁の瓦礫《がれき》の中、城兵たちが無残な姿となった侍女の亡骸《なきがら》を運び出している。その光景に息をのみ、城兵の一人に問うた。

「茶々様は、いずこか！」

治長の剣幕に城兵は動揺しながら答える。

「は、千様とともに天守の秀頼様のもとへ……」

最後まで聞く間も惜しいくらいの勢いで天守閣へ向かった。甲冑の音を鳴らして階を駆け上がる。秀頼の傍らに、千と身を寄せ合う茶々の姿を見た時、ようやく治長は深く息を吐いた。

「ご無事で……」

秀頼の御前であることも忘れて、安堵の思いが口に出てしまった。

「奥御殿まで砲弾が届いたぞ！」

秀頼の厳しい口調に、気を引き締め直して畏まる。

「は、伺っております」

秀頼は鎧直垂に陣羽織を纏い、白い鉢巻をした陣中の総大将の姿で座していた。その脇には、治徳が甲冑に身を固め、緊張した面持ちで秀頼の太刀を持っている。

「我々はこのまま籠城で持ちこたえることができるのか！　もはや、打って出た方がよいのではないか！」

声を荒らげる秀頼に、治長は確信を持って言い返した。

「いいえ、今、秀頼様が出陣されては徳川の思うつぼです。あの砲弾も、鬨の声も、堀の水位も、相手がこの難攻不落の城に苦戦している証です。あとしばしの辛抱でございます。必ずや、和議の話が来るでしょう」

秀頼は「うむ」と唸るように頷いた。治長は秀頼に一礼をすると、前線の指揮に戻るために御前を退出した。

階を降りた時、背後から呼び止められた。

「治長」

振り返ると、階の上から茶々が見下ろしていた。その顔は青ざめ、力ない姿は、そのまま落ちてしまうのではと不安がよぎるくらいだった。治長が慌てて階を上がろうとすると、茶々は「案ずるな」と軽く制した。ゆっくりと降りて来た茶々に手を差し伸べた治長は、その右手に巻かれた包帯に気づいた。

「その手は」

「砲弾に触れて焼いた。大したことはない……死んだ者のことを思えば」

「…………」

奥御殿から運び出される亡骸を思い出す。茶々の焼かれた手は、あの者を助けようとし、そして見捨てざるをえなかったことを語っていた。いたたまれない思いで、治長は声を絞り出した。

「私の力不足で、お辛い思いをさせてしまい申し訳ございません」

茶々は小さく首を振った。そうして、念を押すように言った。

「和議になるのだな」

茶々が何を思うのかは、治長にはわかっている。小谷と北ノ庄、あの二度の惨い落城を、二人は手を取り合って生き抜いてきたのだ。

治長は茶々を見つめて言った。

「私を、信じてください」

包帯が巻かれた痛々しい手を、両手で包み込む。掌を通して、茶々の心の痛みが伝わってくる気がした。かつて落城のさなかに繋いだ手のぬくもりがよみがえる。治長を求める茶々を、決して離すまいとしていた頃と同じ気持ちで、治長は誓った。

「必ずや、和議でこの戦を終わらせます」


その後、予測通り徳川方から和議の話が持ち込まれ、茶々の妹、初の嫁ぎ先である京極家《きょうごくけ》の陣中で和議は滞りなくまとまった。

「秀頼様の御身は守られ豊臣家の所領は変わらぬこと、茶々様の人質としての江戸行きはないこと。その代わりに、大坂城の防御を解いて堀を埋めることと、陣中の大将から人質を出すことを条件に和睦と相成りました」

治長が和議の内容を伝えると、秀頼は厳しい声で返した。

「堀を埋めてしまったら、この大坂城は次なる戦が起これば耐えられまい」

秀頼の言っていることはもっともだった。堀のない城は、もはや城ではない。それは治長もわかっている。しかし、戦を和議で終わらせ、かつ、再びの戦を回避するには、こちらに戦う意志がもうないことを、形で示さねばならない。

「和睦とするならば、こちら側も譲歩しなければなりませぬ。豊臣家の所領を守り、茶々様の江戸行きを拒むのであれば、堀を埋めるのは妥当な条件と思います」

「………」

「それに、徳川方が埋めるのは外堀のみにございます。二の丸と本丸の内堀は豊臣方が埋めるという話になっております」

「埋めることに変わりはあるまい」

「時を稼ぐのです」

「時を?」

「家康殿はもうご高齢。深く広い内堀を、我々は丁寧に埋めていけばよろしいかと」

治長が言いたいことを匂わせると、秀頼は「そうか」と、小さく頷いた。

「して、陣中の大将からの人質というのは?」

「は……」

治長はしばし言葉を詰まらせてから言った。

「この大野治長の家中から、人質を差し出すほかはないかと」

治長は秀頼の横に控える治徳の姿を見た。妻と死別した治長に、差し出せる人質は治徳しかいなかった。

しかし、治徳の表情は変わらなかった。治徳は秀頼に向かって姿勢を正して言った。

「この治徳、人質になることに懼れはございません」

治徳はそのまま、はっきりとした口調で言った。

「私は、大野治長の嫡男として生まれました」

秀頼に向かって何を言い出すのかと、治長は僅かばかり動揺した。だが、秀頼は「続けよ」と促した。治徳は深く息を吸うと、言葉を続けた。

「私は父が豊臣家のために尽くす姿を見て育ちました。その父が守ろうとする豊臣家のために、この身が役に立つならば、嫡男として誉《ほま》れと思います」

その声は、ほんの微かに震えていたが、最後まで途切れることはなかった。治長は治徳の姿をじっと見つめた後、秀頼に深々と平伏した。

秀頼の御前を退出すると、治長と治徳は久々に二の丸の邸に戻った。十一月に徳川方に大坂城を攻め囲まれて以来、約一か月ぶりだった。砲弾の流れ弾が当たった屋根や壁は崩れ、庭木も白い小菊の咲いていた籬垣も無残な姿となり、小枝と過ごした邸は変わり果てていた。

「よいのか」

破れた籬垣の前に立ち尽くしていた治長は、邸へ上がろうとする治徳の背中に向かって言った。振り返った治徳の繊細な輪郭は、小枝にそっくりだった。

「何がです？」

「……私は、そなたを犠牲にするのだぞ」

「そんな風に言わないでください」

治徳の顔が歪んだ。眉を寄せ涙をこらえるような表情で沈黙した後、治徳は言った。

「いつだったか……、私との槍の稽古をやめて、秀頼様のために登城する父上の姿に、隠れて泣いた日がありました」

「………」

「邸の裏で泣いていた私に、母上は教えてくれたのです。……弥十郎は、父上の幼名なのだと。私が生まれた日に、父上が付けてくれた名だと」

「弥十郎……」

治長の腕に、初めて弥十郎を抱いた日に知った、温かな重みがよみがえる。言葉に詰まった治長に、治徳は泣き笑いのような顔をして言った。

「私は、父上の息子です」

「………」

「だから私は父上の息子として、この生まれ育った大坂を守るために人質になることを、犠牲になるなどと思いたくはありません」

　治長が歩み寄ってその肩を抱くと、治徳はうつむいて手の甲で幾度も目を拭った。治長は再び治徳が顔を上げるまで、肩を抱き続けていた。


　数日後、家康と秀頼の間で正式に誓詞が交わされ、治徳が人質として差し出された。治徳は本丸で秀頼に別れの言葉を述べた後、桜門を出て、迎えに来た徳川方の使者の手に渡った。

　去りゆく息子を見送る治長に、信繁が声を掛けてきた。

「江戸へ行くのか」

「ああ」

　治長はそれ以上、何も言えなかった。息子を人質に出すのは武士ならば耐え忍ぶべきことだとわかりながらも、それでもやはり哀しみと悔しさが込み上げる。

「おれもあの年くらいの時に、上杉家に人質に出されたが、今もこうして生きている」

　信繁の励ましに、治長は「何を言っているのだ」と小さな声で言い返した。

「本当の話だ。気休めで言っているのではないぞ」

　信繁は真面目な顔で言った。

「おれが上杉家にいるというのに父は秀吉様に臣従したものだから、おれは慌てて上杉家から逃げ出したのだ」

「はあ……」

「それで、聚楽第でおぬしに出会った」

治長は驚いて問い返した。

「……そうなのか」

「そうなのだ」

一呼吸おいて、信繁は笑顔で言った。

「だから、きっと治徳もなんとかなる」

その笑顔が出会った時の屈託のない信繁に重なって、治長は泣いてしまいそうになるのを、こらえるので精一杯だった。

二

大坂城の外堀を埋める徳川方の人足たちを、茶々は本丸から見ていた。

(戦は終わったのだ)

堀の埋め立てが終われば、戦にも落城にも怯えることのない日々が訪れる。籠城戦から和議に持ち込んだ治長の働きを、秀頼も感謝しているはずだ。茶々はそう思っていた。

しかしその後、外堀を埋め終えた人足たちは、その手を止めることなく内堀の埋め立てに取り掛かり始め、城内に動揺が走った。

「なぜ、徳川方が内堀を埋める！」

秀頼は治長を呼び出して詰問した。その隣で、茶々は平身低頭する治長の姿に胸を痛めていた。

「内堀は豊臣方の差配である、と幾度も申したのですが、強引に人足を入れてしまい……」

読みが完全に外れてしまった治長は、頭が上げられないのだろう。低頭したまま苦しい釈明をした。本丸の深い堀は土を運んだだけでは到底埋まらず、二の丸や石垣の一部を取り壊してまで埋め尽くすという強引極まりないやり方だった。

「これでは内堀どころか二の丸まで失い……本丸が裸同然になるではないか！」

大坂城が壊されていく。それは秀頼にとっては秀吉の威光を踏みにじられるようなものだろう。憤りに震える秀頼と、低頭したまま言葉に詰まる治長とを見るに見かねて、茶々は口を挟んだ。

「あのまま戦を引き延ばしては、豊臣家自体が危うくなっていたのですよ。治長も苦慮しているのだから、ここは気を鎮めなさい」

茶々の言葉に、秀頼は憤懣《ふんまん》をぶつけるように勢いをつけて息を吐くと、大股で部屋を出て行ってしまった。

残された茶々は、まだ低頭したままの治長に声を掛けた。

「治長、面を上げよ」

「……申し訳もございません」

「いや、私はこれでよかったと思っておる」

茶々の言葉が思いがけなかったのか、治長は顔を上げた。

「もう戦はいやじゃや。堀を失い、戦のできぬ城になるのなら、それはそれでもうよいかと思う。秀頼はああして憤っておるが、これも豊臣家を守るため。敏い子ゆえ、そのうちそなたの思いもわかって落ち着くであろう」

「は……」

「しかし、あの浪人たちはどうする」

茶々は城の堀が埋められることよりも、いまだに城内に居座る浪人たちが心配でならなかった。戦が終われば皆、それぞれの場所へ戻っていくと思っていたが、その気配は一向にない。粗暴な者も多く、城内で小競《こぜ》り合いも頻発し、侍女たちも怯えている。

「このまま抱え続けていては、いつまた、城中に不穏な動きあり、と徳川に難癖をつけられるかわからぬぞ」

「しかしながら、和議で戦を終わらせたがゆえに、恩賞として渡す金や土地がありません。彼らの奮闘に報いる恩賞を与えずに、追い払うわけにはいきません。かといって、皆を家臣として抱えるのも、今の豊臣家の所領では到底できませぬ」

「そうであるか……」

二人は始末のつかない問題に頭を抱える思いで、互いに息を吐いた。

次に戦が起これば、もう和議はありえない。確実に豊臣家は潰されるだろう。

「とにかく、徳川につけこまれるような事を起こさぬよう、浪人たちの動きから目を離すでないぞ」

茶々の厳命に、治長は険しい顔のまま頷いた。


年が明けて、内堀の埋め立ても終わり、ようやく徳川方の人足は大坂を去った。

しかし、浪人たちは立ち去らない。それどころか、埋められた堀を掘り返す動きが始まった。治長や茶々が止めようとしても、血気盛んな浪人たちの動きは止まらず、むしろ活躍の場を求めて戦が起きてほしいという気配すら感じられた。それを秀頼も表立って咎めようとしない。かつての大堀には及ばないものの、春には腰の深さまで掘り返され、ついに徳川方に「再戦に備える動きがあるのではないか」と追及を受けてしまった。

茶々は治長を使者に立て「敵意はない」と弁明をしたが、戻ってきた治長の表情は厳しかった。

「内堀を掘り返すは豊臣方からの和議の破棄である。敵意がないならば城中に抱える浪人を追い出せ、の一点張りでございました。浪人に与える恩賞がないと、伝えましたが聞き入れられず……」

治長が持ち帰った返答に、茶々は額に手をやって深く息を吐いた。

「あいわかった。治長、苦労であったな。このことは、私から秀頼に伝えよう」

治長を下がらせると、茶々は秀頼の居室に向かった。

「このままでは再び徳川との戦になります。とにかく今あるだけの金を払い出して浪人を城中から出すよりほかはありますまい」

秀頼は脇息に肘を置き、眉間に皺を寄せて思案していた。しかし、茶々の説得を聞き終わると、一言で答えた。

「いやです」

「秀頼？」

秀頼が茶々の言うことに対して、はっきりと否と言うことは今までなかった。動揺する茶々に向かって、秀頼は立ち上がった。

「私は、豊臣秀頼だ」

そのまま、声に力を込めた。

「私はたとえ落城自刃になろうとも、父上の遺したこの大坂城で、最後まで、豊臣秀頼でありたい」

「秀頼……」

真っ直ぐ茶々を見る表情に、悲哀はなかった。

父を思い、父の遺した豊臣家の名に誇りを持つ、純粋な青年の眼差しが茶々を射貫くように見ていた。

秀吉に抱えられて、桜の花枝に顔を寄せる幼い秀頼の姿が思い浮かんだ。秀吉の腕の中で無邪気に笑っていた少年は、いつの間にか大きく成長して、紛うかたなき豊臣秀頼として、茶々の前に立っていた。

（ああ、秀頼は、秀吉様の子なのだ）

秀頼の想いにそれ以上、言えることは何もなかった。秀頼のためにできることは、我が子の生き方を母として守ってやることなのだ、と静かに悟った。

浪人の放棄ができぬまま徳川方の追及を躱そうとする治長は、城中に詰める日が続いていた。弁明の書状を送る一方で、浪人たちをいかにして穏便に城から退去させるか思案する。他の直臣たちが退出した後も一人で城に残り、苦慮する日々だった。

夜が更けてから、従者に灯を持たせて本丸を出た時だった。

「大野治長だな」

剣呑な声がして、治長は咄嗟に刀の柄に手をかけて構えた。刃が空を切る音がして、飛《と》び退《の》きながら抜刀した。

「誰だ！」

突然の襲撃に、従者が慌てて転倒し、灯が消えた。一瞬で辺りは闇に包まれる。治長は、耳や肌の感覚を研ぎ澄まし、闇に漂う気配を確かめた。地面に敷き詰められた玉砂利を踏みしめる音が、左右からもした。正面に一人、左右に一人ずつ……。三人いることを感じ取ると、治長は背後を衝かれないように石垣に身を寄せた。相手の見当はついている。治長が徳川方から持ち帰った「浪人の放棄」に警戒する者だろう。

「話があるなら、明るいうちに本丸に来い。いくらでも聞いてやる」

治長の言葉に対して舌打ちが聞こえるや否や、玉砂利が鳴って、治長の前に刃が振り下ろされる。ひゅっと切先が鬢を掠め、上体を反らして躱す。そこへ右手にいる刺客が斬り込み、刀で打ち返した。刃がぶつかり合う音が二度、三度と闇に響いて火花が散る。

しかし多勢に無勢だ。暗闇の中で三人を相手にすることはできず、左から斬りかかられた。すぐさま体を引いたが間に合わない。治長は左上腕を斬られて体勢を崩した。

（だめだ、やられる）

その瞬間、鋭い声がした。

「何をしておる！」

途端に、殺気が鈍くなった。声の方を見ると、松明《たいまつ》を持った武士が立っていた。刺客は相手が腕の立つ者だと察したのか、それとも顔を見られることを危惧したのか、怯んだように逃げ出した。

「刺客に遭うとは、いつの間にか大物になったのだなあ」

相変わらずの口調でやって来る武士の姿に、治長は声を上げた。

「信繁……」

信繁は、転倒したまま腰を抜かしている従者を見やる。

「大物が夜中にほっつき歩くなら、もっと頼りになる供を選べ」

呆れたように言って松明を従者に持たせると、信繁は「傷を見せろ」と治長の左腕を摑んだ。緊張が解けて今になって痛みが襲い、治長は呻き声を上げてしまった。

「叫ぶほど深くはないな」

「……っ、掠っただけだ」

「ふん、おれが来なければ、今頃ここで大の字で夜空を見上げておろう」

「………」

「相手の見当はついているのだろう？」

信繁はそう言いながら小袖の端をちぎって、治長の腕に巻きつける。治長はされるがままにしながら小さく頷く。

「まさか、城中で襲われるとは思ってもいなかったが」

治長の答えに、信繁はため息をついて言い返した。

「浪人を追放すれば、おぬしも茶々様も、秀頼様も、浪人に殺されるぞ」

「家康殿はそれを見越しているのだろう。拒めない条件を出して、戦に火をつけようとしている」

「わかっているなら、やるしかないだろ」

「だが、治徳はどうなる！」

かっとなって声を荒らげてしまった。信繁に苛立ちをぶつけても、どうしようもないというのに。治長は感情を抑えようと黙り込んだ。何とか逃れてほしいという微かな希望を抱きつつも、あの治徳が信繁のように飄々と逃げおおせるとは思えなかった。だがもう、戦は避けられない。

思いつめる治長に、信繁は声に力を込めて言った。

「戦になれば、勝てばいい。勝てば治徳は生きて帰るやもしれぬ」

堀を失った城でどう戦えというのだ、と言い返そうとした治長の胸を信繁の言葉が突いた。

「覚悟を決めろ、治長。おれは最後までおぬしと戦う」

治長のためならば、きっと信繁は死を懼れずにともに戦ってくれるだろう。それは信繁の真剣な眼差しからも伝わってくる。何より、今まで一緒に過ごしてきた時が、その証だった。

「信繁……」

「おれに置いて行かれるなよ、治長」

その言葉に、かつて、九州の岬から見果てぬ海の向こうをともに眺めた日が思い出された。治長は、小さく、しかし確かな思いで頷くと、あの時と同じように言い返した。

「置いて行かれるものか」

三

青葉が風に薫る頃、再び大坂城を攻める徳川の大軍勢が出陣した。

もはや防御のしようがない大坂城は、包囲されれば一日や二日で落城することは間違いなかった。それゆえ、治長たちは城を囲まれる前に、道明寺《どうみようじ》や八尾《やお》、若江《わかえ》などで防戦を繰り広げたが、圧倒的な兵数の違いでどれも苦戦を強いられていた。

その戦線をかいくぐって、大坂城にいる茶々のもとを一人の尼御前《あまごぜん》が訪ねていた。

「姉上、落城する前にどうか降伏なさってください」

京極家へ嫁いでいた、妹の初だった。今は夫と死別して尼となった妹が、姉を説得しようと危険を承知で登城したのだ。そのけなげな姿に、茶々は感謝の気持ちを込めて言った。

「私のためにここまで来るのは大変だったでしょう?」

「姉上……」

茶々は脇息に身をゆだね、遠くを眺める思いで言った。

「小谷が落ちた時は、初は幾つだったかしら」

「………」

「もう、覚えていないかしら」

「そんな……」

「北ノ庄が落ちた時は……」

「姉上!」

初は耐えきれないというように声を荒らげて、茶々の肩を揺さぶった。

「私はもう落城で大切な人を失うのはいやです!」

茶々は初の腕をそっと下ろさせると、穏やかな口調のままで言った。

「そなたの気持ちはよくわかる。大切な人を失いたくない、それは私も同じ思いゆえ」

「なら……」

「だから、私は戦うのだ」

初は目に涙を溜めて、何度も首を振った。

「でも、このままでは姉上は……！」

茶々は初をやんわりと押しやって立ち上がると、天守閣を見上げられる簀子縁まで歩み出た。そうして、金色に輝く大坂城の天守を見上げて言った。

「私は秀吉様からこの難攻不落の大坂城を与える、と言われたのだ。〈わしはそなたを、もう落城の憂き目には遭わせぬ〉と。秀吉様らしいでしょう？」

「………」

「秀頼は、秀吉様の子として、最後まで大坂城の主でありたいと願っている。母として、私はその思いを受け入れてやりたいのだ」

茶々は初の方を振り返ると、確かな気持ちで言った。

「私は、この場所で、大切なものを守り抜こうと思う」

自分にとってかけがえのない今がある場所で、茶々は最後まで生ききると決めていた。

防戦虚しく豊臣方は追い詰められ、ついに大坂城の四方が徳川方の軍勢に囲まれた。しかし、堀を失った城では前回のような籠城戦はできず、治長は討ち死にを覚悟して野戦に繰り出すことを決めた。

「我々は城の南にある、茶臼山から天王寺を中心に陣を敷き、敵を引きつけます。兵の数は徳川方が優勢ですが、だからこそ、一極集中させてただまっしぐらに家康の首に向けて進撃するのみ」

秀頼の御前で最後の軍議が開かれ、治長は絵図を示す。秀頼は「うむ」と重々しく頷いて言った。

「私も総大将として出陣したい」

「それは……」

治長だけでなく、他の武将も驚きと躊躇いの表情を浮かべた。実戦経験のない秀頼を激戦の地に出すということは、ただでさえ少ない兵力を秀頼の護衛に回さねばならないということでもあった。傍らにいた茶々も声を上げた。

「秀頼、そなたは城で行く末を見守ることが……」

「私のために身を擲《なげう》って戦う者を、座敷からただ見ていることはもうできぬ！」

秀頼が強い口調で言い返すと、今まで黙っていた信繁が畏まって口を開いた。

「秀頼様のご出陣、まこと良きお考えと思います」

皆が一斉に信繁を見る。信繁はその視線に構うことなく続けた。

「秀頼様には鎧兜に身を包み、頃合いを見計らって威風堂々と桜門の前へご出陣願います。本丸桜門は高台にあり、戦場をよく見渡せましょう。秀頼様ご出陣のお姿で味方の士気が高まるだけでなく、秀吉様ゆかりの馬印、金の千成瓢簞を掲げる秀頼様のお姿は、徳川方についている豊臣恩顧の武将どもの心を揺さぶるはず」

「うむ！」

秀頼は強く頷いた。治長も同意の頷きをした。桜門の前ならば、敵襲の直撃を受ける懼れも少ないだろう。

治長は居並ぶ武将たちに向き直ると、声を高らかに上げた。

「家康の首さえ獲れば、この戦は終わる！」

「おう！」

武将や浪人たちが声を揃えて応えた。

「この真田信繁の槍が、家康の首を掻き切ってやろう！」

信繁の言葉に、武勇を誇る者たちが次々と立ち上がる。

「いや、わしが」「いや、このおれが！」と、出陣に向けて部屋を出て行く姿を頼もしく見ながら、治長も自身を鼓舞するように拳をぐっと握りしめた。

「治長」

振り返ると、茶々が治長を見つめていた。その顔が、北ノ庄から賤ヶ岳へ初陣に向かう日に見た茶々と重なった。あの日、茶々は治長に何かを言おうとして、言葉に詰まってしまった。だが今はもう、言葉に詰まることはなかった。治長を見つめたまま、しっかりとした口調で言った。

「ご武運を」

敵は秀頼の代わりに指揮を執る治長の首を狙ってくるだろう。これが最後の姿になるかもしれない、という覚悟の言葉に、治長は口元を引き締めて頷き返した。


城から出陣した豊臣軍は、茶臼山の信繁の軍勢を先鋒部隊として徳川軍を迎えた。徳川の軍勢は雲霞《うんか》のごとく周辺を取り巻いた。天王寺付近で双方が衝突すると、鉄砲競り合いの弾丸が飛び交い、火薬の煙と土埃で視界がけぶるほどだった。

その弾丸をかいくぐって、信繁率いる真田の一団が茶臼山から駆け下りた。騎馬の蹄《ひづめ》と将兵の雄叫びが地響きとなって徳川本陣に押し寄せる。弾に当たった兵の血と肉片が飛び散る中を、怖気《おじけ》づくことなく突き進む真田勢の気迫に、徳川方がじりじりと後退していく。その様子は、後方にいる治長からもはっきりと見て取れた。好機と見た治長は、伝令をする使番《つかいばん》の侍に向かって声を張り上げる。

「城中の秀頼様にご出陣のよしお伝えせよ！」

「は！」

使番は治長の命を聞き取ると、ただちに馬を駆って本丸へ向かった。豊臣方が押している今、秀頼の堂々たる出陣姿を見せつければ、追い風になるはずだ。

先行く騎馬の信繁は、長槍を振り回し、徳川の兵を薙《な》ぎ倒している。信繁の猛攻を追って、治長の軍勢も徳川本陣を目指した。

「真田に続け！　家康の金扇の馬印だけを目指して突き進むのだ！」

治長の号令に、配下の侍や足軽たちが「おお！」と力強く応えて槍や刀を構えて突撃していく。治長も騎馬に鞭打ち、長槍を構えて突き進んだ。

行く手を阻もうとする敵を、治長は槍で馬上から叩き払った。徒歩《かち》の足軽は馬で蹴散らし、対戦を挑んでくる騎馬兵には急所の喉元や草摺の隙間の大腿を一気に突き刺した。噴き出す返り血に鎧も馬も、あっという間に赤黒く染まっていく。

（家康だ、家康の首さえ獲れば……）

戦は終わる。治徳は生きて大坂に戻ることが叶うやもしれぬ。秀頼は豊臣家の主としてあり続け、茶々は二度と落城に怯えることもなくなるだろう。そのためなら、いくら殺めた血を浴びようと構わない。そして、戦いの果てにこの首が打ち落とされたとしても、心から守りたいもののためならば、治長には後悔も懼れも何もなかった。

大将格の治長の首をめがけて、薙刀を構えた騎馬兵が正面から突進してくるのが見えた。

「大野治長！　その首、掻っ切ったる！」

敵兵を睨み据え、治長はさらに馬を駆って腹の底から叫んだ。

「邪魔だ！　どけぇっ！」

治長の首を刎ね飛ばそうとする薙刀の穂先を見定めると、すれ違いざまに敵の腕に向かって槍を突き出した。薙刀の刃が治長の兜の眉庇《まびさし》に当たる音が響き、鼻を掠める切先の光に反射的に目を閉じながらも、治長は突き出した槍を勢いよく引き払った。手ごたえとともに、切断された腕と血しぶきが空を飛んだ。悲鳴を上げて落馬する敵の姿には目もくれず、治長は家康の陣へ突入した。

信繁の襲撃で家康の陣は完全に乱されていた。徳川の葵《あおい》紋の旌旗《せいき》を掲げた旗奉行が慌てふためき、隊列を崩して金扇の馬印が打ち倒れる。徳川方の軍勢は「家康様が討たれた！」と誤認する者まで現れて大混乱となった。家康は陣中の床几《しょうぎ》から転がり落ち、腰を強く打って馬に乗ることもままならない。治長はその光景を見て「よしっ！」と拳を掲げて叫んだ。

「信繁！　そのまま行け！」

信繁が一瞬だけ振り返って、返り血にまみれた顔でにやりと笑った。おぬしに言われなくともそのつもりだ、と言わんばかりの笑みだった。

地を這いつくばる家康の首をめがけて、信繁は長槍を振りかざした。

「おれに置いて行かれるなよ、治長！」

その言葉が、怒号の中に確かに聞こえた。

直後、陣幕を打ち破って、どうっと横合いから軍勢がなだれ込んだ。家康の陣が乱れたのを見た救援部隊が突入したのだ。

「信繁っ！」

叫んだ治長の前にも敵兵が押し寄せ、たちまち信繁の姿も家康の背中も見えなくなった。信繁を助けようにも、治長も斬りかけてくる敵と戦うことで精一杯だった。

「治長殿！　このままでは全滅ですぞ！」

味方の将兵が治長に向かって大声を張り上げる。家康を見失った今、押し寄せる徳川の救援部隊に取り囲まれる前に退却せねば、もう後がない。

治長は舌打ちをすると、腰に差していた采配を振り上げた。

「退却っ！　退却だ！」

家康にあと一歩のところまで迫りながらも、圧倒的な数には勝てずに次々と味方が討ち死にしていく。苦渋の思いで治長は城中への退却を命じた。

大坂城に向けて治長が馬を返した時、空気をつんざく発砲音がして左肩に灼熱《しゃくねつ》が走った。撃たれたのだ、と瞬時にわかった。

「うっ！」

体勢を崩し、危うく落馬しそうになる。槍を取り落とし、必死に右手で手綱を摑み、両腿で馬の胴を挟んで踏ん張った。

「頼む、駆けてくれ！」

願うように馬の腹を蹴ると、馬は心得たのか敵中を駆け抜けた。走る馬の背中で、左肩を押さえて鬣《たてがみ》にうなだれる。手に嵌《は》めた𥿻《ゆがけ》の上からでもわかるくらい、傷口から血が溢れ出ていた。激痛をこらえながら、指先で傷の深さを確かめる。弾は食い込んでいないようだった。

治長は生き残った者たちと、城中へなんとか辿り着いた。

しかし、豊臣方の敗走を見た徳川方は、勢いに乗って三の丸へ攻め入った。埋め立てられた堀を易々《やすやす》と越え、二の丸まで迫る。治長は桜門に出御《しゅつぎょ》していた秀頼を直ちに天守閣へ向かわせた。

「秀頼様！　一刻も早くご退却を！」

桜門から崩れゆく豊臣方の軍勢を目の当たりにしていた秀頼は、天守閣への退却に抵抗することなく従った。

「治長、怪我をしたのか！」

肩から血を滴らせる治長の姿に、秀頼は憂慮の声を上げる。

「大した傷ではありません。それよりも早く天守へ！」

「母上と千はすでに天守に身を寄せておる」

秀頼が告げた言葉に、治長は頷き返した。そのまま秀頼を連れて天守へ続く廊を大股で突き進む。治長の耳には、怒号の中で聞こえた信繁の声が響いていた。あの状況で、生きているとは思えなかった。

（信繁……本当に置いて行ったのだな）

　最後に見た信繁の笑みが、目に焼きついて離れなかった。

　しかし、感傷に浸っている暇はなかった。茶々と千が身を寄せ合う部屋に秀頼とともに入ると、次々と使番から各方面の状況が舞い込んでくる。全ての軍勢の敗戦の知らせに加え、劣勢と見た味方の浪人の中には徳川方に寝返る者も出始めたという知らせに、治長は愕然とした。

「寝返った者の中に、城中に火を放った者がおる模様！　二の丸にすでに炎が回り風にあおられて本丸まで届く勢いでございます！」

「なに！」

　治長は立ち上がると、天守の窓から外を見た。

　兵や侍女たちだけでなく、城中に身を寄せていた町人たちまでもが渦を巻いて逃げ惑い、悲鳴と叫喚と城を焼く火の爆ぜる音が入り乱れている。二の丸はすでに炎に包まれ、本丸御殿の屋根も燃え始めている。風に乗った火の粉が治長の覗く窓まで時折ちらつく。

　治長は目を剝き、秀頼も悔しそうに床を拳で叩いてうなだれた。

「治長」

　茶々の落ち着いた声が響いた。

「千を、城から逃がしたい」

その言葉に誰もが驚く。治長は確かめた。

「千様を、徳川の陣にお届けする、ということですか？」

「そうじゃ。千は徳川へ帰れば、生き残ることができよう」

治長は思わず秀頼と千の方を見た。秀頼は床に手をついたまま何も言わない。千は目を見開いて茶々の袖を強く摑んだ。

「私はここに残ります。私は、秀頼様の妻として最後までおそばにいます」

「それはならぬ」

「どうしてですか！　私が、徳川の娘だからですか！」

潤んだ眦を上げた千に、茶々はふっと笑んだ。

「そうやってむきになると、江によう似ておる」

茶々は表情を引き締め直すと、千に言い聞かせた。

「妹に託された大事な娘を、業火の中で死なせることは、私にはできぬ」

千はそれを聞いた途端、顔を両手で覆ってわっと泣いた。

「治長、よいな」

治長は茶々の意志を承諾すると、千を促した。

「千様、徳川方の陣にお届けする侍を手配いたします」

治長が千を送る手筈を整える間、千は泣いたまま顔を上げなかった。その肩に、秀頼が手を置いた。

「千、顔をお上げ」

泣きじゃくる千がようやく秀頼を見上げた。秀頼はその涙を指で拭ってやりながら言った。

「私が初めてそなたを泣かせたのは、蜻蛉を捕まえた時だった」

「………」

「さあ、お逃げ。……私はもう、そなたを泣かせることは、したくない」

その言葉で、千は余計に泣いてしまった。幼子のように泣き声を上げる背を、秀頼は優しく撫でている。十一歳と七歳の可愛らしかった夫婦は、十二年の時を経て、落城の中で今生の別れを交わそうとしていた。

その光景に、治長は心を決めて、進言した。

「秀頼様、一つよろしいでしょうか」

秀頼は先を続けるよう頷き返した。

「千様からお父上様の徳川秀忠殿に、秀頼様と茶々様の御助命を嘆願していただきたいと存じます」

「助命嘆願を、千に託すということか」

「はい」

「しかし……」

秀頼はすぐには諾さなかった。そもそも、豊臣家を滅亡させせんとする徳川家に陥れられたのが始まりだったのだ。こうして戦に敗れ、城を焼かれて追い詰められ、今さら助命嘆願したところで生き恥を晒すようなものだった。

それでも、生きてほしかった。

そのために、ここまで戦ってきたのだ。勝つ見込みは限りなく低いとわかっていても、それでも治長がここまで戦ったのは、自分が大切にしたい人たちを、守りたかったからだ。

一心に秀頼を見る治長の姿に、茶々も口を開いた。

「秀頼、私も千に望みを託したいと思います。そうすることで、千も心置きなく徳川の陣に行けるでしょう」

茶々の言葉に秀頼は黙したままだったが、千が声を上げた。

「私は、逃げるのはいやです！」

千は自ら涙を拭うと、一途な眼差しで秀頼を見上げて言った。

「私は逃げるのではなく、あなた様を助けるために父のもとへ行きます」

「千……」

千の瞳に迷いはなく、秀頼もついに承諾の頷きを返した。

治長は千を護送するために数名の警護の侍をつけ、他にもここまで付き従った侍女らの中で、千と一緒に城の外へ出ることを望む者には供として随伴させた。茶々と秀頼の周りには、最後まで二人に付き従いたいという乳母や昔から仕える近しい者たちだけが残った。

天守閣に茶々と秀頼を残し、治長は一人で本丸の抜け道に続く場所まで千の一行を誘導した。

「千様、どうかご無事で」

別れ際、治長は千に思いを託すつもりで、懐から書付《かきつけ》を取り出した。

「徳川のお父上様のもとへ戻られましたら、これをお渡しください」

「これは……」

「こうなることもあろうかと、助命嘆願の文をしたためておりました」

千は治長の思いを察したのか、それ以上は問い返さなかった。頷いて書付を受け取り、懐にしっかりと仕舞い込んだ。

去りゆく千を見届けると、治長は踵《きびす》を返して茶々と秀頼のもとへ行った。

「ここに火が回るまであと僅かです。とにかく今は、火から一番遠い……山里曲輪に逃げましょう」

治長は二人を促して立ち上がらせると、天守から山里曲輪へ導いた。

鬱蒼と生い茂る木立の間に、城が燃える匂いが漂っている。

すでに日は暮れており、逃れた山里曲輪からは、巻き上がる炎で赤々と染まった空の色が見えていた。治長は茶々と秀頼を曲輪の中にある土蔵に隠して、他の侍と侍女らに二人を守るよう命じた。

治長自身は様子を窺うために外へ出ると、薄暗い曲輪の森を歩いた。肩の傷を止血するために甲冑を脱いで、今は鎧直垂姿になっている。それでも、漂う炎の熱気が夏の湿った風と混ざり合い、汗と血にまみれた体にまとわりつくようだった。

本丸との境にある石垣の脇に身を潜めて辺りの気配を窺う。遠く、悲鳴や怒声は聞こえてくるものの、敵兵がこちらまで攻めてくる様子は感じられなかった。

秀頼の行方を追って、徳川方は本丸が燃え尽きる頃合いを見計らって捜索を始めるだろう。だが、状況から考えて夜の闇の中を敢行するとは思えなかった。

治長はほんの少しだけ、体の緊張を緩めた。

体が緩むと同時に、左肩に激痛が走った。今の今まで茶々と秀頼を守ることに必死になって痛みを忘れていた。そっと右手で左肩に触れる。巻いた布は血で染まっていたが、出血自体は止まったらしく、表面はすでに乾き始めている。

しかし、太刀を構えれば、容易に傷口が開くことは想像できる。敵兵がここに来れば戦うことはもうできまい。ここまで付き従った者たちも皆、傷つき疲弊しきっている。

(千様は、ご無事に徳川の陣にお着きになっただろうか)

千に託した書付の内容を見て徳川がどう動くか、治長は祈るような思いだった。

──大野治長の首と引き換えに、秀頼様と茶々様の御命を救っていただきたい──

茶々と秀頼には、書付を託したことは伝えていない。

徳川は豊臣を滅ぼすためにこの戦を起こしたのだ。いくら千の嘆願があろうとも、ただで秀頼を生かすとは思えなかった。秀頼と茶々を生かしてもらうために、この首を差し出す。それは、治徳を人質に出した時からすでに覚悟していた。ここで自分だけ生き残るつもりは、なかった。

しかし、秀頼に代わる大将とはいえ、もともとはただの豊臣直臣の一人に過ぎぬ自分の首を差し出すことが、いかほど助命嘆願に功を奏するかはわからない。賭けに近かった。

治長は気を引き締め直すと、茶々たちのいる土蔵へ戻った。

土蔵の中では、付き従う者に囲まれるようにして秀頼と茶々が座していた。治長が戻ったことに気づくと、茶々が腰を浮かせた。

「治長、傷はいかがじゃ」

「血は止まりました。大事ありません」

「そうか、ならばよいのだが……」

「本丸の境まで行きましたが、敵兵の気配はありませんでした。千様がご無事に徳川の陣へお着きになっていれば、夜が明けるまでは動きはないかと」

治長はそう言うと秀頼の表情を窺った。秀頼は視線に気づいたように頷き返した。

「うむ。……明日の朝まで待とう」

そうして、土蔵の中で一夜を明かすこととなった。

治長は筵を探し出して床に敷くと、茶々と秀頼に休むよう促した。二人が体を休める姿に僅かに安堵の息を吐き、治長は外の様子を見るために再び土蔵を出た。

もう天守閣も焼き尽くされたのか、炎の色も煙もこちらからは見えなくなっている。いつの間にか木々の梢の先には星が瞬いて、生ぬるい夜風が葉を音もなく揺らしていた。あまりの静けさに、さっきまで戦をしていたことが幻のようにさえ思えた。

治長は土蔵の入口の石段に腰を下ろし、山里曲輪の森を眺めた。ここで、茶々が秀吉の側室になりたくない、と泣いていた姿は昨日のことのように思い出せるのに、ここまで遠い道のりを歩いてきた気がした。

「治長」

囁く声で呼ばれ、驚いて振り返ると茶々がいた。

「どうされましたか」

「一人では心もとないかと思うてな」

慌てて治長が他の侍を呼ぼうとすると、茶々は小声で制した。

「よい」

そのまま茶々は治長の隣に腰掛けた。隣に感じるぬくもりに、幼い頃、小谷城の石垣に並んで座っていた感覚を思い出した。その心に応えるように茶々が笑みを浮かべた。

「懐かしいのう。こうして二人で近江の海を眺めていたものよ」

「はい……」

「治長は、いつも私の隣にいた。いつ、いかなる時も……」

そう言ってから、茶々はさっぱりとした口調で続けた。

「ついに私は、三度も落城に遭ってしまった。ということは、治長も三度の落城に遭ったということか」

「……そうですね」

治長が苦笑いすると、茶々は治長の体にもたれて夜空を見上げた。ずっと昔から知っているぬくもりを感じながら、治長は茶々の視線を追いかけて星々を見上げた。空に輝く星粒は、こうして見るとまるで木々の葉から零れ落ちた白金の雫のようだった。

治長に寄り添ったまま、茶々は言った。

「それだけ、治長は私と一緒にいてくれたのだな」

ほのかに蒼い、星明かりに浮かび上がるその横顔にそっと頰を寄せ、治長は心のままに想いを告げた。

「一緒にいたいと思ったから、ここまで来たのです」


やがて夜が明け、朝の光が白々と山里曲輪に射し込んだ。それと同時に、秀頼の行方を捜す鉄砲の音が静寂を破った。土蔵の中の者は皆、身を寄せ合って息をのむ。治長はすぐに明かり取りの小窓から外の様子を窺った。

「千の嘆願は叶わなかったか……」

背後で秀頼は力なく呟いたが、外を見た治長は「いえ、そうではないようです」と答えた。敵兵は土蔵を囲っているものの、間合いを取ったまままそれ以上攻める気配はない。

「鉄砲は、こちらの出方を見る威嚇と思われます」

治長はそう言うと、改めて秀頼の御前に跪いた。

「実は、昨日脱出される千様に、私は書付を託しました」

「書付、とは」

秀頼は怪訝な顔で問い返す。治長は淀むことなく答えた。

「この大野治長の首と引き換えに、秀頼様と茶々様の御命を救っていただきたいと」

「な……」

秀頼は言葉を継げない。周りにいた者にもどよめきが起きる。治長は動じずに続けた。

「徳川方は、こちらの動きを待っているのでしょう。今ここで私の首を差し出せば、きっと、秀頼様と茶々様の御命だけは救われるはずでございます」

治長は秀頼を見つめて、己の意志を言いきった。

「どうか秀頼様の手で、この首をお刎ねください」

秀頼が答えるよりも先に、茶々の悲鳴に近い声が土蔵に響いた。

「治長！　なぜそのような書付を、私の許しもなく書いた！」

茶々の剣幕に、治長は落ち着いた声で返した。

「我々は戦に敗れたのです。大将格の首なくして助命は叶いますまい」

「そんな！」

茶々は治長の腕を摑んだ。

「私は治長の首を差し出すことなど、断じてできぬ！」

「しかし、このままでは秀頼様も討ち取られ、茶々様もご無事ではいられないでしょう」

茶々は「ならぬ、ならぬ」と治長の腕を摑んで離さない。

「私は治長を失ってまで生きたくはない！　治長がいたから、ここまで来たのだ！　私は、治長がいたから……生きてきたのに」

泣き崩れた茶々を、治長は両腕で抱き止めた。

「茶々様……」

乳母子として茶々のために生まれ、茶々のために生きる中で、いつしか、治長という一人の男として、茶々を想っていた。この人のためならば死んでもいいと思うくらい、愛していた。それなのに茶々は、この腕の中で泣いている愛おしい人は、自分のいない世で生きることを望んでいないのだ。

二人で生きる道は、残されていないというのに。

打ちひしがれる治長の耳に、秀頼の重々しい声が聞こえた。

「私にそなたの首が刎ねられると思うか」

治長は主君の問いに顔を上げた。茶々の体をそっと引き離し、秀頼に向き合う。

「治長、そなた私に申したであろう。この秀頼の味方が己一人になったとしても離れることは決してせぬ、と」

「……は」

「私はそなたの言葉があったから、太閤秀吉の子として、大坂城の主として、ここまで戦うことができたのだ」

「……！」

「その言葉をくれたそなたを、私に殺せと言うのか！」

秀頼の叫び声に、治長は目を閉じた。固く閉じた瞼の端から、涙が溢れて止まらなかった。とめどもなく流れ落ちる涙で、床についた手が濡れていく。

秀頼は静かに告げた。

「私はこの大坂城で、豊臣秀頼として果てたい」

「秀頼……さ、ま……」

治長は消え入りそうなくらいの声で名を呼んでいた。その声にしっかりと頷き返した秀頼は治長を背にして座ると、腰刀を床に置いた。豊臣家の紋、五七の桐が施された金色の鞘が、薄明かりに輝いた。

豊臣家の主としての誇りに満ちた振る舞いに、治長は涙を拭って茶々を見た。泣き濡れていた茶々も顔を上げ、治長を見つめ返した。

よいのですか、
と、目で問うた。

よいのだ、
と、茶々の目が答えた。

その答えに、治長は震える膝を押して立ち上がった。

周りを見回し、ここまで来た者の顔を一人一人見る。皆、覚悟を決めた表情をして、治長を見ていた。

治長は深く息を吸って、太刀の柄に手を掛けた。

心得た侍たちが、主君の屍《しかばね》を敵に晒さぬようにと、灯の火を土蔵の荷や柱に放っていく。乳母や侍女たちも、一斉に秀頼に向かって平伏した。

治長は炎が走り昇って行く柱を見上げた後、ゆっくりと太刀を引き抜いた。その乾いた音を聞いた秀頼は、震えることなく鎧直垂の胸紐《むなひも》を解いた。

五七の桐が輝く鞘を払い、腹を切らんとする秀頼の背後で、治長は声もなく両腕を振り上げた。その両腕は震え、切先が揺れる。歯を食いしばり、茶々の姿を滲む視界の端に収めた。茶々は姿勢を正し、手を合わせている。

秀頼が刃先を腹に突き立てた瞬間、茶々がぐっと目を閉じた。それに合わせて、治長は太刀を勢いよく振り下ろした。

刹那、重い痛みが治長の傷ついた左肩を抉った。

どさり、と秀頼の体が倒れる音とともに、治長は膝が折れそうになるのを、太刀を床に突き立てて耐えた。ここで膝をついたら、もう二度と立てないと思った。

傷口の開いた肩から腕に血が伝い落ちる。治長は荒く息を吐いて、血で汚れた手を見た。

（この手で、茶々様のためにできることは……）

顔を上げた治長の前には、茶々が静かに座していた。茶々の瞳には炎の色が揺れていて、その静謐な眼差しが、じっと治長を待っている。

「治長」

茶々の声が治長を呼ぶ。沁みるくらい澄んだ声だった。

この声にいったい幾度、名を呼ばれたのだろうと、治長は恍惚《こうこつ》と耳を傾けた。

「幸せの場所に……治長と一緒に行きたい」

いつか必ず連れて行くと約束した場所へ、茶々は行きたいのだ。そう、茶々が望むのならば……。

この手で、叶えてあげたかった。

ゆっくりと歩み寄ると、茶々は微笑を見せてうつむいた。黒髪の隙間から露わになった白いうなじに、治長は手を伸ばす。指先から、ぽとりと血が滴り落ちた。

そのうなじを、いとおしむように撫でると太刀を振り上げた。

躊躇いは、なかった。

「茶々……！」

名を叫ぶとともに、両腕を振り下ろした。

確かな手ごたえの後、治長は太刀を落として床に膝をついた。迸《ほとばし》る茶々の血潮が、治長の体を濡らしていく。それは、この身で愛したぬくもりそのものだった。

治長は茶々の血に濡れた太刀を摑み直すと、顔を上げた。炎の中に、次々と自刃していく他の者たちの姿が揺れて見えた。治長はその光景から目をそらさずに、摑んだ太刀を己の首筋に当てた。毀《こぼ》れた刃に付いた茶々の血が、首筋の薄い皮膚から胸元へと這い落ちる。その感触に吐息を漏らすと、刃に沿えた手に力を込めた。

痛烈な熱感とともに、鮮血が噴き出す。治長は声にならない呻きを上げて、前のめりに倒れ込んだ。

遠のく意識の中で、火の爆ぜる音を聞きながら、独り静かに己から流れゆくものを感じた。

その流れゆくものの中に、微かに、波の音が聞こえた。

それは治長の視界に何も映らなくなった後も、いつまでも、耳に響いて絶えることはなかった。

治長は、解き放たれる思いで、目を閉じた。

目を閉じると、さざなみが瞼の裏に煌めいていた。

陽の光が揺れる湖のほとりを、少年と少女が手を取り合って歩いている。
少女の指先を己の掌の中に感じながら、少年は願う。
(ああこのまま、どこまでも湖畔が続けばいいのに)
辿り着けなくてもいい。
遥か遠く、さざなみの彼方にあるはずの「幸せの場所」に二人で向かっている。
それだけで、よかった。

――治長は、来てくれる?
――茶々様が望むのならば、どこへでも。

参考文献

福田千鶴『ミネルヴァ日本評伝選　淀殿　―われ太閤の妻となりて―』ミネルヴァ書房、二〇〇七年
服部英雄『河原ノ者・非人・秀吉』山川出版社、二〇一二年
池上裕子『日本の歴史15　織豊政権と江戸幕府』講談社学術文庫、二〇〇九年
杉山博『日本の歴史11　戦国大名』中公文庫、一九七四年
林屋辰三郎『日本の歴史12　天下一統』中公文庫、一九七四年
辻達也『日本の歴史13　江戸開府』中公文庫、一九七四年
小和田哲男『豊臣秀吉』中公新書、一九八五年
小和田哲男『〈人物篇〉日本の歴史がわかる本　南北朝時代～戦国・江戸時代』知的生きかた文庫、一九九三年
黒田基樹『シリーズ・実像に迫る001　真田信繁』戎光祥出版、二〇一六年
山本博文『人物叢書　徳川秀忠』吉川弘文館、二〇二〇年
笠谷和比古『戦争の日本史17　関ヶ原合戦と大坂の陣』吉川弘文館、二〇〇七年
岡本良一『大坂城』岩波新書、一九七〇年
岩井正次郎『淀君と太閤』大学館（国立国会図書館デジタルコレクション）、一九〇一年
福本日南『大阪陣　前篇』南北社出版部（国立国会図書館デジタルコレクション）、一九一八年

小和田哲男監修・高橋伸幸著『戦国の合戦と武将の絵事典』成美堂出版、二〇一七年
小和田泰経監修『図解　関ケ原合戦』枻出版社、二〇一八年
デアゴスティーニ・ジャパン『隔週刊　日本の城DVDコレクション第5号　肥前名護屋城・大坂城・唐津城ほか』二〇二〇年
デアゴスティーニ・ジャパン『隔週刊　日本の城DVDコレクション第6号　肥前名護屋城・倭城・聚楽第ほか』二〇二〇年
滋賀県教育委員会事務局文化財保護課城郭調査事務所編『特別史跡　安土城跡』二〇一〇年
安土城郭資料館『安土城ひな型、屛風絵風陶板壁画、安土城内部障壁画、安土山と観音寺山模型館内案内パンフレット』
井筒雅風『日本服飾史　男性編』光村推古書院、二〇一五年
井筒雅風『日本服飾史　女性編』光村推古書院、二〇一五年
大阪城天守閣編『テーマ展　いくさ場の光景　—大阪城天守閣収蔵戦国合戦図屛風展—』二〇〇九年

解説

澤田瞳子

時は戦国。主人公は織田信長《おだのぶなが》の姪《めい》にして、豊臣秀吉《とよとみひでよし》の寵愛《ちようあい》を受けた茶々《ちやちや》（淀殿《よどどの》）とその乳母子《めのとご》・大野治長《おおのはるなが》（修理《しゆり》）――と書けば、戦国時代に多少なりとも知識のある読者は、「もしや」と思い至ることだろう。

そう、古くは江戸時代から今日まで連綿と語り継がれる、とある噂《うわさ》。茶々と大野治長は不義密通の関係にあり、豊臣家の跡取りたる秀頼も、実は秀吉の子ではなく治長の子だったとされるアレだ。

本作『さざなみの彼方』において、佐藤雫はそんな両人にまつわる風評を下敷きに物語を紡ぎつつも、彼ら二人の関係をただただ互いを思い合う純愛として描き出している。まだ茶々の実の父母が存命だった幼い日、手を取り合って小谷《おだに》城の石垣の上から眺めた琵琶湖《びわこ》のさざ波の美しさ。それは二人の胸の奥深くに大切な記憶として刻まれるが、その後、彼らを襲う乱世の日々は、若き彼らを容赦のない運命の坩堝《るつぼ》へと引きずり込む。

佐藤は、「言の葉」を信じた鎌倉三代将軍・源　実朝《みなもとのさねとも》とその正室・信子《のぶこ》を主人公とする第三十二回小説すばる新人賞受賞作『言の葉は、残りて』（「海の匂い」改題）でのデビュー以来、江戸時代後期の医師・緒方洪庵《おがたこうあん》とその妻・八重《やえ》に主軸を据えた『白蕾記《はくらいき》』、戦国期の猛将・細川忠興《ほそかわただおき》とその妻・玉《たま》（ガラシャ）の生き様を描いた『花散るまえに』など、歴史に翻弄されてもなお変わらぬ「愛」の形に一貫して焦点を当て続けている。著者にとって長編二作目となった本作を含め、その作品の登場人物たちはいずれも自らの思いに真摯で、時代の変化に翻弄されながらも、しなやかに己の意志を貫き通していく。

二〇二四年刊行の最新刊『行成想歌《ゆきなりそうか》』でもそれは変わらないが、注目すべきはこの作品で著者は一条《いちじょう》天皇とその中宮・藤原定子《ふじわらのさだこ》、帝《みかど》を支える蔵人頭《くろうどのとう》・藤原行成とその妻・奏子《かなこ》という二組の夫婦を縦軸に、行成の帝への忠誠、定子を支える女房・清少納《せいしょうな》言《ごん》の至誠を横軸に組み上げることで、一条朝という時代を多くの人の思いによって織り上げられた一枚の織物の如《ごと》く描き出すことに成功している。

——道の辺の　尾花が下の思ひ草　今さらさらに　何をか思はむ

（道端の尾花の陰にひっそり咲いている思ひ草のように、いまさら何を思い悩んだりしましょうか）

奈良時代に編纂《へんさん》された日本最古の歌集『万葉集』に、愛《いと》しい人への気持ちを植物に託した歌があるように、人が人を想《おも》うという行動は、いつの時代も変わるものではない。

平安時代から幕末まで、幅広い時代を自在に物語に紡ぐことに筆者が成功しているのも、歳月を越えて守り続けられる人の思いに目を据え続けていればこそと言えるだろう。

ただ『さざなみの彼方』の主人公たる茶々は、これまで数え切れぬほどの歴史小説に描かれ続けてきた女性だが、誤解を恐れずに言えば、その扱いは批判的なものも多い。たとえば大長編『会津士魂』で知られる早乙女貢《さおとめみつぐ》は『淀君』の中で、彼女を聚楽第《じゆらくだい》の女主《おんなあるじ》にのし上がることを切望し、秀吉以外の男の子を身ごもる野心家として描き、有《あり》吉佐和子《よしさわこ》は芸術選奨受賞作『出雲の阿国《いずものおくに》』において、阿国の精神的ライバルとして茶々を配した。天下人《てんかびと》の手すら焼かせるほどに驕慢《きようまん》で、阿国を衆目の前で平然と辱める『出雲の阿国』の茶々は、誰もが漠然と想起する彼女像に極めて近いのではなかろうか。

ちなみに佐藤雫に先立つこと十二年、同じ小説すばる新人賞で小説家への道を歩み出した天野純希《あまのすみき》は、本作と重なり合う時代を舞台とするデビュー作『桃山ビート・トライブ』の中で、登場人物たちが巻き込まれる政争の遠景に茶々を据えている。

——申すな。わしは拾《ひろい》が誰の子であろうと構わぬ。茶々の子であるというだけで、それだけで、じゅうぶんに愛《いと》しいと思えるのじゃ。

『桃山ビート・トライブ』に、茶々自身は姿を現さない。しかし秀吉の石田三成《いしだみつなり》に対するこの台詞《せりふ》は、明らかに巷間《こうかん》の茶々像、つまり「驕慢で秀吉の寵愛をほしいままにし、密通の果てに生まれた男子を天下人の跡取りに擁する女性」を前提としている。

それだけに歴史時代小説をこれまで多く手に取ってきた読者であればあるほど、本作の純真でひたむきな茶々像には驚くことだろう。ただ丁寧に歴史をひもとけば、茶々が悪女として描かれるようになったのは江戸時代後期、寛政《かんせい》九年（一七九七）から刊行された豊臣秀吉の一代記『絵本太閤記』の影響が大きい。

ここにおける茶々は我が子を豊臣家の跡取りとするべく、石田三成と結託して秀吉の甥《おい》・秀次《ひでつぐ》を追い落とす謀略を巡らせる。臣下の間では秀頼の容姿が秀吉と似ていないとの噂も取り沙汰されていたが、茶々はそんな中でも味方を増やそうと奔走する。一方で自身の容色に衰えを感じた彼女は、自らの身体《からだ》の肉の一部を大蛇の肉と交換し、半ば蛇身と化して、永遠の美貌を手に入れる。

豊臣家は徳川家からすれば、敵に当たる存在。このためそんな豊家の女性の淫婦悪女ぶりは、当時の人々には喜んで受け入れられたらしい。上田秋成《うえだあきなり》の随筆『膽大小心録《たんだいしょうしんろく》』などにもこの茶々像は引き継がれ、それは近代以降、さすがに妖術を操るといった側面は捨象されつつも、日本史の代表的毒婦として一般化されていく。中でも坪内逍遥《つぼうちしょうよう》は明治二十七年（一八九四）から発表を始めた『桐一葉《きりひとは》』の中で、茶々をシェイクスピア描くマクベス夫人にも匹敵する権力志向の強いヒステリックな女性として描いている。加えてこの戯曲では、忠臣・片桐且元《かたぎりかつもと》のライバルとして、茶々のお気に入りたる大野治長とその父が配されている点も注目だ。

大野治長と茶々との関係については、まだ両人が存命中の慶長《けいちょう》四年（一五九九）、毛《も》利《り》家家臣の内藤隆春《ないとうたかはる》が上方の情勢や風聞を報告した文書の中に、「大野修理がお拾様（豊臣秀頼）のお袋様（茶々）と密通し、成敗されそうになったが、宇喜多《うきた》家がこれを匿《かくま》った」との一節が記されている。似た話は同時代に記された『多聞院《たもんいん》日記』にも確認できるので、これはすでによく知られたスキャンダルだったのだろう。ただこの時点ではあくまで両人の関係は密通扱いであり、秀頼が二人の間に生まれた子だとする風説は、彼らの死から五十年以上を経た後の逸話集『明良洪範《めいりょうこうはん》』を待たねばならない。もっともこの書物には、茶々が当代屈指の傾奇者《かぶきもの》・名古屋山三郎《なごやさんざぶろう》と不義の関係にあったとも書かれており、全面的に信頼を置くわけにはいかない。

本来であればこういった噂は、歴史の推移の中で忘れ去られていくものだ。しかしながらこと茶々と大野治長に関しては、その悪評はむしろ時代の中で求められ、そのまま認識が改められぬまま今日に至っていると言ってもいいだろう。

歴史小説を書く上でもっともたやすいことは、既存の歴史観にのっとった物語を紡ぐことだ。人の認識を覆すことは、大変な努力を要する。よく知られた人物像、よく知られた逸話を用いた物語は分かりやすく、そして一般に受け入れられやすい。その点から言えば佐藤は本作において、江戸時代以来連綿と語り継がれてきた茶々と大野治長像を覆す難事に挑み、乱世の中でも純なるものを決して忘れぬひたむきな人々という新たな人物像を与えることに成功した。

いや、正しく言えば、その試みは二人だけに向けられたものではない。茶々の夫たる豊臣秀吉、大野治長のよき友たる真田信繁《さなだのぶしげ》、治長をひたすら思い続ける妻・小枝《さえ》……茶々たちを取り巻く人々はいずれも心の中に一抹の翳《かげ》りを抱きつつも、それに足を取られることなく、ひたすら我が身より他人を案じ、日の当たる彼方を目指そうとする。その直《す》ぐなる苦悩があればこそ、血で血を洗う乱世を目の当たりにしつつも、我々はかけがえのない美しいものに触れたとの感慨を胸に、本書を読み終えられるのだ。

ちなみに本作で佐藤が、豊臣家を巡る歴史的事象として忘れてはならぬ豊臣秀次とその一族の死に新たな解釈を加えている点も注目だ。なるほどこの切り口であの事件をひもとけば、幼児までを処刑した秀吉の怒りのはなはだしさにも説明がつく。

もしかしたら秀吉のその激高ぶりは、あまりに純粋なる茶々や大野治長像同様、驚きをもって受け入れられるかもしれない。だが自らの父に愛されず、いつか誰かを愛する父親になろうと誓いながらもそれを果たしえず、他者を想《おも》う気持ちを知ったがゆえにその辛《つら》さを受容しようとする優しくも強き秀吉像は、豪放なる英雄像よりもはるかに血肉を有した生身の存在とも見える。

——私たちはいつの間に、こんなところまで来てしまったのだろう。

作中、茶々と治長は自らの来し方を振り返り、しばしばそんな感慨を抱く。二人ほどに苛烈な生涯を送らずとも、似た思いは現代を生きる我々自身もまた、己の歩んできた道を顧みる都度、抱くものではあるまいか。だとすれば本作は四百年あまり前の乱世を描きつつも、決して今日と大きくかけ離れた人々を主人公としたものではない。痛々しいほどに誰かを愛した彼らは、確かに歴史に残る有名人物。しかしそれは同時に今日の我々の写し鏡にして、佐藤雫の確かな眼差《まなざ》しにすくい上げられた血の通った「人間」なのだ。

（さわだ・とうこ　作家）

本書は、二〇二二年五月、集英社より刊行されました。
初出　「小説すばる」二〇二一年三月号〜十月号

集英社文庫

さざなみの彼方《かなた》

2025年3月25日　第1刷　　定価はカバーに表示してあります。

著　者　佐藤《さとう》　雫《しずく》
発行者　樋口尚也
発行所　株式会社　集英社
東京都千代田区一ツ橋2-5-10　〒101-8050
電話　【編集部】03-3230-6095
【読者係】03-3230-6080
【販売部】03-3230-6393（書店専用）
印　刷　TOPPAN株式会社
製　本　TOPPAN株式会社

フォーマットデザイン　アリヤマデザインストア　　マークデザイン　居山浩二

ISBN978-4-08-744755-2 C0193